路从今夜白

舞歌
墨碧 ✕

著

2

百花洲文艺出版社
BAIHUAZHOU LITERATURE AND ART PRESS

图书在版编目（CIP）数据

路从今夜白 . 2 / 墨舞碧歌著 . — 南昌：百花洲文艺
出版社，2017.11
ISBN 978-7-5500-2504-2

Ⅰ．①路… Ⅱ．①墨… Ⅲ．①言情小说－中国－当代
Ⅳ．① I247.5

中国版本图书馆 CIP 数据核字（2017）第 268946 号

路从今夜白 2

墨舞碧歌　著

出 版 人　　姚雪雪
特约策划　　秦　瑶　涂继文
责任编辑　　袁　蓉
特约编辑　　秦　瑶
封面设计　　姚姚设计工作室
出版发行　　百花洲文艺出版社
社　　址　　南昌市红谷滩新区世贸路 898 号博能中心 A 座 20 楼
邮　　编　　330038
经　　销　　全国新华书店
印　　刷　　三河市华润印刷有限公司
开　　本　　710mm×1000mm　　　1/16
印　　张　　17.5
版　　次　　2018 年 1 月第 1 版第 1 次印刷
字　　数　　200 千字
书　　号　　ISBN 978-7-5500-2504-2
定　　价　　39.80 元

赣版权登字 05-2017-445

邮购联系　　0791-86895108
网　　址　　http://www.bhzwy.com
图书若有印装错误，影响阅读，可向承印厂联系调换。

她：很久以后，我终于明白，遇见你，是我生命中最美丽的事情。

因为一个人，我明白了要勇敢。

就像掉进了小时候看的漫画书，我遇见了一个优雅又厉害的王子。

你在人群里耀目如星，却独独爱上我，给了我所有荣耀。

最重要的是，赠予了我三季的温暖。

他：藏匿在高校里，我试图避开世事的诸多妖娆。

遇见你，我才发现，很多事情只有直面才能解决。

因为一个人，我学会了要面对。

其实，如果按理智，不美貌不聪慧的你并不是我要找的人。

可惜，爱情它从来不按常理出牌。

他们：在阳光明媚又薄雨霏然的四月校园相遇，从此变换了手心的掌纹。

因为你，我发现，纠缠出疼痛也是一种美丽。

哪怕，有一天谁注定要离开。

就像很多年前，看到过的一句话：有你的回忆，才是一直温暖我的东西。

目 录

c o n t e n t s

情不知所起

G大，位于南方最繁华的城市G城，是全国闻名的高校之一。

傍晚，学校食堂。

"啪"的一声，被人连放几天鸽子的Susan往桌上一拍，握匙而起，那架势将对面几名男生也连带吓到。

男A一肘子打翻了男B的汤碗，男B的饭被浇上热汤，成了盖浇饭，男B去掐男A脖子，其他人早已忍不住呵呵笑了起来。当然，Susan长得妖娆，美女再怎么都是美女，被美女祸害也是种福分，男同胞们内讧归内讧，却都没舍得朝美女发火。

和Susan同寝室的许晴低声开口："Susan，怎么了？"

"你们慢慢吃，我先走了。"汤匙一扔，Susan高挑的身影消失在食堂里。

汤勺在半空中画了个弧度，一下又砸进男B的餐盘里，惊起饭粒无数，男B一抹脸上米饭，终于暴起喝道："那女的是谁？"

"子晏，外语系的大美人苏珊你都不知道？"和他坐一块儿的几名男生立刻起哄。

林子晏哼的一声："美人就了不起啦？爷也是美男呢！"

"对不起。"许晴皱皱眉头，替Susan道了个歉。

林子晏尚在气头，突然有只白皙瘦弱的手伸过来，一张纸巾横到林子晏颔下。

"呃……谢谢。"林子晏也不好再发作了。

"不客气。"

这声音……林子晏一怔看去，那是同桌对座的另一名女生。对方给他送完纸巾，已低下头吃饭，乌黑长发披在肩上，看不清面貌和表情。

想想方才那毫无抑扬顿挫、冰冷得像坟墓里传出的声音，林子晏不禁打了个寒战。

"小虫，咱们挪个位置吃吧。"许晴终于有点不耐，她最烦和这种咋咋呼呼的男生打交道，话多，聒噪。

那被唤作小虫的女生点点头，拿起餐盘，跟在许晴背后。

"这个又是谁？"林子晏问。

旁边的男生摇摇头。

林子晏坏心一笑，露出两排白牙："不出名，那就肯定不是什么美人了。"

若有还无的，一道目光瞥过来，是那声音像鬼的女人……林子晏浑身一僵，仔细看去，只见那女生安静走着，那微微有丝佝偻的身子，仿佛在嘲笑他的浅薄。

G大其中一个篮球场，就在林荫道上。

目光落到前方小道苗条的身影上，Susan唇角浮起一丝笑，还好跟上了。

她很快又皱了皱眉。

路悠言这家伙刚才只匆匆扒了几口饭，扔下一句"你们慢吃"，就跑出食堂，这一天就算了，连续三四天都是这样。

晚上回到寝室问她去哪儿也不说，笑嘻嘻地敷衍过去。

笑话！室友以外，Susan可是她路悠言最好的朋友，怎么能被蒙在鼓里？

悠言突然停下脚步。

Susan吓了一跳，也赶紧放缓脚步，躲到旁边一棵大树背后。

只见悠言小小的头颅贴到铁丝网上，小心翼翼地朝篮球场的方向探看，不知道在看什么。

球场里正热闹——两支球队在厮杀，围观的学生也谈论激烈，球场里挤了不下百人。

突然，一阵掌声爆发，Susan 一愣看去，一枚篮球正从篮球框里落下。

三分线外，一个矫健的身影，双手还微举在头上。

入篮得分！

这名身穿 5 号球衣的男生，正是全场瞩目的焦点和欢呼的对象。

铁丝网旁，悠言嘴边不觉也绽成一枚小花朵。

Susan 顿时醒悟，她蹑手蹑脚地走到悠言背后，双手重重往她肩上一拍。

悠言"啊"的一声叫，慌忙转过身来，看到是她，登时恼道："阿珊。"

Susan 挤对道："魏子健这么好吗？"

悠言没有立刻说话，眼角余光又朝 5 号球衣瞟过去。

"喜欢人家就去表白啊，躲躲掩掩的你就这点出息？"Susan 忍不住又说道。

悠言小声嘀咕："人人都爱魏子健，又不光是我。他球打得好，又是美术系高才生，标准的全民偶像。我这是欣赏，可不是你想的那种。"

Susan 俏脸突然就冷了下来："哪怕是真喜欢，你敢跟他表白吗？"

悠言微微垂眸。

Susan 这话再也说不出口了。

她们自小就毗邻而居，悠言是她最好的朋友，她的记忆里有一半是悠言——高考志愿表，她几乎把悠言的复制过来，她想陪着悠言，她怕有一天，在她看不见的地方，悠言也像悠言母亲迟筝一样突然死去，悠言和迟筝一样，都有着无法根治的家族遗传病。

心脏病。

她就一直默默地看着悠言掰着指头过日子，从不敢喜欢一个人——连喜欢也不敢。

看了场中的魏子健一眼，一个主意慢慢在 Susan 脑里成形，她眼中闪过一丝狡黠："言，不如我们宿舍今晚玩真心话大冒险？"

悠言有些摸不着头脑，为好友这突如其来的古怪主意。

球场上的比赛还在继续，悠言却没有再继续看比赛，她拉着 Susan 的手，追问她是不是有什么坏主意，Susan 学她那样，笑嘻嘻只是不答。

夕阳西沉，不时将小路上三两走过的学生身影拽成一团儿。两人嬉闹着，并没有留意到两个男生从她们身旁经过，其中一个冷哼着正在找 Susan 的碴儿。

"顾夜白，你方才走开了不知道，就是那个女人在食堂里砸了老子饭碗。"林子晏用肩碰碰身旁的高大男生，和对方咬起耳朵来。

几道橘色余光映到镜片上，顾夜白轻瞥一眼他说的肇事者，淡淡开口："子晏，我说过请你到酒吧喝酒的是不？"

"必须是。"林子晏心不在焉，眼睛眯成一线，还在打量铁丝网旁那个女人。

"据说你等我掏腰包已经等了很久对不对？"

"那也是必须的。"

"我今晚还要赶稿子，时间不多，如果这路上耽搁了，我就拿喝酒的时间来抵，我先走了，你慢慢看。"

"那自也是必……"林子晏随即意识到什么，稳了稳手上的大箱子，连奔带跑追上去开骂，"顾夜白你这守财奴，老子辛辛苦苦帮你搬家，老子容易吗……"

球场外，悠言看着笑得不怀好意的 Susan，知道自己问不出什么，认命道："我饿了，去食堂找点剩饭，你自己慢慢在这儿傻乐。"

Susan 洒脱地挥挥手，没有随她走。

悠言走了几步，又狐疑地转身看了好友一眼，这不敢表白的是自己，怎么受刺激的倒像是这女人？

看着慢慢走远的悠言，Susan 从背包里掏出手机。

"学长好，是……我是 Susan，你和魏子健学长同系，知道他的手机号码吗？没有手机号码，宿舍的电话也成……"

"好嘞，谢谢学长。"

合上手机，Susan 唇角一弯，这才追上前去。

夜。外语系女生宿舍。

楼道上，两个女生正一前一后地走着。

"许晴来电说人都回来了，路悠言，你给我快点！"

"玩个游戏，你至于吗？"悠言嘀咕。

"我至于。"Susan 皮笑肉不笑地答道。

悠言无言以对，此时飘来一股香水的味道。清新雅致，十分好闻。

有人和她擦身而过。

乌丝盈肩、气质淡然，和 Susan 一样，这也是外语系有名的大美人，她一笑，招呼道："怀安。"

周怀安身形一顿，停下脚步。她没看悠言，朝 Susan 瞥了眼，轻轻"嗯"了一声。

"怀安，我们宿舍一会儿玩真心话大冒险，你宿舍刘夏她们几个也过来，你也一起来玩啊。"

悠言不以为意，兴冲冲地邀约道。

"不了，我还得去晚修，谢谢。"

女子淡淡道，身影很快在转角梯间隐去。

Susan 掀掀唇："哦，就她傲。"

悠言仍是笑嘻嘻的："被无视的是我，你恼个什么劲？"

Susan 连拽带扯，把她火速带回宿舍。

宿舍。

许晴和靳小虫已经回来，怀安宿舍的人也已经到齐，Susan 抓起桌上许晴备好的瓶子，宣布游戏开始。

第一回合下来，悠言把桌上正对准自己的瓶嘴瞪了半天，颤巍巍地朝 Susan 指控："你是故意的。"

Susan 啧啧两声："路悠言，是天要亡你！"

众人顿时哄笑起来，说道："Truth or Dare？"

"晴，小虫。"悠言向室友求救。

严格说来，靳小虫其实算不上是她们室友，当初分到同一寝室，这女孩却选择了外宿，原因不明。

许晴幸灾乐祸地摊摊手，以示爱莫能助。靳小虫抬起头来笑了笑，她下巴尖尖，脸色极白。

"好吧，Susan 同学，问题。"悠言只好认栽。

Susan 唇角登时勾起："告诉我们，你……暗恋的人是谁？"

悠言含泪说道："我冒险我。"

悠言平日温暾腼腆，大家有时在宿舍里谈论这些事儿，她都只听不说，众人都对她的暗恋对象表示好奇，但被她一下挡回去了，都有些气闷，但一想冒险也有趣，都齐齐望向 Susan，不知她要开什么坏心题目。

Susan 掏出手机，翻开电话簿方才递到悠言手里。

她秀眉轻扬，一字一顿道："那你冒险吧，内容很简单……"

G 大学生公寓，北二栋。

G 大学生宿舍分落在东西南北四处。其中，北苑是公寓区。因为距各院系教学楼图书馆最远，最为清静，并且这片公寓又都是一厅一室的独立小套间，因此价格虽比普通宿舍昂贵，却也从无空缺。

顾夜白本来和林子晏一块儿住，住的就是那种普通的四人宿舍。大三第二学期刚开始，一寻着北苑有空位，他便即交钱搬了进来。尽管要花钱，但他一向不喜欢群居，这儿做起兼职来昼夜不分。

傍晚时分阳光有些阴郁，一入夜就下起淅淅沥沥的小雨来。

林子晏帮他把行李搬过来，两人到酒吧坐了一会儿，他便赶回来。

没有开灯，房间漆黑，只有电脑折射出的数片光亮。

环了眼这新搬的宿舍，他目光落到网上银行账户的数字上。那是笔十分可观的数目，但他神色淡漠如故。

兼职的几家美术杂志社都是国内顶级企业的公司，这个月的汇款仍是一贯的准时。

从他高一那年开始，几近六年的时间，账户上的数字早已变成一笔不菲的数目。他朝电脑上的时钟扫了眼，重瞳慢慢变得阴暗。

再过两天，就是那个人的死忌。

他轻轻合上眼睛。

一条黑暗狭隘的弄堂甬道在脑中浮现，而后渐渐清晰。

啪嗒，啪嗒……随着脚步声越来越远，小甬道过后，景致豁然开朗。

马路两旁植有高大葱郁的柏杨，少年穿梭期间，步子不徐不疾，头微微倾侧着，像在思考着什么，身上的白棉衬衣经过多次的浆洗，显得有些破旧，干净明媚的阳光打在他的背影上，透出数圈光晕。

他转过身来，轮廓俊朗深邃得如精细雕琢过一般，他眼里满满的都是笑意："白，要迟到了。"

突然，少年美丽干净的脸庞透出青紫，唇色惨白，眼窝深陷，眼睛却犹自张得兀大，一只小东西从他眼窝里慢慢钻出来，待得细看清，却是蠕虫……一瞬间，无数白花花的虫子从他身上翻绽的皮肉爬出，在他身上四处蠕动。

"按照历来的传统，死者七日就该入土为安，现在尸体沉江多日才找到，那是要灵魂永不得安宁哪，怪不得这孩子眼睛也不肯闭上，冤哪。"

窃窃私语的声音隐约传来，一时又远去。

又有一股什么声音遽响。

顾夜白猛地睁开眼睛，瞳光陡沉，视线冷冷落到掌心上，修剪得整齐的指甲深陷，竟也在掌上抓出一条血痕来。

是公寓的电话。

他没有动。

好半晌，那铃声却仍执拗地响着。

终于，他站起来，劈手抓起话筒："谁？"

话筒一端，没有丝毫声音。

他眸色一冷，正要将电话挂了，一道细小的声音却传了过来。

"你好。"女生的声音，泽润而清柔，却透着一丝迟疑。

"什么事？"

"我，哎……"

又是半天不见动静。

"这种恶作剧很好玩？"

没有丝毫犹豫，他掐断通话。

电脑屏幕冷冷映着他的脸。

额前细碎的刘海略嫌过长，却刚好覆住前额，一副厚重的黑框眼镜，所有的表情都顺理成章敛在这方框之下，给人的感觉普通平庸乃至不修边幅。

蓦地，他将眼镜摘下，墨眸黑曜，目光沉敛却犀利如猎，五官如雕，容貌俊美妖魅，厚重的镜框下，竟是任谁也想不到的一副好皮囊。

窗外，雨声不断。

雨天的翌日又是满天晴。

下课回来，顾夜白就在屋里做稿子。

"铃铃铃……"

不久，林子晏过来，两人就广告课上的一些案例创意刚聊了几句，公寓电话遽响。

顾夜白接了电话。

"同学，你好。"

"是你？"他冷静地开口。

"你怎么知道是我？"

对方声音带着一丝吃惊，顾夜白微微敛了眉。

话筒里那女孩的声音又低低传来"我昨晚好像只说了两句，你怎么知道是我？"

"这年头还真是奇怪。"顾夜白冷冷说道，"警察捉贼，贼还反问为何捉我来着。"

话筒那端声息闷了下来："你绕着弯子在骂我。"

"你到底有什么目的？"他没工夫跟她瞎扯。

他这次没有立刻挂掉，对方有些小激动："你今天是不是心情不错？"

顾夜白额角微微跳动了一下。

"说话。"

"同学，"那边突然沉默了一会儿，声息方才再次响起，"下周末学校影院的片子，你可以同我一起去看吗？当然，作为回报，我可以帮你做些事，我一定尽心尽力帮你做。"

"只要在我能力范围内。"她赶紧又加了句。

更深的霜色涌上黑眸："这么说，你认识我？"

"不，我不认识你……"

"你既不认识我，那请问你凭什么认为我会接受你的邀约？到此为止。如果你非要继续这无聊的游戏，我也不介意多生事端，来电显示清楚，要真追查起来，看谁麻烦。"

"不是的，你听我说……"

听出她语气里的惊颤，顾夜白唇角浮起一丝嘲色，他正要掐断电话，她说了句"那我改天再打来"，接着"啪"的一声，电话先挂断了。

手握电话，顾夜白一怔。

这人怔忡的模样，谁见过？林子晏一呆之下，夸张得差点没笑翻在地。

"我说，你的艳福到了，传说中的热线美女啊！"

顾夜白伸手往桌上抓起什么："林子晏，这个给你。"

"啊。"

被调色盘砸个正着，林子晏叫声惨厉。

往后数天，日子如常。谁也不会去理会这样一场无关重要的恶作剧，在这美丽的校园里，不过是一个似有还无的玩笑——不管是对大大咧咧的林子晏还是对冷漠的顾夜白。

六月的天仿佛提前在四月，穿越了节候，明明前一刻还阳光明媚，转眼便雨落珠盘。

这天中午，下课的铃声刚敲过，一场突如其来的雨就把所有师生都困在教学楼里，除去少数女生带伞遮阳以外，几乎没有人携带雨具。

有几个急躁的男生粗声咒骂，顾夜白轻靠在墙上，自嘲一笑，早前承担了一家杂志社的插画工作，向系里夏教授申请延交期中考试的画稿……这下麻烦了。

一周前。

"理由。"

当时，夏教授正在批改稿子。

"接了份兼职，得自己养活自己。"他淡淡开口，不卑不亢。

终于，夏教授抬起头来，他微微眯眼，打量了眼前这个男生一眼。这个学生不简单，表现欲是人类的劣根性，人无时无刻不想表现自己，他却锋芒尽收，从不把匠心独运的视觉和深层的技巧用在作业上，如果不是和著名美术杂志《原色》的总编交好，一次无意中在老友那里看到他进出，他甚至不知道这个成绩中游的学生竟是杂志专栏的特定约稿人之一。

杂志上的画作叫他大吃一惊，画工，既讲年资也讲天赋，他一向自视甚高，可自觉达到顾夜白这水平，已是三四十岁的事。他执教多年，从未遇到过如此奇怪却又天分极高的学生，做学生的费了心机来隐藏自己，他为人师表，却无法眼睁睁地看着一块璞玉被埋没。或许，这次是一个契机。

"如果我答应你，这对其他同学不公平。"

"教授，我自愿在成绩上减去十个百分点。"

对方语气淡定，没有丝毫的恳求，夏教授激赏，他微笑开口："下周的今天十二点前把画稿交上，逾期无效。另外，你那十个百分点还不足以打动我，将你在《原色》里的本事全部拿出来，这是我唯一的条件。"

顾夜白微讶，倒也没说什么，略一颔首离开了。

*

冒雨过去，画上颜料遇水即化，顾夜白将卷好的画稿打开又看了眼，微微皱眉。约定时间快到，他从来没有爽约的习惯，瞥了眼腕表，他把画稿再次卷好，往衣服里一塞，不理背后林子晏号叫，沿台阶往下跑。

雨水透着凉意，刚落到身上，一支伞却已在头顶上方舒展开来。

最初映入眼中的是一只握着伞柄、微微颤抖的小手。

"同学，你这是要到哪儿去？我们……我们一起走吧，我刚巧也要走。"雨伞的主人，声音也在微微颤抖着。

有什么在脑里闪过，他心中一动，眸光微暗了暗。

他一米八多的身高，那女生只及他下颌，约莫只有一米六的身高，身材瘦小，模样更是稀松平常，倒是那眉眼弯弯，乍眼看去有几分动人。

他淡淡道了声谢，伸手去接她手中的伞。这是男人和女人之间最基本的礼貌。

"等一下，这个你拿着。"那女生声音有些急促，她好似想起什么，毛毛躁躁地将自己的肩包扯下，给他递去。

他冷眼看着，不动声色，只把她的东西接过。这种唐突他不喜欢。

"把你的画装进去啊，这样就不会溅湿了。"

见他把她的包挎到自己肩上，她有些焦急。

她声音中那丝羞赧，没来由在心头颤了一下。

微微一顿，他将画从衣服里拿出，放进她的背包。

"我负责撑伞，你负责把它保护好。"她似乎很是欣喜，唇颊弧度弯弯。

"嗯。"他不觉颔首。

两人一伞漫入雨中。背后是杂乱的人声和不以为意的目光。

雨声破碎，校园广播今天没有播放流行歌曲，而是钢琴王子理查德·克莱德曼的作品《偶然的相遇》，细致柔和的旋律中广播员轻诵着一首不知名的小诗：

拥挤的人群里

你白色的衬衣

纠缠上我绾发的发卡

你是淡淡的

我亦矜持着

就此别过

还是他日再逢

倘若陌路延伸两手相牵

时光匆匆

许久以后

我们是携手与共

还是已各分西东

美术系行政楼。

将肩包交还给她，他本想立刻离开，拔脚一瞬，硬生生顿了下来。

雨势很大，他不过是湿了离伞较远的一侧衣袖，而她却好像从水里捞上来一般，衣服打湿大片不说，站立的地方，水渍淌了一圈，几缕湿发黏在额上，更是狼狈不堪。见旁边走过的几个女生投来好笑的目光，她吐吐舌，抬手胡乱擦了擦，朝他笑笑，没说什么，就准备离开。

她就是个矮子，伞本不该由她来撑。这一路，她始终吃力地高举着伞朝他那边倾斜着。

"在这里等我一下。"他迟疑了一下，还是开了口。

"什么？"她怔了怔，小脸微微皱起来。

他没再理会，快步离开。

教员办公室。

夏教授拿起图稿，眯着眼，细细看了一会儿，末了，舒心一笑："好一个顾夜白。"

"教授，如果你认为这还算凑合，我先告辞。"他神色平淡，并没有半分受到夸奖的喜悦。

"凑合？若你这画也只算凑合，那么整个 G 大美术系学生的作品可以当掉重考了。"夏教授神色认真，"你一直刻意将自己的美术造诣隐藏起来，到底是为什么？"

"教授，抱歉我无法告诉您原因，您是我敬重的师长，我不愿意对您说谎。"

夏教授微讶，对他的欣赏不觉又多了一分，他略一沉吟，说道："小顾，你有什么困难，不妨跟老师说，老师随时欢迎。另外，你要保持现状我没有意见，那毕竟是你的自由。这样吧，以后每个周末找个时间到我画室来，你在构图、色彩甚至意蕴等方面都已拿捏得很好，我想和你进一步说说几位画坛大家的技法问题。"

夏教授在业界享负盛名已久，后来画而优则教，课堂前后，求他指点希望拜师的学生数不胜数，他却从不轻易收徒。这简单几句话，却已隐含了要单独授艺的意思，换作别的学生，早已大喜若狂。

顾夜白性子一向淡然，心中有所触动，仍是一派安静，只道谢谢教授。

夏教授拍拍他的肩，让他离开，同时心里升起一股莫名的忧患，在这个学生的画里，他看到了惊人的天赋，但同时，这少年画里浓重灰暗的用色和另辟蹊径的表现方式让他不由想起北欧美术大师欧克。这位画家童年充满黑暗经历，所以他画里的构图多是荒诞不经的色调，阴暗浓厚。这个顾夜白，这样的一身才华，假以时日必成大器，千万别走了歪路才好。

娇小的身影站在行政楼大门内侧，侧着头，眸光柔柔驻在落地玻璃上，兀自出神，不知在想着些什么。顾夜白出来，看到的就是这幅情景，及至走到这女人跟前，她还在云游天外。

他忽地拉过她的手，快速往前走去。

她猝不及防，只觉自己的手被扣在温热有力的大掌中，待要用力挣脱，对方眉眼一挑，修长的指节倏地收紧，力道之大，她身子瞬间便落入他怀中。

她又羞又急，正要出声，他已一脚踢开身旁空教室的门，把她往里一带，身子往门上一靠，逼视着她。

"你这是什么意思？"她被他禁锢在怀中，艰难地抬起毛茸茸的脑袋，颤声问道。

"这句话该我来问，不是吗？"他语气危险。

"你……"她突然恍悟到什么，"你知道了？怎么、怎么可能？"

"我说过，如果你要继续游戏，我也不会罢休。"顾夜白嘲弄地勾起唇角，两通匿名电话，外加今天的"巧遇"，够了。

她神色复杂，惶然，慌乱，苍白从她眸里一闪而过。

向来平静无波的心绪，竟微微一拧。这古怪的情绪让顾夜白微微一讶，手上的力道却不减一分。

她低声吟痛："不是你想的那样……"

"的确是。"他眼底抹过一丝嘲意，"我也从没有想过这所一向以治学风气严谨著称的高校居然会有女生这么做，把时间花费在这胡搅蛮缠上很好玩是吗？"

他的讽刺让她耳根都红了，半晌方才讪讪重复道："不是那样的。"

"那是怎样？"顾夜白反唇以讥。

她没吱声，企图先把自己可怜的手从他的大掌里抢救出来，可惜二人力道就好似蚂蚁之于大象，她悻悻作罢，嘀咕了句什么。

看她这副模样，顾夜白一怔，一时竟发作不出来，但手下力道又加大了一分。

她疼得冒汗，声音带了几分沙哑："可不可以请你先放开我？"

"你说，"顾夜白口气轻柔，目光却冷，"先回答问题，才有资格讨价还价。"

"要说也只能说谎，我不希望对你说谎。"她眼睛湿漉如小狗，"再说……"

几分钟前，他也跟夏教授说过同样的话，顾夜白微怔，不觉将她的下颌勾起，他不爱同女生接触，此时也许是因为她的这份倔强……他不知道。

她冒冒失失地突然抬头，脸颊不经意擦过他的唇。

他唇上的冰冷和她肌肤上的暖意截然相反，奇妙的触感使两人俱是一愣。

他松开对她的钳制，她也急忙退了数步，脚下一个踉跄，却是碰到了后头一张桌子，轰隆一声，一室的回音。

顾夜白不觉皱了皱眉，怎么会有这样笨拙的人？

她看去大是羞愤，半晌才迟疑地道："我今天之前，其实已经决定放弃了。"

"哦，原来是这样。"顾夜白一声嗤笑，也不多话。

她似乎有些心虚，低头说道："真的。"

"有人既已准备作罢，却偏偏不凑巧地出现在距外语系十多分钟路程的美术系里。我是下课就立刻出来，但直到我走，都没看到进来躲雨的人有你，也就是说你是在这之前就在，我不得不猜测某人是跷课过来，这都决定放弃了，还来美术系冒泡，也是让人费解，嗯？"

她顿时杏眸圆睁。

"你怎么知道我是外语系的？又怎么知道我……我跷课？你就不许我早上没课啊。"

"你在我面前出现的时候，肩前的衣服是湿的，也就是说，你一定是从北面逆风之处过来的。

"学校北边就只有北苑公寓和外语系教学楼，公寓是单身公寓，入住的女生少之又少。今天是星期一，全校所有专业早上的课都是满的。"

她一惊，脱口而出："原来有这么多考究。"

"那我是不是可以这样理解，刚才的推测都对了？"顾夜白勾唇，眼中却没有笑意。

气氛莫名紧张起来，她只觉得心率都加快了，这个人太聪明了。

"想想你们辅导员把你请到办公室聊天的情景，也是有趣。"他再补一刀。

她简直想找个地缝钻。

顾夜白却突然厌恶起这场纠缠来，游戏要对手聪明才好玩，这女生却是如此拙劣。

他眼神一漠，转身离开。

"等一下，你不想听听我的解释吗？"

她的声音，透着几分惶恐。

"你方才不是已经清清楚楚说明无可奉告了吗？再说，你又凭什么认为我一定会听你的解释？"

顾夜白反问，然而，没走得几步，他被迫停下脚步——他的手臂被人从背后紧紧拉住。

触感软腻。

他眼角余光扫过那只瘦小的手，心下一沉，忽然反手一扯。

她吃痛，"呀"的一声叫出来。

"别让我再看到你。"

他把她挥开，脚步没停，出了教室。

"拿烟斗的男孩。"

背后她的声音急促而响亮，立刻引来外面学生的侧目，把他们看成是争执的恋人。

高大冷漠的男生，小脸涨得通红的女生，仿佛一下让景致生动起来，为这阴雨天平添一丝温煦暖意。

顾夜白一顿，这是他交给夏教授的画，仿毕加索早年同名作品，当中加了自己的技法和创意。

"什么意思？"他声音阴郁。

"是，你的猜测都对。我曾想过，当面请求你也许会答应，所以我来了，但事实是，在你出来之前，我突然决定放弃，不骗你，我是真决定放弃了。

"这毕竟对你造成困扰，我们也不认识，你没有理由更没有义务帮我。你一定在想怎么会有如此不知害臊的人吧。"她垂着细细的头颅，"我本来打算放弃了，如果不是因为你手上的画……这么好看的画，我不希望就这样被雨水毁了。"

"你懂画？"

她摇摇头，神色有丝黯然："我俗人一个，但好东西，总是雅俗共赏的。"

"雅俗共赏？"他唇角忽而扬起丝冷笑，"你甚至清楚知道那是高更的作品《拿烟斗的男孩》。"

"那不是毕加索吗？"话音一落，她突然意识到什么，立刻噤声。

顾夜白颔首，淡淡说道："不错，连出处都很清楚。"

被摆了一道！她低了头，好半会儿才说道："那幅画，我认识的一个人曾经也临摹过。那么明媚的颜色，花冠上的花还在开着，画中男孩年岁也正好，可他还是那么寂寞。这世上，每个人都有自己的幸福和快乐，他的哀恸和悲欢又有谁去想过？无人问津，再美丽也不过是刹那芳华，还没开尽就已凋谢。"

闻言，顾夜白宛如墨濯的眸一瞬有些失神。

她没有看到，只是对他鞠了一躬。

"之前对你造成的困扰，对不住，顾夜白，我不会再来麻烦你了。"

衣衫半湿，包裹着纤瘦的曲线，眼看她就要消失在眼前，顾夜白突然道："非我不可？"

她一愣，随即折了回来，满脸都是惊喜，"你改变主意了？"

顾夜白好一会儿，方才开口："不管怎样，今天的事，我欠你一个人情。电影下周周末才公映，离现在还有两个星期，你帮我做个事，我如你所愿。"

"真的？"她欢呼出声，小狗似的扑上来，"行，十件都行。"

顾夜白看着挂在自己臂上的双手，平生第一次有了悔意。

北二栋。

寝室里，林子晏听罢事情经过，大笑道："那小女生叫什么名字？"

顾夜白正埋头为作品润色，随手在一旁的画布上写了个名字。

"路悠言？"林子晏挤眉弄眼，"喜言是非的言？"

"你脑里就只有这些龌龊的形容？"顾夜白手上动作一缓，脑里突然浮起别前那张浮着笑靥的小脸。

"顾夜白，也许我不招你待见，但好歹咱们也要相处一段时间，总不好老是'喂'啊'哎'啊'同学'啊这么叫吧。我知道你叫顾夜白，你还不知道我名字呢。我叫路悠言，'路遥知马力'的路，'悠悠寸草心'的悠，'知无不言、言无不尽'的言。"

"不是'言不由衷、言过饰非'的言？"他轻哂。

她小脸顿时拉下去。

"明天五点半北二栋见。"

"什么，五点？"她明显有些发蒙，好一会儿，方才小声嘀咕，"这大清早的你不是要我陪你晨练吧，再说，去你宿舍做什么，你不会是坏人吧？"

他目光往她身上一撩，说："你说，你会期待和一个小矮子做些什么？"

她噗的一声，半天没回过气来。

天色尚未破晓，只在东方透了丝鱼肚白。

北二栋宿舍楼前，一道身影挺拔伫立。白色衬衣，藕色休闲长裤，男子俊美得叫人惊艳的面容，使得林荫道上整幅景致也生动起来，只是那重瞳隐约折射出的冷凝鸷狠，让他看上去透着几分阴郁。

他眼底下微微发青，那是昨夜纵酒的缘故。

昨天，是那个人的忌辰。

每年的这几天，如果没有酒精的安抚，他必定无法入睡，只能睁眼到天明。酒下空腹，胃也闹腾得厉害。

"顾夜白。"

突然，一道欢呼声过后，前方身影渐渐清晰。在气喘吁吁的女孩儿到达跟前，顾夜白已将眼镜戴上，眼中所有利芒也瞬息敛去，方才种种，宛如风过无痕。

"我没有迟到吧？"悠言抚着胸口说道。

顾夜白看了眼腕表，分针正好指着半点，他没有说话，径自前行。

悠言本以为他会带她上寝室，见状笑道："我打听过，你住九楼，可这公寓没有电梯，幸好不用爬上去。"

"顾夜白，咱们现在要上哪儿去？"她笑嘻嘻问道。

"爬山。"顾夜白赏她一句。

悠言："……"

腹诽归腹诽，她摸摸鼻子，还是认命地跟在对方背后，没一会儿，又一溜烟跑到顾夜白前面："顾夜白，把这个解决了再走吧。"

顾夜白这才注意到她手上拎着几只塑料袋子，袋子上方一缕一缕地冒着热气。

把其中两只袋子往他手里一塞，她自觉地跑到花圃前面，屁股往椅子上一粘，翻出个肉包子，有滋有味地啃起来。

顾夜白神色一僵，走到她面前，把东西递回给她。

"怎么不吃啊？味道很好的。谁让你约这么早？学校食堂餐厅都还没有开，我可是跑老远买的。"

说到后来，便是一副"都怪你"的表情。

"谢谢，但我没有吃早点的习惯。"顾夜白淡淡回绝，有礼而疏冷。

自从泠死了以后，他就再也不吃早餐。

记忆中，那张纯净的面孔，即使遭受再多屈辱和白眼，在生活最困难的时候，眼里那份温暖笑意，都不曾褪色过。

泠，他的孪生哥哥。

这个少年，他也许从没有强势过，但他一直坚忍。

顾家，从来不只是普通大户之家，旗下艺询社产业涉猎广，坐拥亿万资产。而他们却是……私生子。甚至，他们的父亲并不爱他们的母亲。包养一个女人，不过是有钱人闲暇时的调剂，玩完随手丢弃，没有谁会谴责，而他母亲甚至不知道那个人早有家室。在得知那个人的事后，她没有哭闹，只是默默带着两个儿子过日子。她很早便过世，操劳的，伤心的，她竟然相信过那个男人可笑的爱情。

可他和泠却比谁都更清楚，在这世上，不会有人肯施舍一份关爱给他们，要活下去，就必须坚强。

母亲离开的时候，他们还年幼，还没有谋生能力，每个月来自母亲哥哥所谓的生活费少得可怜，但他的画画天分却已渐渐显露出来，几乎把吃用的钱都挪到买画具上，泠便把自己那份微薄的生活费再分成两份，除了一顿正餐，哪吃过一份正式的早点或夜宵？

泠有时会打趣说，白，你的一张纸、一支笔能抵多少个包子呀。

他虽然这样说，却支持他学画。他们从不争吵，唯独在学画这事上争执过数次，他一度要放弃，泠却无论如何也不允。

待得年岁渐长的时候，泠课余所有时间都用来打零工，支撑他学画的费用。

偶尔有丝剩余，泠会买点零食给他，他总偏着脸不肯吃。

两个人吃不饱，你自己吃。他这样跟泠说。

泠就会笑着说，一个人吃不滋味。

一个人是寂寞，两个人才是生活。现在，他终于有能力让两个人都过上优渥的生活。只是，那个可以同享的人却已经不在了。永远地离开，再也不会回来，再也回不来。

"顾夜白，一个人吃不滋味呀。"困惑于他脸上阴郁的神情，她起身走过来。

顾夜白猛然一震。

景物似乎便在瞬息变换。

眼前眉眼弯弯的女生仿佛和记忆里那个少年的影像重合。

怔忡之间，嘴角突然微温，却是她踮着脚把包子送到他嘴边。

"你碰都碰了，我也不能再吃，如果你一定不领情，那就把它扔掉。"她看着他说得认真。

他似乎无法说不，再多就显得矫情了。

她笑笑，又埋头呼哧呼哧开吃。他把包子放进嘴里咬了一口，滚烫的肉汁立刻迸溅出来，味道委实不错。

"欸。"

她像只聒噪的小麻雀，又叫起来。

"嗯？"他微微皱眉。

"顾夜白，我突然想起来，你手上的包子……呃，我刚才咬过。"她圆睁着眼睛，一脸做错事的表情。

他有洁癖，但翻了翻手上的食物，很奇怪，心里竟没丝毫厌恶的感觉。

耳畔突然传来她张牙舞爪的笑声："逗你玩的，我没有碰过。"

她啃着食物，话说得含糊不清，却快乐得像只偷到油的小老鼠。

哦，敢情他也被她小摆了一道。他勾了勾唇："路悠言。"

"什么？"

"头低一点。"

"做薯摸（做什么）？"她有些困惑。

"你头发上有块树屑，我给你拿下来。"

"谢……谢。"她的脸顿时红了，听话地低下头来。

很快，她大声叫："顾夜白，你怎么打我？"

他收回手："嗯，我也是逗你玩的。"

在这之前，他往她头顶赏了个爆栗。小响一把。

悠言抓狂，握拳要打回去，然而，比量了一下二人的身高，她咽了口口水，继续默默啃包子。

荧山。

悠言没想到他要来的地方竟是这座坐落于学校后侧的小山。

"这里很适合先什么后什么啊。"她一路走，一路小声咕哝。

二人的距离足以让他听清她的话。

顾夜白五指微微屈起，好吧，原来打人也可以上瘾，他只想把她打得满头找包。

行至半山腰，东方破晓，夺目的霞光拂面而来。

悠言看得痴迷，好一会儿才想起某人可能已走远，一时有些焦急，目光环视之下，却见顾夜白就驻步在不远的地方。阳光映在他身上，仿佛镀上了一层薄薄的金边，华贵得仿佛古希腊神话中的神祇。

不是没有见过高冷的男生。只是，眼前这个人，该怎么说，他身上的疏冷并非刻意装扮，是从骨子里一点一点透出来的，显得骄傲又寂寞。

悠言突然一惊，不过是刚刚认识的人，她哪有什么理由去给他下定义？

她和他似乎是认识了，然而他的五官在她心中始终是模糊不清的，凌乱细碎的刘海和过厚的镜框将他和她隔出距离。这个男生身上隐隐透着一股危险气息，明知道不能靠近可又无法排斥。

眼见顾夜白脚步移动，悠言拍拍胡思乱想的脑袋，连忙跟上。

到得山顶，只见绿油油的草丛中躺着全套画具，画板、支架、画纸、炭笔、颜料、调盘，甚至，还有小桶清水。

她这时有些明白，顾夜白要来这里做什么了。

"你这样随便乱扔，不怕东西被人偷去吗？"她问道，这真是个奇怪的男生。

"偷就偷，偷了也不能换来多少价值。"

她谄媚道："也对，它们只有在合适的人手中才能化腐朽为神奇，譬如你。"

马屁多拍总不会错。何况，这个人的画确实让人吃惊。只是，她偷瞟了他一眼，他为何一直寂寂无名？这样的画技，并不低于被誉为全校第一的魏子健。

魏子健……想起球场上那抹矫健的身影，她脸上热了热，伸手戳戳脸蛋。

"想起谁了？"

这人眼睛真毒！悠言忙欲盖弥彰："你说什么……"

"哦，是我多事了。"

他声音透出丝冷硬。

悠言一时怔忡，不知如何应对。

"到那边坐下。"

"你这是要我做你的模特？"悠言有些惊奇，高兴地问。

"嗯。"

"我还是第一次做别人的模特，我这样子还可以吗？"

她喜滋滋的语气让他淡淡的不悦一扫而去。不悦？为什么不悦？为她脸上的晕红，为她想起谁？顾夜白心里突然起了丝莫名的烦躁，好一会儿，才慢慢开口："模特最重要的是五官和形体突出，不选好看，找个丑的也行。"

悠言怒，随手扼杀了一把生命，抓起一坨草朝他扔过去。

武器杀伤力弱，加之她力度不够，无果。

顾夜白眼皮也没抬一下："知道什么叫死而不化吗？就你现在这副模样。"

悠言再次被打击，狠狠瞪过去。

"脸上有表情，总算进步了。"

悠言闻言，决定不与贱人争高下。

半响，不见他动笔，她微微疑惑："顾夜白，是我这样还不行吗？"

顾夜白似乎等的就是她的自投罗网："你终于聪明一回。"

悠言决定还是闭嘴。

"用你平日里认为最放松的姿势。"他命令道。

悠言被他磨得小心肝怦怦直跳，负气说道："最放松可是你说的。"

她说着身子往后一仰倚到石上。

"睡着就最轻松了啊，顾夜白先生，路悠言小姐她已经睡着了，请勿打扰。"

这次他没有打击她，空气中传来一阵沙沙声响，又很快隐去，他生气了？她心里不安，偷睁开一只眼睛，目光刷地和他相碰。

前方，他正静静看着她，眼神专注，眼中那如墨流淌的薄薄温润，仿佛一泓漩涡，瞬间将她吸进去。

他的手修长好看，指甲盖儿是清浅的玫瑰色泽，骨节分明，白皙修长，炭笔被扣在其中，他正在纸上认真地勾勒着她的轮廓。悠言不觉咽了口唾沫，心跳微微急遽起来。

她连忙闭上眼睛，不敢再看了。

阳光和暖，慵懒地打在她脸上，她的意识慢慢地也有了丝模糊，朦朦胧胧之间，脸上微痒，似乎有什么东西在上面划过，触感粗粝而冰凉。

她困惑地睁开眼，顾夜白棱角如削的脸就在她咫尺之处，而在她脸上流连的却是他修长洁白的手。

四眸相接，她不由得慌张起来，一把抓住了他的手。

她很快意识到自己做了件蠢事，依照顾夜白的逻辑，不会以为她要非礼他吧……就在她忙不迭要放开的时候，他却突然反手握住她的手。

她呆呆看着他。

"头发把眼睛盖住了。"他波澜不惊，站了起来。

"哦。"她小声应了。

他已走远收拾画具去。

"画完了吗？我看看。"她也忙找话说，想将尴尬打破，想看画也是事实，她想看看他画笔下的自己。

"只画了一组，完了再看吧，你的上课时间到了。"他淡淡说道。

"好吧。"她心里一阵失望。

顾夜白看她一眼："还是说，你想跷课？"

"当然不行！"她脱口而出。

"哦，你可不像这么爱上课的人。"

"可我这月都被记三次了——"有人再次自曝其短。

"果然如此。"顾夜白洗刷着画笔，一副了然神色。

悠言羞愤，继续谋杀的上小草："就是说我接下来还要继续当你的模特，是吗？"

他"嗯"了声。

"你为什么选我？"她一直奇怪。

"想。"

悠言微赧，喜悦的感觉从心里一点一点透开来。

"你也常常这样想画别人吗？"她问。

"当然不。"

悠言正高兴，只听得他说道："只是我素描课和色彩课刚好有几组作业要画，而你又刚好送上门。省了我找人还要花钱。"

悠言心里再次默念，不可和贱人一般见识。贱人会把你拉到和他同一水平，然后用他丰富的经验将你打败。

"明天下午你有两节课，课后我在宿舍楼下等你。"他收拾好画具，站了起来。

"明天下午我有课？"悠言想了想，实在记不起来，只好不耻下问。

"路悠言，你过来一下。"

悠言不解，还是依言做了。

甫在他身前站定，一个爆栗已敲在她头上。

悠言怔愣了好一会儿，大怒。

"你怎么又打我？"

"方便你加强记忆课时。"顾夜白收回手，好整以暇地说道。

悠言想想，好像也对，以后那一天的课时她肯定能记住了，因为她真的很、生、气！

"凭什么是你决定时间？虽然是我有求于你，我没发言权，好歹也有点附议权吧？你是不是该问问我意见？"她又腰踮脚吼，先调整高度和身量上的差距和气势。

"那电影不去看了。"

"不去就不去！"

"也行，这画画了一组，亏的反正不是我，那就这样吧。"

"哦，顾夜白……明天见……"临走前，悠言含泪如是说。

瘦小的身影消失在山腰，顾夜白却没有迅速收回目光，过了好一会儿，才翻开支架上的画纸。白纸如素，除去最初几笔不成形的线，什么也没有。

刚才她睡着了，阳光映在她脸上，照得她容颜恬静，光晕打在她唇上细细的茸毛上，她看上去……那么美好。他一眼定格，竟忘记了落笔——

翌日，美术系教学楼。

马哲老师上课基本算是个人秀，老师授课、学生开小差两不误。G 大是全国有名的重点高校，美术系更是这里的金牌专业，只是，没有人规定金牌专业的学生便得多循规蹈矩，也不是什么非专业课，几个班并在一起上课，同学们的交流也越发起劲，娱乐更是多姿多彩。

林子晏推推身旁的顾夜白："你丫装逼，居然在看外文书？"

顾夜白懒懒开口："喂，老师看你了。"

林子晏一惊，这中年妇女可不是省油的灯，被捉后果很严重，也不管顾夜白话里真假，立下停止对顾夜白的骚扰，即刻假模假样地将书翻得哗哗响，半晌，见马哲老师转身板书，又继续埋头他的涂鸦。

林子晏勤快，是百年不遇的事情，难得勾起顾夜白一丝好奇，往他的画纸瞟了一眼。

纸上姑娘的模样有几分熟悉，他勾唇："子晏，这是谁？"

林子晏脸上一红，轻咳一声："就随手画的。"

"我看像有原型。"

"原型个屁！看你的书，哪里来这么多废话！"

顾夜白不置可否，一幅景象却在脑里清晰起来。

黄昏的林荫道上，两个女孩笑闹着前行，其中一个就是林子晏纸上的姑娘，当日这货还对人家破口大骂，现在看来，情况变得相当有趣。

另一个女孩脸上有些逆光，双眼微微眯着，那是副轻盈的眉宇，眼底却透着一丝轻微的忧悒，余晖似乎也无法穿透。

他正微微出神，讲台上老师突然说道："谁是顾夜白？"

他只好站了起来。

"夏教授明天到 S 市开会，周末回不来了，让我转告，辅导改到今天下午，让你下课到他办公室找他。"

马哲老师说着也朝顾夜白连看了几眼，似乎也好奇这个得到夏教授青睐的男生到底是什么模样。

几句话让本来喧闹的教室也沉寂下来，随即有人低声说道："为什么是顾夜白？这辅导要给也是魏子健才对啊。"

林子晏却大声道："金子发光喽。"

顾夜白微微皱眉，这老师就不能下课跟他说一声，夏教授名气大，他在班上却过于平庸。

背后有道目光，他坐下的时候，余光看了下，那是魏子健的位置。

课铃一响，有几个同学朝他走来，有男有女，似乎是想探听夏教授的事情，他将林子晏往过道一扯当障碍物，快步走出教室。

*

美术系行政楼。

"顾夜白。"

夏教授办公室门口，有人走过来，突然开口把他唤住。

顾夜白停住脚步，对方长相漂亮，气质出众，和他有过数面之缘。

"你好。"他还了声招呼。

周怀安笑道："你怎么老戴着眼镜？"

"习惯了。"他淡淡答道。

"找夏教授？"怀安看看办公室门口牌上的名字。

"是，你呢？这里是美术系。"

他难得揶揄，怀安心里一喜，笑道："你们系里的张教授和我爸爸是好朋友，有人给我爸爸送了套品牌画具，他用不着，让我转交。"

"嗯，再聊。"

她说得详细，没把他当陌生人，顾夜白却只是颔首，便要离开。

"等一下。"她忍不住再次开口。

顾夜白停下来，侧身看她。

"张教授名气虽不及夏教授，"她微微压低声音，"但听说夏教授脾气古怪，从不肯独立带徒，如果你有兴趣，张教授那里我可以代为引荐。"

"不必了，谢谢你。"

"不客气。"怀安心里一阵失望，慢慢转身离开。

顾夜白没有立刻进内，目光落到楼道拐角处，顿了顿，方才敲门进去。

楼梯口，一张英俊阴郁的脸一点一点露了出来，他目中闪烁着一丝不明情绪，突然又警觉说道："谁在后面？"

来人没有避开的意图，静候他转身。

"周怀安？"魏子健有过一瞬的愣怔，心中顿生一丝被窥破的躁怒，但他脸上只是不动声色。

"你怎么来了？"他半开玩笑，"找我吗？"

他追过周怀安，但对方没有答应，他也就作罢，低声下气，不是他的做派。

"大才子，跟踪别人好玩吗？"周怀安缓缓说道。

"周怀安，你这是什么意思？"他目光终于微微沉下来。

"我没什么意思，只是看到有人一直鬼鬼祟祟跟在顾夜白背后，一时好奇而已。"怀安不慌不忙，唇上甚至浮着一丝笑意。

"你不答应我就是因为他？堂堂 G 大校花外语系才女，这就是你的眼光？"他也毫不含糊，出言以讥。

"眼光？"怀安笑了，"魏大才子同我说眼光，我还想请教，画者的犀利你真确定自己有？"

"就因为夏教授选了他？你看过他的东西了吗？全级倒数。"

夏教授选了他？怀安一怔，怪不得他刚才拒绝了她的好意。

她只是淡淡道："那想来是夏教授老眼昏花，可惜有些人三到其门还不得入。"

"也不知道背后做了什么手脚，让夏教授上了套。"

"自己技逊一筹，何必侮辱别人？"

"周怀安，你真好，我真情实意待你，你就这样回报？"魏子健微微冷笑。

"和某些道貌岸然的人相比，我自然好。礼尚往来，你的话我送还给你，顾夜白真正的水平你有看过吗？"

她手腕猛地被人擒住。

"大才子，在这里撕破脸面不好看吧？我是没关系，喜欢你的女生可是会很失望哦。"

魏子健是聪明人，本就只是想吓她一吓，但见她淡定自若，倒觉自己没看错人，激起了心中征服欲。

"带刺的玫瑰最美，周怀安，等着瞧，我和你还没完。"他松手，轻声提醒。

"《原色》夜泠的专栏会有你想知道的东西。"怀安也不多话，搁下这么一句，离开了。

《原色》？魏子健心中微微一凛，作为美术系的学生，他不可能不知道这本国内排行前三的权威美术杂志。

从夏教授画室出来，夕阳已西斜。

抬腕看看时间，顾夜白微微皱眉，和那丫头有约，却临时被夏教授叫去，离约定晚了将近两个小时，是他失约在先，她怎可能还在他宿舍楼下等他？

这念头一转，他本快奔着的脚步慢慢停下——明天向她道歉吧。

回到北二栋，果然没有看到她，但他还是朝四周再看了一遍，方才进门。

"顾夜白，我好歹等了你两个小时，你就一分钟也不能给我？"刚踏上梯级，背后声音急促传来。

他微一震动，立即返身。

夕阳下，女孩一袭白色及踝长裙，捂住胸口朝他跑来，柔黑的发丝散了一肩，眉眼弯弯，委屈地看着他。她走得极急，微微喘着气。

她乌溜溜的眼睛饱含指控，阳光把它们染成绚丽又调皮。

此刻，他还不知道，这幅景致，她笑语盈盈的模样，只一眼，已永永远远刻在他脑海里，任以后岁月再远，时光灰飞烟灭，就像顽固无比的藤蔓，他记忆里，她的笑也不曾磨灭半分。

"对不起。"他逸了口气。

"你是不是该给我一个解释？"她瞪着他。

"吃饭了吗？我请你吃饭赔罪。"他迟疑了一下，问道。

他的语气有丝生硬，悠言一愣，又笑了："顾夜白，我猜，你一定很少请人吃饭吧？"

顾夜白一时没能说出话来。

"不然为什么明明是你请客，却好像是我欠了你似的。"她轻哼一声，"我不去。"

顾夜白微怔，视线紧紧攥住她。悠言脸上有些发烫，微微侧过头。

眼见气氛有些尴尬，她说道："我才不会像某人这样没气度。"

顾夜白心里微悬着的一丝什么突然放下，突然，她献宝似的将藏在背后的东西拿出来。

那赫然是两份盒饭。也有……他的一份？

"顾夜白，我等了你很久很久。"她低声说道，透着一丝委屈。

"以后，不会再让你等。"他脱口而出。

话一出口，顾夜白意识到不妥，垂在裤侧的手重重握了握。

悠言倒没有想太多，笑道："没有等到你，我就先去买饭了。"

"如果我一直不来，你会怎么样？"他盯着她，话，就这样问了出来。

"等啊，不然怎样？"她反问，仿佛他问了个奇怪的问题。

"等？"他慢慢重复了这个字。

"你不像是随便失约的人，再说是你约的我，更不可能失约，除非是有什么事耽搁了。我猜得对吧？"她笑嘻嘻地说着，目光没有丝毫怀疑。

"不要说得那么笃定，你并不了解我。"

那股熟悉的烦躁又不请自来，顾夜白微微垂下眼眸。

"我说顾同学，你这是不是暗示我，你还会失约？不是说，以后不会再让我等吗？"她走到他面前，仰头瞪他。

"不会。"顾夜白唇角不觉浮起丝弧度，刚才的尴尬和冷场一扫而光，"走吧。"

"去哪儿？"她晃了晃手中的东西。

他拿过塑料袋，淡淡开口："上次你没能爬成的九层楼梯，现在有机会体验了。"

"去你宿舍？"悠言愣了愣，但能被这怪人当朋友邀请，她还是高兴，嘴上却使坏，"你不会是坏人吧？"

顾夜白笑了笑，伸手揉揉她的发。

悠言顿时红了脸，呆了一下，先跑了。

意识到自己做了什么，顾夜白看着自己的手，也微微蹙起眉头。

顾夜白的宿舍收拾得非常整洁，没有丝毫男生惯有的邋遢，简直比她们女生宿舍还要干净。一厅一室，家具崭新齐全，还有个小阳台。

悠言打量着，忍不住低呼："顾夜白，你这里环境好好。"

"所以银两也很昂贵。"有人笑着从卧室里走出来。

"什么人？"悠言着实被吓了一跳。

"美女，你几年级的？"娃娃脸男生也是身材高大，笑容倒是可掬。

"二年级。"悠言见顾夜白没有什么讶异神色，猜是他同学，也就老实回答了。

"初次见面，学妹有礼，我是你三年级的学长林子晏，顾夜白的同学。来，学妹，咱们来握个手吧。"林子晏几步冲到前面。

悠言被这位学长的热情吓到，躲到顾夜白背后。

"你来我这里有事？"顾夜白瞥对方一眼。

"我的颜料用光了。"

林子晏话未完，手已被塞进一盒冰凉的物体，顾夜白给了他一个"你现在可以滚了"的眼神。

林子晏一声冷哼，道："学妹，那咱们下次再玩儿。"

"我不跟你玩儿。"悠言再往顾夜白背后缩了缩。

顾夜白带女生回宿舍可是头一遭，这家伙平日同女生打招呼的次数五个指头也能数清，林子晏整个人还沉浸在巨大的震惊中，眼见悠言好玩，他脚步往侧一跨，还想去逗她，顾夜白说道："子晏，我有事跟你说。"

林子晏微惑，站住。

顾夜白伸手一探，揪上林子晏的领子，反手一推，旋即关上门。

一连串动作干净利落，悠言看得目瞪口呆。

"坐吧。"他说。

悠言点点头，乖巧地在小沙发上坐下。

顾夜白将东西放到桌上，想给她倒杯水，才发现屋里只有自己的杯子，除了林子晏和另一个朋友唐璜，这里本也没有什么访客。冰箱里倒是有啤酒，但她是女孩子，而且莫名地他不想给她喝酒。

眼见他高大的身形顿了顿，悠言笑道："顾夜白，我不口渴，我饿了，咱们吃饭吧。"

他坐下，将钱夹拿出，抽了张票子递给她。

她明显一怔："这是什么？"

"饭钱。"他淡声回道。

她小脸顿时拉了下来。

"我以为我们是朋友。如果你非要给我钱，那我把东西拿走。"

他的手一僵，慢慢收了回去。

"吃饭吧。"她声音低了下去，将放在上面的那盒先递给他。

她生气了？

锋利的眸，没有放过她脸上的一丝情绪，道歉的话几乎便要脱口而出，但他终究没说什么，只沉默地接过她递来的东西。

揭开一看，里面的饭菜竟是两个人的分量。

"我不知道你喜欢吃什么，就每样都点了一些。"她给他解释。

"谢谢。"他说道，那么一瞬，有丝什么毫无防备地直撞心头，微微漾开。

两人安静地吃饭。

悠言悄悄看过去，这家伙的用餐动作真是优雅，不徐不疾，轻轻咀嚼……反观自己，经常乱啃一气，可不是猪吃食的样子吗？她想着想着，忍不住扑哧笑了声。

他抬头："怎么了？"

"不告诉你。"她朝他做了个鬼脸，正要继续大快朵颐，忽见他从菜里夹了些什么出来，放到盖子上。

这男人挑食？悠言愣了愣，说道："顾夜白，你筷子给我。"

顾夜白目光微微闪烁了下，但没有拒绝，把筷子递过来。只见她在自己的饭盒里仔细翻了翻，把一些肉菜夹进他盒里，她动作有些拙劣，却笑得欢愉，仿佛完成了一件至关重要的事。

才一抬头，却跌进男人幽深的目光里，悠言脸上一热，忙道："都是干净的，那些我都没碰过，你放心。"

"不是这个。"他淡淡说。

"给你的菜都是你喜欢吃的。"她有些疑惑，说着又将他挑出来不要的肉菜都夹进自己的饭里，自豪地道，"我不挑食。"

他还能说什么？送了一口她夹来的菜蔬进口，顾夜白慢慢嚼了，目光复落到她发顶上。窗外的天似乎突然黑了，光芒在这几近熄寂的时间里，仍让人感觉到温暖，冷寂许久的心，有个地方竟自发柔软起来。

晚饭后，又画了组素描，约好下次见面的时间，她笑着向他道别。

他没有送她，却不觉踱步到阳台。

天色越发暗了。不远处的篮球场上，不少男生还在热火朝天地打着比赛。走到铁丝网旁，她突然停住脚步，双手撑到网上，认真看了好一会儿，才踢着步子恋恋不舍地离开。

她在看什么？这球场上某一个男生？

他浑身有些紧绷，一股说不清的情绪从心头进出，迅速侵占身体上每一个毛孔。

接下来的日子，他们天天见面，他的宿舍、校园的某一处或者荧山。

有一天，她懊恼地告诉他，因为胶卷坏了，需要买新的，她想约他看的片子改了播映时间，延迟了两个星期，这期间插播其他影片。那一天，他发现自己的心情非常愉快。

每天早上，她都会揉着眼睛，拎着几袋早点过来，一段时间下来，他有些好笑地发现，他居然把这附近小店的风味几乎都吃遍了，她每天都会告诉他自己是在哪里买的早点，而他却没有告诉她，他的作业其实早已画完。

如同往常每天一样，这天天微亮的时候，他在宿舍楼下花圃前发现了那抹身影。

全然没有一丝平日嬉笑搞怪的模样，今天的她显得异常安静，乖巧地坐在椅子上，一动也不动，静静看着自己的鞋子。

他突然想起，今天是他们约定的最后一天，她的诺言已经全部完成，明天该是他依言赴约的日子。一个月的时间就这样过去，在这不知不觉间，如同指间流沙。

那会是个什么样的片子？不知道从什么时候开始，在学校的小型电影院前经过，他会驻足一会儿。可是他终究没有进去查看那部电影的名字。而明天过后，他和她就像两条平行线终于会回到各自的轨道，再不相交。

似乎听到他的脚步声，她抬起头来对他浅浅一笑。

这笑容让他觉得刺眼，声音不觉沉了下来："别笑。"

悠言一愣，唇角本便僵硬的弧度慢慢敛起。

她其实也不想笑。

开始习惯在五点前起床。快速地洗漱，然后骑上 Susan 的自行车到校外买早点，再回到宿舍楼下把车子停好，然后赴约。

今天其实和往常一样，并无特别，只是出门的时候 Susan 突然醒了。

Susan 笑得狡猾。

"言，我没记错的话，明天晚上就是电影的放映日期，你做了魏子健一个月的模特，明天可以问收成了。"

原来已经一个月了？今天是最后一天？

她所有的动作瞬间停了下来。

该开心的不是吗？不必再早起，不必再去找这个人，这个才华深藏却傲气得很又寂寞的男生。只是，为什么心里却有些堵得慌？

"珊。"她突然开口。

"说。"

"记得答应过我的事情。"

"得，绝对不告诉你爸你要去庐山的事。小样儿，不是用这事儿威胁你，真心话你不说，大冒险怕也赖了吧。想想看，我还不是为你好？"

是，所以她的大冒险是约魏子健去看一场电影。

"没想到魏子健居然让你当他的模特作为赴约交换。你瞧，这一个月和魏子健的相处，再加一场甜蜜的约会，你们……"

她苦笑出门。聪明又迷糊的阿珊啊，魏子健早已搬出北二栋，新搬进去那间宿舍的是一个叫顾夜白的男生。魏子健是学校的风云人物，曾多次在学校的大型活动里当过主持或嘉宾，而且，她也因别人的嘱咐私下找过他一次，所以他的声音她认得。

早在大冒险那个晚上，她就已经听出电话那端不是魏子健，大冒险的要求是，打给这个宿舍的男生，约他看一场电影，她索性将错就错，无论如何，要求她是完成了，不管住在里面的是谁，阿珊也得遵守诺言，不能把她去庐山的事告诉她父亲。只是，现在还不能告诉阿珊，等一切结束后吧。就在……明天。

气氛突然变得安静，悠言有些不安，讨好地把早饭递到对方面前。

"你吃吧，我今天不吃了。"顾夜白说道。

她被拒绝了。若是平日，她必定想尽办法让他吃，只是今天他清冷的模样，让她难受。哦，顾夜白，就你高冷。

她拎着粉蒸丸子，一下走到他前面，走得飞快。

看着那抹气呼呼的身影，顾夜白眉心慢慢锁紧。

*

荧山。

"顾夜白，我明天早上还要过来吗？还是晚上电影院等？"

临走前，背后的声音唤住他收拾画具的动作。

那小心翼翼的语气，让他心一沉，她就如此迫不及待想结束？如此希望把他们之间的牵绊斩断？

"等价交换不是吗？明早见。"

对方出口便是淡漠的语气，悠言咬牙道："好！"

和他擦身而过，她心里愤懑，忍不住回头冲他道："顾夜白，我并不欠你什么。"

她吼完，委屈的泪水在眼眶打转，转身便跑。

顾夜白微微一震，不假思索便追了过去，很快又硬生生停住脚步，现在他只想将她紧紧抱进怀里！

　　但抱了她意味什么？他们不过才认识一个月。一个月时间，足够喜欢上一个人了吗？他只知道她叫路悠言，是外语系二年级学生，其他的便一无所知。当初，他会答应这场荒谬的约会，已经是连林子晏也觉得不可思议的事情。对她来说，这也许不过就是一场游戏，他却喜欢上了她？

　　不，这个世界上，他不需要别人来爱他，他也绝不会爱上别人。爱是什么玩意儿，不过是把他母亲逼死的可怜又可笑的廉价东西。

　　视线紧攫住她背影，他手也紧握成拳。

　　傍晚回来，顾夜白从冰箱里拿出一罐啤酒，走到阳台。

　　锐利的视线扫了一遍四周，目光很快落到楼下两侧树旁一个男人身上。

　　对方一身做工考究的西装，身材高大，远远看去气度不凡，只是脸上却罩着一副墨镜，在夜色中平添了一丝神秘和诡谲。

　　顾夜白唇角微勾，哦，又来了吗？

　　突然，身上手机振动。

　　意料之中。

　　他按了接听键，淡淡开口："我现在下来。"

第 二 章

时光的掌纹

夜色弥漫。

黑暗中，那人透过墨镜打量着他，顾夜白也不多话，径自走到前面，那人一声不吭，紧跟上来。

片刻后，光亮再次出现。

校外咖啡店，角落僻静的位置，顾夜白坐了下来，他摘下眼镜，放到桌上，似笑非笑地打量着对座男人。

饶是个看惯场面的人，在他犀利的目光下，脸上也微微现出一丝躁色。终于，他按捺不住喝道："你眼里还有我这个长辈吗？"

顾夜白笑了，俊美的容颜在昏暗的灯光下透出一分妖异。

"你这个妖孽。"男人冷冷说道。

"我若是妖孽您又是什么？"顾夜白讥道，手突然横探出去。

他动作迅速敏捷，男人惊愕之际，桌上已赫然多了副墨镜。

男人的面目登时暴露在灯光下：五十岁上下的年纪，面貌英俊，眉眼之间竟与顾夜白有着几分相似。

"当然，我时刻提醒着自己，顾腾辉，我的父亲，那是一个不折不扣的畜生。"顾夜白勾唇说道。

"你！"惊怒之下，顾腾辉猛地伸手朝他扇去。

长指一翻一扣，倏地，顾夜白将顾腾辉的手肘摁在桌上，另一只手把桌上的玻璃杯敲碎。

顾腾辉还没反应过来，喉间已被一块尖尖的玻璃碎片抵住，棱片在灯光下闪烁着七彩寒光，让人不寒而栗。

"你想做什么？"他颤声问道。

"这句话该我问你才是吧，爸爸。"顾夜白嘴角噙笑，语气却冷冽如冰。

"顾夜白，你这孽畜，当年亲手将你异母哥哥逼疯，今天想把我这个父亲也杀了吗？"俊美的脸因怒气扭曲不堪，显得狰狞而可怖。

"哥哥？那是您的儿子，却不是我的哥哥。妖孽？我倒真希望自己就是妖孽，那么你的儿子就不是疯了如此简单。"重瞳透出一片嗜血利芒。

"你疯了，顾夜白，"顾腾辉怒极反笑，"我查过你的成绩，破落不堪，但只要你跟我回去，我亲自教你，假以时日，你的画技一定会突飞猛进，将来顾家的产业……"

"孙辈的能力也能直接影响你们几兄弟的继承权，我是不是该为顾澜喝一声彩？顾先生，你外面不是有很多女人吗，怎么不找她们再生一个孩子去争顾家产业？我猜，是不是你的身体出了毛病，再也生不出孩子，所以我这个私生子也沾了一回光。"

"你胡说！敢如此对自己父亲说话，还是个人吗？"顾澜是他父亲，对继承人要求非常严格，顾腾辉被说中心事，脸色惨白。

"我确实不是人，你儿子杀死了我哥哥，我只是将那个畜生弄疯而已。"笑意一暗，顾夜白反手轻划，玻璃从男人颈脖拖过。

洁白的桌布顿时晕出一抹鲜红。

疼痛袭来，顾腾辉一惊，眼眦欲裂，看着那殷红的血迹，饶是他胆量不小，没有表现出来，双手也微有些发颤。

"你以为我不敢下重手是吧，"顾夜白只是笑，声音轻柔，"别忘了我是疯子，这可是您说的。"

虽是位处角落，光线昏暗，但动静早已惊动了四周的人。

"什么事？"有人拔高声音问道。

顾腾辉正想呼救，顾夜白略略勾唇，已捂上他的嘴。

母亲和哥哥灰败的脸在脑中划过。

心中恨极，手中玻璃往前又是轻轻一送，这次，顾腾辉终"嘶"的一声哑叫出来，眼中也露出恐色。

"顾夜白，住手！"颤抖的声音突然在空气中响起。

一阵急遽的脚步声，很快，有人跑近，一张苍白的小脸在浅橘色的灯下一点一点显露出来。

顾夜白眸光一掠，是她？

四目相交，女人一双眼睛都是泪水："顾夜白，住手，这会毁了你！不管他是谁，都不值得把你自己搭上，顾夜白，你听到了吗？"

"路悠言，这里没有你的事。"喉间迸出沉殇的声音，他再没看她一眼。

店内此时已是一阵骚动。

眼看着其他店员逼近过来，悠言咬牙，伸手握住顾夜白手中的玻璃。

鲜红再次汨汨而下，不同的是，这次是她的。

顾夜白浑身一震，眼里映上的只有女子泪痕爬蔓的苍白脸庞，再无其他。

手指一松，玻璃片迅速没入口袋，他一把揽过她的腰，挥手打退逼近的人。

悠言急道："后门在那边。"

顾夜白按照她指示的方向，抱着她疾驰而出。

男人的手紧紧扣在她腰肢上，她整个被他搂在怀中，鼻间全是他清新又诱惑的气息，背后是慢慢远去的喧闹声，奔跑中，急遽的风扑面而来，有些微微的刺痛。悠言的心跳，也快得不可抑制。她突然想起一件事，急道："他会报警吗？"

一旦那个男人追究起来，他该怎么躲？

听出她声音里的担忧和颤抖，为他而生的担忧和颤抖，有什么刹那涌上心头，顾夜白把她抱得更紧一些，柔声说道："不会，我还有他可以利用的地方！"

没有觉察到他的动作，悠言只是信赖地点点头。

两人回到宿舍，顾夜白拿出急救箱替悠言清理伤口。

她每瑟缩一下，顾夜白的心便也跟着狠抽一下。

悠言悄悄瞟对方一眼，他动作轻柔，眼神专注，刚才的狠劲哪还复见半分？

"以后别了。"她伸手覆上他的大掌。

他另一只手，随即也覆上她白皙纤细的手。

"好。"他颔首。

悠言脸上一热，她方才没想太多，不觉挣了挣，顾夜白目光暗了暗，也不强留她，任她去了，只开口道："路悠言。"

"嗯？"

"你就是头猪，还是说你这手本来就不想要了？"

他语气开始不善。

悠言瞪目，他是不是搞错了？该被训的是他吧？不是他，她会受伤？她瞟了眼自己的手，划了几道口子，虽有些痛，还好不深。

她想替自己说几句，抬眸却看到对方眉眼中隐约的怒气，她一下气馁，到口的话咽了回去，不觉有些委屈，别过头，索性不说话。

半晌，只听得他声音微绷："为什么会在那里？"

"我在那里打工。"她委屈地瞪他，"我到邻桌送饮料，哪知道一回头就看见你，你不戴眼镜，我差点认不出来啊……"

她说着，突然叫了一声。

"怎么了？"顾夜白问。这女人就不能有一时半会儿的安静吗？

"你的样子……"悠言愣道，她竟然到现在才发现这男人不戴眼镜的样子真是清俊到极点，秀眉挺鼻，如刀如削，尤其是那双眼睛，如墨流淌，深邃又锐利。

她瞬间红了脸，连忙低下头。

顾夜白不觉扬了扬眉。当初，为避开和顾家的纠缠，他隐藏起自己的画技，索性连容貌也做了些修饰，装扮成平凡而邋遢的模样，尽量不引起顾腾辉一丝一毫的注意。但没想到，顾腾辉为了继承权，还是把手伸到了他这边来。

"你不戴眼镜的样子……真好看。"悠言呐呐说道。

"如果你喜欢，以后就不戴吧。"

悠言闻言差点没把自己的舌头给咬掉，死死看着地面，觉得连呼吸都急促了。

也许，从她握上他手中削利的玻璃那刻开始，他和她之间就有什么乱了。不是没有过可以交往的人，但和情爱并没太大关系，而现在，一切似乎都不在他掌控中，他厌恶这种脱离自制的感觉。

　　到此为止吧。再下去，对谁都不是好事。

　　"也晚了，你回去吧。"他缓缓开口。

　　悠言一怔，心里有些失落，但她还是点点头："那我走了。"

　　门缝中，男人清俊疏冷的脸即将掩去，悠言忍不住开口："顾夜白。"

　　"还有事？"顾夜白将门拉开一些。

　　"咱们明天早上还见吗？"她似乎有些忐忑。

　　他反问："你不愿意？"

　　"没有，没有，我很愿意，我愿意的。"悠言连忙说道。

　　悠言觉得自己变得很奇怪，她在意他所有的话，明明早上还恼着他，当在咖啡店看到他要伤人的时候，她心心念念的却是他的一切，怕他会因此遭遇到什么。突然想起很多年前妈妈教的一首诗：相思已是不曾闲，又哪得工夫咒你？

　　那时年纪小，又怎么明白那是什么意思，现在……她一惊，相思已是不曾闲？她怎么会想到这个？

　　"路悠言？"

　　悠言一惊，生怕被他看穿，连忙别开眼睛："我就是想问问……刚才那个男人是什么人？"

　　顾夜白眸色暗了。

　　"你不是都听见了吗，何必再问？那是我的父亲，我是他在外面见不得人的私生子，懂了吗？"

　　门猛地被合上。

　　悠言鼻子一酸，低喃道："我怎么知道？我又怎么会知道？"

　　不过是几层楼梯，她用爬吗？在阳台等了许久，还没看到她出来，顾夜白烦躁地将手中的烟掐了，正想下楼看一看，一道纤瘦的身影终于从楼道里慢慢走出来，边走边抬手擦眼泪。

　　顾夜白低咒一声，反身摔上阳台的门，竟不敢再看。

四月里的明媚怎敌得过暧昧的忧伤，五月已至。

这一天，她足足晚了一个小时，这是最后一天，也是一个月来，她第一次迟到。

坐在往日她惯坐的长椅上，男人锐利的眸子不时巡搜着四周。

时间一点点过去，每个角落都还不见她的身影。相识一个月，甚至没有问她要一个手机号码，每次仅凭着一个口头约定，竟也从没有过缺失。

课铃响起，顾夜白倏地合上眼睛，她不会来了。

美术系课室，这时夏教授正开始点名。

"张小昆。"

"在。"

"李宏。"

"在。"

"顾夜白。"

"在。"

课堂上立刻有人哄笑："林子晏，你以为穿了马甲教授就认不出你？"

林子晏朝对方瞪了一眼，把从隔壁"借"来的一副眼镜扔了回去，瞟了眼自己身旁的空位子，难得皱起双眉。

讲台上，夏教授也是微微一怔，顾夜白一向守时，从不逃课，今天竟然缺席了。

夜，G 大电影院。

来往出入的有年轻的学生情侣，也有三两结伴的男生或女生。和众人谈笑风生进进出出不同，一个身形高大的男生在布告板前停下脚步。

上面是详细的电影介绍。

今晚放映的是《庐山恋》。

这是 80 年代的老片子了，同时却也是一部非常特别的影片。庐山有座小型影院，每天从早到晚只放这部影片，它是世界上在同一影院连续放映时间最长的电影，甚至获得过吉尼斯纪录。

原来，她一直想看的是这部片子。

今天之前，他不知道有这么一部电影，就像一个月前，他不知道他会认识她。

这场一辈子的电影，她为什么要约他来看？

今天是他和她约定的最后一天，早上她失了约，晚上他却还是准时赴会。

"顾夜白，你也来看电影？"带着惊讶的笑意，有人唤住了他。

不必看去，顾夜白也知道不是她。

前方三个女生走过来，居中的人明眸皓齿，是外语系大美人周怀安。

他微微点头。

"你们先进去吧。"怀安低声对身边女伴说。

那二人互相看了眼，又打量了顾夜白几下，向怀安挤挤眼，笑着走开了。怀安的脸也微微红了。

"怎么还不进去？"走近一步，和对方又靠近一些，她轻声问道。

"在等人。"

声音是一贯的疏冷有礼。

怀安心里一沉，等人？男人还是女人？这片子，会有两个男人一起来看吗？她脸上笑意依旧，装作不经意地问："在等女朋友吗？"

"不是。电影快开场了，你进去吧。"

他否认了！简单的两个字，却让她紧绷的神经一下得到放松。

"顾夜白，要不我们一起看？"她的声音更轻一丝，红唇潋滟，荡漾着九分美丽一分诱惑。

顾夜白正想拒绝，一道声音含笑而至："顾夜白，什么时候和咱们的周大美人好上了，这藏着掖着也不说一声？这消息一定能成为校报头条，毕竟这样一对，分别承包了年级的前几名和最后几名，也是新鲜。"

几步开外，魏子健和一个颇有姿色的女生站在一块儿。

这话直截了当地讽刺顾夜白不配，怀安一听，当即拉下脸色，她正想说话，却只听得顾夜白说道："这样说来，不知道她和你这样的凑一块儿又算是怎样的一对儿？哦，不对，是我问得拙了，那也得要有如果才能答。"

她喜欢他这既淡却利的词锋，怀安唇角微弯，魏子健的女伴脸上有些绷不住，魏子健冷了脸："夏教授带出来的学生，校园祭画艺大赛我抛砖引玉，还请指教。"

他话音一落，狠狠看了二人一眼，随即携女伴离开。

怀安眼中掠过不屑，又缓缓看向顾夜白，柔声道："谢谢你给我解了围。"

"把你和我放一块儿来说，委屈你了。"顾夜白说道。

"顾夜白，我……"怀安咬了咬唇，那句"不委屈，相反我还很喜欢"几乎便要脱口而出。

"周怀安。"一只手突然按到她肩上，她一怔看去，却是 Susan。

Susan 一脸急色："你有看到悠言吗？"

怀安不愿为这些无关要紧事纠缠，心里有些躁意，脸上还是淡淡笑道："你是她的好姐妹都不知道她的行踪，我又怎么知道？说来，今天的课她好像又缺席了。"

那"又"字落音甚重，Susan 暗骂自己是瞎了眼才问这人。

外语系，这些也都是她的同学，她今天缺席了？她到底去了哪里？顾夜白神色不变，心下却微微一紧。

这两个女孩的嫌隙是一看便知的事，他向来不爱凑这些热闹，只是脚步却像有了自己的意识，无法抽离，只想多知道一些她的信息。

"顾夜白，她还没来？"

一个男生撩开眼前的垂柳，脚上踢着一双大拖鞋，啪嗒啪嗒地走过来。

荷塘、柳绿、月色，突然出现的男生，一下流淌过鲜活的气息。

"子晏。"顾夜白没想到林子晏也来了。

"嗨，旱鸭子。"

林子晏看了看正和自己打招呼的 Susan，脸上一红。

"你们认识？"顾夜白勾了勾唇。

林子晏眼神飘忽，只是脸上的颜色却不断升级。

顾夜白恍然道："哦，她是不是你说的那个……同性恋？"

林子晏大叫一声，立刻扑过去把他掐住。

"蛇精病。"

Susan 狠狠扫了林子晏一眼，踩着高跟鞋子，扬长而去。

林子晏暴走："顾夜白，我掐死你。"

顾夜白反手一扣，把他轻挥出去，对怀安道："电影开场了，进去吧。"

"那你呢？"怀安低声问。等了这么久，终究还是吝惜陪她看一场电影吗？

"我的朋友还没过来，我再等一下。"

"周美人，我是顾夜白的同学，要不我陪你看去？"林子晏嘿嘿笑道。

"学长就爱开玩笑。"怀安心里失望，对顾夜白道，"那再见。"

电影散场的时候，怀安再次在荷塘边看到那抹高大的身影，他到底在等谁？这再等一下可是90分钟，一场电影的时间。

那场电影她终究没去，顾夜白想，他也不欠她什么了。

翌日经过林荫道的花圃，还会朝长椅的方向看一眼。

第二天，还会。

第三天，也还会。

第四天，他只径自往前走，再也不萦于心。

"顾夜白。"

背后突如其来的声音却让他呼吸微微一紧，但他脚步未停，对方是谁，又和他有什么相关？

"顾夜白，别走！"

突然，"啪"的一声传来，她跌倒了？他眸色一沉，强自压下转身的强烈念头，快步离开。背后，随风散去的似乎是她哽咽的声音。

他一路走过，只见校内鸢尾花开似蝶。

这节是夏教授的课。

连林子晏也停止了每天可疑的涂鸦，认真听课，偏偏他脑里却全是她的声音。

下课铃一响，他把书一收，正要离开，夏教授却走过来，在他面前停住脚步。

"小顾，下个月的校园祭画艺比赛，你怎么看？"

G大九十年大校庆，将有一场盛大的校园祭活动。学园祭更多是日本学校的校庆或是文化开放日，有大型活动，欢迎外校学生参观和游玩。G大并非和日本教育系统方面有什么渊源，会有相关活动，却是和G大创立之初的文化背景有关。

G大创立于20世纪初期，后来国内战火蔓延，G城数所高校中的一所专为日本军官随行子女和身份特殊的华裔家眷提供教学的院校和其他院校之间，因孩子之间少有友谊，更多是激烈的打斗和流血事件，又因处于特殊环境，各个院校经常被欺压，后来，这所学校举行学园祭活动，邀请其他院校参加比赛，大多院校落败，G 大学生却硬是和对手战成了平手……

教育与传承、遇强而愈强，这是 G 大的创校理念。当年校园祭里的文学、音乐、画艺、柔道和剑道，这五项 G 大办学之初便引以为傲的技艺，再加上后来的电脑，便一直被传下来，成为 G 大校园祭里最重要的比赛活动。更早一些时候，隆重的宣传告示已贴满全校大大小小所有屏幕、布告板。

顾夜白微微垂眸："老师，我不打算参加。"

夏教授一声轻叹，拍了拍他的肩："你再考虑一下。"

旁边一个男生对魏子健道："就他顾夜白大牌，不参加还不是忌惮子健你？"

几个和魏子健交好的男生当即哄笑起来。

"谁在胡乱放屁，真是臭死人了。"林子晏捂着鼻子，大声说道。

对方哪容得林子晏挑衅，有人当即给林子晏警告："嘴里不干净的人死得快。"眼神中的狠意并非说笑。

顾夜白按住林子晏的肩，朝他做了个噤声动作。

夏教授不由得沉了声音："你们这帮猴子都反了，是吗？"

教授发怒，教室霎时安静下来，要发狠也不能在教授面前。靠门的座位，一个男生小声开口："顾夜白，有人找。"

顾夜白眸光微动，看了过去。

一个脑袋瑟瑟地探了进来。

"路学妹，你不是神秘失踪了吗？"林子晏擦擦眼睛，吼了出来。

顿时，数十道眼光齐刷刷扫向门口。

悠言一愣，一张脸登时红了，心下暗暗把林子晏骂了一百遍。

顾夜白没想到她居然找到这里来。他将背包拎到肩上，轻声开口："老师，我先出去一下。"

夏教授看了看门外的女生，微有些惊讶之余，点了点头。

所有人都在看他们！

悠言红着脸，愣愣看着对方走近。

肩上忽被人按住，低沉而有磁性的声音从头顶上方传来："妹妹，你真不乖，怎么自己跑了？"

悠言赶紧回头，一个高大的男生正拧眉看着她，星目剑眉，俊秀挺拔。

"迟大哥。"她小声唤道。

教室里立刻有人道："那不是音乐系的迟濮吗？"

被唤作迟濮的男生朝正快步走来的顾夜白瞥一眼，手往悠言腰间一揽，将她搂抱起，在所有人的惊呼声中反身离开。

所有冷静全部瓦解！她的笑靥，她轻轻浅浅唤"顾夜白"的声音……谁也不能碰她，谁也不可以！满脑充盈着的只有这个嚣狂念头，顾夜白紧跟着走出教室。

"迟大哥，你这是做什么？快把我放下来。"悠言急了。

迟濮抱着她走了一路，所到之处，她身上快被目光戳出千百个洞。

"我就说怎么宿舍里找不着人，你这小瘸子，我少看一眼就到处乱跑，甚至还找男人去了，当心我告诉你爸。"迟濮一声冷哼，一半是逗弄，一半是当真生气。

"我那天失约了，他一定很担心我。"悠言垂着脑袋说道。

迟濮斥道："那小子傲得什么似的，偏你还热脸贴冷屁股。"

悠言正要为某人辩上几句，突觉四周一看一个眼熟，这不是外语系吗？她一惊，拽住迟濮领子，"迟大哥，你这是要到哪儿去？"

"送你回宿舍。"

"你怎么不把我扛回你的音乐系去，却来我地盘祸害我？我这下可是跳黄河也洗不清了。"悠言含泪控诉。

迟濮笑道："那就跳长江。"

"迟大哥！"悠言扶额，"成媛姐误会了怎么办？"

"她又不是不知道我把你当妹妹一样宠。"

"我本来就是你表妹好不好！可她不知道呀，你为什么不告诉她？"

"一旦让人发现了我们的牵连，一个的病让人知道了，另一个也难说了，我们都不想在别人可怜或同情的眼光中活着。"

"哥，别说了。"悠言黯然，脑袋往迟濮怀里靠了靠。

迟濮摸摸她毛茸茸的脑袋，他刚叹了口气，一道冷冽的声音已从背后而来："迟濮，把人放下来。"

迟濮转身，挑眉看向来者。

眸光落在蜷缩在男人怀里的女人身上，顾夜白冷冷道："路悠言，你又想玩什么把戏？"

悠言脸色一白，扯了扯迟濮衣袖："迟大哥，放我下来。"

顾夜白倨傲的态度早就激怒了迟濮，早上悠言打电话向他求援，当他赶来看到她跌在地上一刹，心下已发毛。此时，他把悠言往怀里揽了揽，冷笑着回应："不放又怎样？"

悠言心里焦急，挣扎着要下来："迟大哥。"

正值下课时间，教学楼前的火药味，吸引了不少学生驻足围观，议论纷纷。

怀安随着人群走出来，看见的就是这一幕，只见顾夜白紧紧把悠言看着，步步逼近。

悠言咽了口唾沫，有种"被这人捉住下场绝对会很惨"的认知，只是，眼尾却忍不住朝他瞟去。

迟濮看她这样子，好气又好笑，语气终于松了一分："姓顾的，你说，她这个样子我怎么撒手？"

顾夜白一怔。

迟濮将悠言放下，让她靠到自己胸前，而后微微俯身，把悠言的长裙拉高。

眼见她衣裙被拉起，顾夜白额角迸跳："住手！"

他声音又随即顿住，凌厉的目光只印着亚麻长裙下女人缠满纱布的腿。

迟濮忽然将悠言放开，这一下猝不及防，悠言身子一晃，正慌，一个身形迅速奔到，将她抱进怀里。

怀安瞳孔骤缩……他把她抱住了！

难道他那天等的就是她？心里仿佛被锐利的东西戳了个窟窿，冷水汩汩流进去，却倒不出来，只剩遍体寒凉。

悠言还没反应过来："迟大哥？"

"看清楚我是谁。"对方语气不善。

"顾夜白？"四目交接，悠言又惊又喜，旋即，一阵委屈从心头涌起，"你不是不理我了吗？"

"你最好给我一个满意的交代。"

脸侧是他温热的呼息，悠言顿时红了耳根。

瞥了迟濮一眼，顾夜白没有多话，将悠言抱起就走。

眼见二人走远，迟濮神色复杂，却到底没有阻止，最后，摇头一笑。

"迟学长，你是不是也该给我一个交代？"

看热闹的人却没有散去，有些神色还起了些微妙变化，他心里一动，有人已走了上来，犹如挑衅地开了口。

那是个高挑女生，微微笑着，长相清婉动人。

"我一路走来，大家都在议论，说音乐系的迟帅做了件火爆的事，把一个学妹给从美术系扛走了，我想，迟帅是不是该给我一个解释，还是说我该立刻翻脸走人？"

看着那轻轻开合的柔美红唇，迟濮伸手捉过对方手腕，微一用力，便将人带进怀里。

"迟濮！"女生又羞又恼。

"是不是像这样？"迟濮笑着，索性将她拦腰抱起。

成媛一声低呼，嗔恼道："大家都在看着。"

"那正好，看看我是怎么把你扛回音乐系的。"迟濮压低声音，在她耳蜗处调笑。

"迟濮，你这死人。"

"媛，我死了你不会伤心吗？"他抚上她的发，似笑非笑地问道。

"祸害遗千年，你怎会这么容易死？"成媛伸手在男人额角掸了一下。

迟濮没有反诘，唇角含笑。

这样的迟濮是能蛊惑人心的，饶是成媛和这个人已相处了三年，早看惯这张帅气的脸，这一刻，心跳还是快了。

鸢尾香气幽幽，紫蓝精灵似乎要挣脱枝丫，轻舞飞扬。

他的步伐和他的心跳一样沉稳，这是个能给她安全和保护的男人。不知为何，这，就像是种相识已久的认知，否则，她怎能如此安心待在他怀里，哪怕满心羞意。

"我们要到哪里去？"终于，悠言忍不住从他怀里抬头，小声问道。

二人所到之处，惹来无数目光，她脸皮再厚也扛不住了。

"你想去哪里？"顾夜白反问。

"我不知道。"她一时没想好。

"那以后别再说你没有附议权了。"睨了她一眼，男人好整以暇地说。

"……"悠言麦毛，这种时候还能算计她。

她往他下巴狠狠一磕，顾夜白闷哼一声，他也不怒，只是唇角微勾："你说，我如果把你扔出去，能扔多远？"

他说着轻咳一声，手上也微微摇晃起来。

悠言吓得紧紧闭上眼睛："不敢了，不敢了。"

耳边是他微哑的笑声。

他把她往上托了托，抱得紧紧的，哪有半分要扔出去的迹象？

悠言心里偷乐，眯着眼睛悄悄打量，却见他额上薄汗微沁。

"顾夜白。"

"嗯。"

"我很重吧，你放我下来，我自己慢慢走能行。"

这话让顾夜白心里一疼。

以前就知道她瘦，直到方才把她抱在手里，才知道她是真的很瘦。平时和她一起吃饭，她似乎比一般女生能吃，也不忸怩，他总是笑她说她吃得多，像头小猪。这一刻，他尝到了懊恼的滋味。

"还可以再胖点，再胖一点我也抱得动你。"凝视着她柔嫩的颊，他轻声说道。

心头剧烈一跳，悠言突然不敢再说什么。

往四周瞟去，原来已到了他宿舍楼下。

身子一低，他将她放到平日惯坐的长椅上。

她正有些不解，他已单膝屈下，伸手握上她的脚踝搁到自己膝上。

男人指节上的薄茧粗粝地摩擦着她的肌肤，悠言只觉得心一下提到嗓子眼，手心都湿了。

偏偏无法看清他的表情……他低下头，正专注地审度着她腿上的伤势。

阳光映照着一栋栋大楼，让整个校园都明媚起来。偶尔有人经过，会朝他们打量几眼，整个校园似乎突然变得宁静。

"啊，不好。"她突然意识到什么。

顾夜白微微仰起头："弄疼你了？"

"顾夜白，上课了。"

"嗯。"

"你还不赶紧回去？"

"你呢？"

"我跷课。"悠言摇头，"我脚不行，等我走回去也差不多下课了，你赶紧回去吧。"

"我也跷课。"男人淡淡道。

悠言一窒，愣住。

下颌突然被捏住，男人语气犀利："你的腿怎么回事？"

脸在他掌中，悠言被吓成结巴："我……我骑车摔……摔的。"

"骑车也能摔成这样，没事你骑什么车？"

顾夜白绷了绷，怒气仍不消歇，那双纤细的腿被纱布缠得紧紧密密，想来受伤不轻。

他的语气粗劣，下巴更是被他捏得生疼，悠言鼻子一酸，委屈出声："我在床上躺了好多天，今天刚能动就过来找你了，你却理也不理我，我在你背后拼命喊，你还越走越快。

"是啊，我没事去骑什么自行车？那天我四点就起来，最后一天了，我想自己做点吃的给你，附近的店子都还没开门，我买不着材料，就骑车到不夜天买，天还黑，我害怕，路上有个大坑，我没看到……"

视线有些模糊，她抬手去拭，但越擦越多，这些话冲口说完，她约莫也是觉得尴尬，别过头，死死瞪着地面。

二十二年，除了死去的母亲和哥哥，有谁这样待过他？

除了她，再也没有了。

凌晨四点的天空还是漆黑一片，想象不出，她就这样一个人骑着车子出去。

受伤了，黑漆漆的天，空荡荡的街，一个人不害怕委屈吗？

心猛地一揪，顾夜白咬牙道："为什么不找我？"

悠言抿了抿唇，正要说话，灼热的气息猛然掠过她的鼻端。

唇，教一双温热的唇狠狠吻住。

心跳仿佛在这一刻停止。

怔怔看着眼前和她近得不能再近的男人的脸庞，厚重的镜框再也无法遮敛住他炽烈摄人的眸眼，他深深凝着她，仿佛她是他一个人的宝。

大手温柔地抚过她的眉，她的眼。

他的唇稍离开了她，她刚找回自己的心跳，他旋即把她的脖颈轻轻拉下，薄唇重又覆上。

这一次，不再是浅尝辄止。他流连在她的樱红唇上，轻柔地吸吮，渐渐他呼息变重，力道也开始加大，舌撬开她的唇瓣，滑进她的口腔，把她羞涩躲藏的舌勾住细细交缠，尝遍她的甜美。

就在她以为自己会在这不知所措的战栗中晕厥之际，他终缓缓放开了她。

情爱这一课，似乎无须任何人去教授，她自动自觉蜷伏到他颈侧，一张脸羞红滚烫，任他的指轻轻抚摸着她的唇，她尖尖的下巴。

带着暂时的餍足，顾夜白把人放开，站起来走到她身侧坐下。

风吹鸢尾，香气悠扬，阳光葱郁，枝叶鲜嫩欲滴，一张长椅，二人分坐。

寂静的校园，所有人都在上课。悠言突然有种悄悄干坏事的感觉，只是，这坏事她并不讨厌，反而很喜欢。

她一动不敢动，只看着地面，半晌，终于忍不住偷偷往旁边瞟了一眼，却瞬间跌进他深邃的瞳眸里。只来得及看到他唇上薄弧，他长臂一探，已将她整个抱到膝上。

悠言双眼大睁，又羞涩地垂下，他却把她下颌勾起，迫使她朝他看。

"还疼吗？"他轻声问。

烫热的掌又抚上她的腿肚，隔着裙子，轻轻抚揉。

"不疼了，不，还疼。"脚上，那因他而起的痒痒酥酥的感觉，令悠言瞬间又不清醒了。

"言。"

他这突然一声，让她微微一颤，他唤的是她的单字啊……她伸手抱住他的脖子，将脑袋埋进他怀里。

顾夜白的吻情不自禁又落到她的发顶。

怎么禁？从满心震撼吻上她唇染上她泪的一刻起，他就知道，一切都乱了，再也回不到从前那个任意挥霍岁月的他。

他的异母哥哥曾亲手把他哥哥沉入江中，为了替哥哥报仇，他一个人挑战了顾家安放在对方身边的多名保镖，将对方也逼进江中。他能打，却不是神，也会受伤。18 岁的少年，身上都是创口，他却不管不顾，冷冷看着那个人骇叫挣扎，直到下一刻离开，倒在街角那个吓得惨叫的少年身上。林子晏说，每每回忆起二人初次见面的情景，都心有余悸。

不是没有压抑过，不是没有努力过，她明明那么弱小，却那么强悍那么执拗地在他心上霸占了一个位置。

乱了……就乱了吧，寂寞太久，他只想一晌贪欢。将来怎样，他不想去想。

"顾夜白，我心里感觉很奇怪，怎么办？"脸在男人的风衣上蹭了蹭，她低低开口。

"嗯？"

"我们……"

"我们怎么了？"

"我……我不知道……我喜欢的明明不是你，但你吻我我却很喜欢……"她使劲地蹭，快把自己揉进他的骨头里。

如果不是他耳力极好，她最后如蚊般的话，他便听不清了。她说，她喜欢的明明不是他，在把一池春水都搅乱了以后，她说我喜欢的明明不是你。

大掌圈上她的脖颈，忍住把她掐死的冲动，顾夜白淡淡开口："那你喜欢谁？迟濮吗？"

悠言怔愣着"嗯"了一声。

喜欢迟濮却来招惹他？顾夜白冷笑一声："你不可能不知道成媛。"

"我知道，她是迟大哥的女朋友。"悠言想也没想回答道。

"你这是要插足到他们之间？"顾夜白挑眉轻笑。

悠言突然意识到对方误会了："迟大哥是哥哥。"

"哥哥？"

悠言连忙纠正："就是像哥哥一样喜欢，迟大哥爸爸和我爸爸认识。"

最后一句有掩饰的成分，但姨夫和她爸爸认识这点也不算说谎。

顾夜白若有所思地看了怀中女人一眼。

"不是迟濮那是谁？"他问。

第 三 章

不敢说爱你

平日里再迟钝，这个时候的悠言也是识趣的，她自然听出男人语气里的危险，也醒悟到自己到底说了些什么浑话。

她正不知怎么回答，他察言观色，已先开口："想好了吗？"

悠言支吾着，却答不上来。

"刚才是顾夜白冒犯了。"将怀里人放到一旁的位置上，顾夜白站了起来。

悠言知道顾夜白生气了，很生气，她慌了，抬手便去攥他的衣摆。

大手反手将小手扯下。

她有些不知所措，执拗地又向他的衣服攥去。

顾夜白目光一冷，挥开了她的手。

"顾夜白，我脚疼。"

他刚要离开，背后，她声音小小就这样传来，透着委屈。

顾夜白便再也迈不出一步。

在她失踪以后，他以为用三天就可以将一个月的记忆抹除，只是，如果真的可以，那么，今天早晨，当她在背后唤他的时候，他就不会走得如此狼狈，就像落荒而逃，更不会不顾一切吻了她。

顾夜白，承认吧，你在嫉妒，嫉妒她心里那个人。

他双手紧握，最终还是反身将她抱起。

"别把我一个人留在这里。"小手立刻无意识地环上他的脖子。

"我送你回去。"他冷冷道。

"顾夜白……"悠言想跟他解释，话到嘴边却又不知道自己要说什么。

她只知道自己喜欢他的吻，害怕他生气，她不想他走，一点也不想。可是，她明明喜欢的是魏子健啊。

审度着她脸上的惑色，顾夜白将人放下，伸手扣上她削薄的双肩。

"我只说一次，也只等一天，你回去好好想清楚，到底要不要。"

悠言怔怔看着男人冷漠又炽热的眉眼，他没说要不要什么，但她明白他说的是什么，这个男人是骄傲的，这一点，她突然比任何一个时候看得更明白。

她咬着唇，乖巧地点头。

男人的大手按上了她左胸的位置，语气淡漠却强硬："除非是这里想要，否则，把你其他情绪统统收起来，施舍的我不要，一律不要，懂了吗？"

悠言又用力地点头，心里纠结成一团，似乎有些什么奔涌而出，有什么一点一点开始清晰，脑袋惯性地在他怀里蹭了蹭。

唇角明明剔出抹嘲弄，顾夜白却没有拒绝这具柔软的身体。

他的生活里，他想要的，没有哪些是超出他把握的，要不起的，他从不奢求。然而现在，她爱还是不爱，要还是放手，他毫无胜算，因为即使是他自己，也觉得这段感情来得突然。

他觉得二人也许可能，也许有百分之五十的可能性，可哪怕是九十九比一，也不过是为颠覆时成就最大的戏剧性。也许明天他便会被告知，一切不过是他可耻的一厢情愿，只是，除了她的真心，施舍的将就的爱他不屑也不要。

但至少这一刻，她如此真实地在他的怀里。

闻着她清幽的发香，他把她拥紧一些："那时把腿摔坏了，为什么不找我？你不是有我宿舍电话吗？"

"我手机上没存，记又记不清楚。"

"为什么不通知苏珊？"

"我当时流了好多血，不敢先找阿珊，怕把她吓到，是通知的迟大哥，直到在医院缝好针才敢告诉她……"

"不对，"悠言一呆，"你怎么知道我当时没有通知阿珊？"

"那天晚上，苏珊到放映室找你。"

悠言猛然抬起头。

她唇上鲜润粉嫩的色泽，让他想起那趟日本之旅，开满公园寺院的樱花。樱花从花开到凋零，开始到最终，不过七日，也像他们此时的相聚一刻吗？

手指摩挲着她的唇瓣，他终于略有些满意地看着她的脸迅速烫成绯色。

唇上不安分的触感，让悠言心头怦怦跳，她突然意识到什么："那天你也去了放映室？"

否则，他怎么知道 Susan 去找过她？

"嗯。"

"你是不是等了我很久？"

"没有，一会儿而已。"他淡淡道。

"对不起。"小手悄悄环上他宽阔的肩背，她满心歉然，低喃出声，"我知道的，我知道的。"

"知道什么？"

"不会是一会儿，如果是你，不会只等一阵子。"

她的声音从他怀里闷闷传来，顾夜白一怔，唇上那抹嘲弄的弧度益发深了，他对她的在意已经如此明显了吗，以致那么笨拙的她也看出来了？他心中绷紧："你大可以让苏珊转告我一声，说你有事。"

"我不能让珊知道你……"她讷讷说道。

话一出口，悠言只想狠狠抽自己一个耳光。她这是什么话？

前一瞬的温暖顿时消失无踪，她被狠狠推了开来。

"原来和我看一场电影是这么见不得人的事。谢谢你告诉我，方才的话我收回，你不必再来找我，我现在就送你回去，我们之间的约定全部结束。"

怔怔看着男人眼里的戾峻，悠言只觉心一下子被挖空。

她想，她已经知道答案。

魏子健，不过是以为的喜欢，而眼前这个男人，她是真的喜欢上了。

只是，她先天性的心脏病……外婆和妈妈很早就死了，有这种病，她可以去喜欢一个人吗？她还有资格去给他幸福吗？

有吗……

鸢尾花香依然迷人，她的心却一片芜寂。

看着男人抱着女人远去的背影，怀安依在树上的身子缓缓滑下，眼睛一度酸涩不已。

打从那个人从迟濮手中将路悠言抱走，她的脚就再也不听自己使唤，穿过人群，悄然跟在他们背后。顾夜白是犀利深沉的男人，她很清楚这一点，不敢跟得太近。

当追到这里的时候，她只看见他将路悠言拥在怀里，手指摩挲着她的唇瓣，在这之前他们做过什么？他吻她了吗？他们是怎么认识的，到底是什么关系？恋人吗？

顾夜白，你喜欢路悠言？她有哪一点值得你喜欢？她懂你深藏着的满腹才华吗？

她跌坐在地上，初见他的记忆突然便涌了出来。

G大图书馆里，一首十四行诗的翻译，其中一句她拿捏不准，很久也敲不下来，一气之下，将纸从本上撕下，揉成一团，扔到桌上。

她鲜少有这种孩子气的举动，她确信那天是缘分。

纸团跌到对面男生桌上，她惊觉自己失态，眼角余光略略一扫，只见对方模样邋遢，戴着厚重的眼镜，刘海蔽额，发丝凌乱。

没想到他拾起纸团，一眼瞥来："这垃圾是你的？"

第一次有人说她的东西是垃圾，很特别的搭讪方法，不是吗？她目光一冷，并不理会。搭讪的男人，她见多了。

突然，她看到他展开纸团细细看了。

"你懂什么？"她心中冷笑，继续低头推敲。

很快，一张纸推到她面前。

她微微疑惑，打开一看，上面只写了一行字，字迹潦草。

是那句诗的译文。

她苦恼了一晚的译文，他竟几分钟就解决了，一语中的，且意蕴不失。

她印象中外语系没有这号人，她心中不无震惊，文字这东西，没有过硬的功底，绝不可能达到这样的准确和极致。

"还行吗？"

她听到对方淡淡的声音，一扫刚才的轻蔑，点了点头。

"你可以帮我一个忙吗？"他又问。

"什么？"她一怔。

"你什么时候走？"

"这有关系吗？"他想约她？她声音冷了下来。

"我朋友一会儿过来，我想帮他拿个座位。"

她怔愣半晌，慢慢收起课本。

图书馆门口，她和一个男生擦身而过，她心里突然一动，转身看去，果然看到男生勾住他肩膀说了句什么，随即笑嘻嘻地坐到她刚才的位子上。

她心里突然闪过一个念头：他不是帮女朋友拿位子。

那是第一次和顾夜白见面。

如果没有第二次见面，那么她还是她。

那个傍晚，她到荧山散步，山坳上，他迎风而立，全神贯注地在画架上描绘着他的画，他没有戴眼镜，脸上没有任何遮敛，一双眼睛，摄人心魄。

一抹云，一丛屋舍，最简单的景物在他的笔下竟能这般流光溢彩。

他的容貌，他的画，那一瞬，惊艳还是其他，她无法描述出心里的感觉。

画上落款是夜泠。

她故意轻咳一声，他专注在他的画上，除了一个点头，没有和她多话，她却记住了所有。她以为他叫夜泠，打听之下，校内却查无此人。直到无意中在父亲的好友张教授那里，翻开一本国内著名的美术杂志，再一打听，才有了醒悟。

就这样把他拱手相让？不，她不甘心。

午休，G大食堂。

每个窗前都是长长的队。

Susan 瞪着悠言，气不打一处来。

"路悠言，你失踪一个星期，给我弄个天残脚回来不说，还和美术系一个男的搞个破绯闻？行，这个我也不说你了，你这张苦大仇深的脸摆足一个星期又是什么意思？"

看着手中餐盘，悠言没有吭声。

一拳打在棉花上，皇帝不急太监犯贱，Susan 怒，伸手去捏她脸，眼见嘟嘟的两团肉在手中变形，Susan 才略觉解气。

另一支队伍里，有人看得目瞪口呆，推了推前面的男生："顾夜白，她这是在动你的女人，你不心疼啊？苏珊果然是个暴力女。"

顾夜白眼皮也没抬："你那破游戏，今晚还要我给你讲解怎么通关吗？"

林子晏两眼放光："要的要的。"

"我一心疼只怕就忘记了。"

"……"

林子晏咬牙切齿片刻，又连忙赔笑："路人而已，跟我们有个毛线关系。"

顾夜白眼尾掠过那道瘦小身影："这样评价你的救命恩人似乎有失厚道吧。"

"不厚道向来是我的强项——等等，你怎么知道她救过我？"林子晏一愣，差点没咬到舌头。

"就你那点破事，学校还有不透风的墙？"

"又不是我要她救的。"

"嗯，摆明就是她多管闲事。"

"行行行，我运气很背地掉进泳池，被女同胞救起，你尽管笑吧。"

"我说，林子晏，你没事去那儿晃悠个什么劲儿？"

"你管我去那儿做什么，反正不是去看美女。"某人开始此地无银。

顾夜白唇角略略勾起："我说……她只救了你上来？"

林子晏"噗"的一声，脸立刻可疑地红了一片："你这是什么意思？"

恍惚中，女孩子湿漉的长发垂在他胸前，水珠溅到他颈上，他的唇被她覆上……她自是给他渡气无疑，但她的软腻和清香却侵袭上他所有的感官，哪怕他还半昏着。

林子晏下意识摸了摸唇，猛一抬头，只见顾夜白笑得像只狐狸。

打完饭，悠言才发现，自己拿的竟全是那个人爱吃的食物。

不过一瞬，食堂便人满为患，眼见悠言瞪着餐盘一脸呆愣的模样，Susan便知道这家伙是不能指望的了。她眼角略略一扫，喜道："言，快，那边还有半张空桌子。"

悠言有想把Susan掐死的冲动，她怎么就找到这个座位了，好吧，顾夜白就坐她对面！

他的吻、他的味道似乎还在唇上，可确实已经过了一个星期，她没有去找他，不敢告诉他，其实她很想和他一起。

她正想溜，Susan把她拉住，斥道："没地儿了，给老娘坐下。"

悠言只好带着就义的慷慨坐了下来。

很快又有两个人寻了过来，悠言一看，却是邻班的方影和周怀安。

几个人的位置有些微妙。一侧是方影、林子晏和顾夜白，另一侧是Susan，她，还有怀安。

"周美人，好巧。"Susan冲怀安打了个调侃式的招呼。

目光自觉地在顾夜白身上掠过，怀安微微笑道："正好和方影练习完，就和他一块儿过来了，你不介意吧？"

Susan笑眯眯地回："我介意啊，介意你们两个男才女貌的，怎么就不凑一对儿去？"

Susan喜欢方影，早在年前系里一次聚餐里Susan酒后吐真言，就已是外语系公开的秘密。二人似乎也互相有意，但不知为什么就是没在一起。悠言一听不好，连忙岔开话题："方影，你们练习什么？"

方影说道："BEC的口译考试，我和怀安是拍档。"

"BEC是什么？"嗅到了方苏之间的一些暧昧，林子晏心里不爽，插了一嘴。

方影和Susan都没有再回，悠言情知两人暗涌，她怕林子晏尴尬，正想答话，一旁的顾夜白已淡淡开口："剑桥商务英语的等级考试。"

"你英语似乎很好嘛。"怀安说道。

两人又交谈了几句。

悠言心里一黯，好一会儿，众人终于不再说话，准备开始吃饭，她悄悄往对面方向看去，忍了忍，终于还是没忍住："顾夜白，你的饭菜要跟我换吗？你点的那些都不是你爱吃的。"

一下，全桌声息寂静，所有人都看向她。顾夜白瞥了眼自己的餐盘，他和林子晏来晚了，排到最后，确实没有什么选择。

悠言默默低头，心里一万头草泥马呼啸而过，一下明白自己的话有多么惊世骇俗。

"不必了，谢谢。"桌上另一端，传来对方冷漠的声音。

"哦。"悠言低下头。

邻桌男生似乎也听到了，顿时笑出声来。

雀跃似乎也不足以形容怀安此刻的喜悦，怀安不知道二人发生了什么，但顾夜白的态度，她看得清楚明白。她轻声开口："大家光说话，也没顾得上吃，顾夜白，要不我跟你换吧，我的和悠言的差不多。"

皓腕一抬，她往对面餐盘里夹了一筷子菜："我动过了，你也不能吃了，交换吧。"

听着这熟悉的对白，悠言心里仿佛被油咯吱地烧了一下，她曾经也跟他说过类似的话。

顾夜白淡淡道："没事。"

然后，悠言听到盘子移动的声音……他没有反对。他是不是喜欢上怀安了？她和他之间完了，还没开始就已经结束。

眼看着身旁死党的头几乎垂到盘子里去，Susan 惊疑不定，一个激灵，她旋即想到什么，拍桌而起："原来是你。那个将言从迟濮手里抢走，毁她清白的人就是你，对不对？"

林子晏刚喝了口汤，死死憋住才没喷出来。

"Susan，这话言重了吧？那天顾夜白不过是看到悠言行动不便，才帮了个忙，没必要上纲上线吧？"怀安先开了口。

"是这样不错。"顾夜白回了句，便低头吃饭。

他这冰冷的态度让 Susan 更为愤怒，她捅了悠言一肘子："说清楚才准吃。"

悠言一直强自绷着，眼圈早已通红一片。

林子晏故意道："路学妹，沙子进眼了？"

悠言知道这位学长玩心重，只想避开他的目光，慌乱中，却与顾夜白的视线撞上。

他眼中始终一派淡漠疏离，一如惯常。

悠言心里堵得慌，低头扒饭去，却发现自己的餐盘已被挪了位置。

Susan 笑得叫一个妩媚："我和你换。"

"珊，"悠言一口老血差点没喷出来，"这素椒小炒你不能吃，你吃不了辣。"

"你管我。"把自己的盘子往悠言面前一推，Susan 狠扫了顾夜白一眼。

一只白皙的手掌按在 Susan 换过来的餐盘边沿上。

林子晏挑眉："这辣椒是多稀罕的东西，连方大才子也要上赶着来凑热闹。"

"我还真稀罕。"方影好整以暇地说着，将自己的餐盘和 Susan 做了交换。

林子晏顿时笑得张狂："那你还打其他菜什么意思？闲得慌？"

"你怎么知道？"对方反问，言简意赅。

方影是外语系高才生，却绝非书呆子一挂，林子晏伶牙俐齿，但要想在他面前讨好去，也并非易事。

悠言悄看了 Susan 一眼，后者俏脸微红，目光微微闪烁，不知在想什么。

悠言见状，伸手过去从方影盘中拣起一块辣椒，放进口中。

"我没洗手。"她说道。

方影爱洁，趁他微微一怔之间，悠言趁势将餐盘夺了回去，把 Susan 的给他推过去。

怀安突然笑道："瞧你这假戏真做的，你是什么时候将指甲弄脏的，这甲缝里黑黑的是什么啊？"

女孩子生性爱洁，眼见几个人都看过来，悠言低下头，恨不得找地缝钻。那是一种油性颜料，不易冲洗。昨晚，她躲在被中涂鸦，整晚在画一个人。

邻桌几个男生又是一阵没品的大笑。

Susan 一记冷眼过去，方才慢慢开口："怀安，吃饭还是别多说话的好，噎到了还不知道是怎么回事。"

"多谢提醒。只是我又不吃辣，被噎到的可能性还是小。"怀安说道。

她话说得漂亮，脸上更是没有一丝愠色，Susan 心下冷笑，正要出言以对，却被悠言桌下拉住手。

"又不是多大事儿，你别跟人急。"悠言低道，说着又悄悄看了对面一眼。

顾夜白拿起餐盘，说道："我好了，各位慢用。"

"我也好了，顾夜白，一起走吧。"怀安也站了起来。

顾夜白颔首，二人一起离开。Susan 心中一沉，说道："言，咱们也走吧！"

路上，悠言一直没有说话。

Susan 急怒，索性开门见山："你喜欢的到底是魏子健还是今天这个男生？"

悠言没有回答，只是下意识地朝某个方向看了一眼。

那是荧山的方向。

Susan 心中疑虑，但见她如此，竟一时不敢再多问什么。

良久，悠言轻轻笑道："珊，魏子健已经从北二栋九楼搬了出去，新入住的人是他，顾夜白。"

Susan 大吃一惊，突然明白了什么。

体育课。篮球场上，几个班各据一隅上课。

也许在更早以前，他们已在这个校园里擦身而过无数遍，只是那时他们还不认识。望着前方那抹挺拔的身影，悠言舌苔也微微发苦，他也在上课，直到身旁的 Susan 使劲推了她一把，低声提醒："老师叫你。"

悠言一怔，忙拢了拢目光："在……在。"

原来的体育老师请假，代课老师看悠言一副心不在焉的模样，心中不悦，说道："你多跑三圈。"

Susan 顿惊，她们跟原来的老师打过招呼，对方知道悠言情况特殊，平日体育课如果有强度较大的运动，会提前跟她打声招呼，悠言便会以女生的特殊情况为由先告个假，但也不是每次都这样，她在班上又是个不怎么扎眼的，其他同学说不上多关心，只以为她身体比较弱，也没怎么在意。这代课老师初来乍到，却不知道情况。

眼见其他人已陆续开跑，Susan 忙道："老师，她身体底子不是很好，这跑步是不是……"

"哪来这么多话，有些女生就爱作，都是让家里娇惯了的。"老师脸色一沉，挥了挥手，"还不快去！"

Susan 正要急了，忍不住理论，悠言连忙将她拉住，压低声音道："老师，可以借一步说话吗？"

"要说什么就在这里说。"

"是啊，有什么不能当大家面说的？你体育课请假也不是一次两次了，这不大公平吧。"后面几个女生忍不住插嘴说道。

悠言一震，这时，连已跑到前面的许晴和小虫也一脸疑虑地望着她。

她咬咬牙，对 Susan 道："慢慢跑，没关系的。"

Susan 见她坚决，只好说道："不舒服就立刻停下来，知道吗？"

"你们还磨蹭什么？别的同学都开始了。"老师斥道。

有多久没有在阳光下用力奔跑过出过汗了？这种感觉是如此之好，可是，她还是高估了自己。

风声从耳旁呼啸而过，呼吸开始变得沉重，心脏怦怦乱跳，悠言只觉眼前一阵晕眩……这样的自己和废物有什么两样？又怎么去爱一个人……所有的同学都已经归队了，背后异样的目光是那么刺眼。

她苦笑着，咬牙继续。

*

球场另一隅。

篮板下，老师正在示范一些上篮技巧，林子晏趁机说话："顾夜白，看那边。"

顾夜白神色如常，丝毫没有理会来自前排的喧哗。

他身旁却传来两道讥诮的笑声。

"喂，你说外语系那女生是被罚跑步吗？"

"被罚也是活该，哪有人这样跑步的，我看只有头一圈她是用跑的，这几圈说爬还差不多。我要是老师，肯定再罚她几圈。"

"你小子真缺德，你没看到她脸色白得像鬼。"

"切，我管她是人是鬼。"

"说完了吗？"

那两个男生也只是小声说笑，这突然响起的诘问，声音虽淡，却隐隐蕴着一丝狠戾，二人吃了一惊，老师也停下了手下的动作，看向末排那个戴着厚重眼镜的男生，印象中，这个人冷漠寡言，平日并不多话。

恍惚中，悠言听到有人在喊她，好像是 Susan 的声音，她听不清，耳边只有风声、急促的喘息声和失序的心跳声。

她眼前一黑，身子猝然歪下。

耳边是女生们凌乱的尖叫声。

她伸手胡乱往旁边一捉，想撑着地面借力起来……地面温暖而柔软，她陡然一愣，身子旋即已被人紧搂进怀里。

香樟般的气息缭绕在她的鼻端，她心里一紧，忍着抚上心口的冲动，猛地睁开眼睛，入目处是漆黑幽深的一双重瞳。

"顾夜白？"前一刻，她还能装成没事人，但看到他，泪水一下委屈地涌了出来。

"哪里不舒服？"顾夜白的手指抚上她发，替她轻轻擦去额上的汗，温暖而略显粗糙的指腹又顺延而下，揾去她眼角的湿润。

"我没事。"她无力地倚在他胸膛上，忍着胸口处袭来的阵阵恶心，只是摇头。

"还要逞强？"手臂骤紧，顾夜白的眸色随之也沉了下来。

"顾夜白，你把我带到哪里去？"他将她拦腰抱起，她惊愕出口。

顾夜白并不答话，抱着她快步往球场外走去。

林子晏眨巴着眼睛，往四周瞟了几眼。无数目光落在二人背后，但似乎连老师也忘了去喝止这两个"擅自"离开、不守纪律的学生。

"我真的没事，顾夜白，你快回去上课，这样对你不好，万一被扣分怎么办？"扯了扯男人的衣衫，悠言急了。

"你无权管我。"他语气冷漠。

"我们……你犯不着……"她眼眶通红，喃喃说道。

"路悠言，你没必要一再提醒我，是我自己在犯贱。"他冷声打断她。

他声含讽诘，她却听出了一丝不为人知的苦涩。

原来冷漠如他，也会痛。

"你要把人带到哪里去？"

停下脚步，顾夜白看向眼前突然而至的男人，对方领子以下几颗纽扣悉数打开着，额上都是汗，显然是在课中急急赶来。

"迟大哥，你怎么来了？"悠言也吃了一惊。

来者正是迟濮，Susan见势头不对，趁老师不注意悄悄给他打了个电话。他是学生会干部，和许多老师关系不错。

"妹妹，迟大哥现在就带你走。"

顾夜白眼神冷了几分："迟濮，成媛以外的事情，还轮不到你管。"

迟濮一声轻笑，正想说话，却见自家那家伙眼中透着丝丝哀求之色，他叹了口气，没再出声。

悠言舍不得这个人，却也不能任由他把自己带到校医室去。

"顾夜白，你放下我吧。"她低低开口。

"为什么不看着我说，你在心虚些什么？"顾夜白瞳似沉墨，氤氲流动，当中隐隐透着一丝冽意。

迟濮暗暗心惊，这个男生的占有欲也许还不自知，他却是有过经历的人，自看得清清楚楚，这人并不是个简单角色，他不知道悠言是怎么想的，但看样子，分明还没考虑清楚，若是这样，他绝不允许对方将人带走，他猛地沉下声音："放开她，你弄痛她了。"

"那就得看你的本事了。"

对方目光如电，锋劲锐利，透过镜片直指过来。

"这是要跟我动手的意思？"迟濮微微拧眉，他不怕和对方干一架，但万一牵连到悠言，给记一过就麻烦了。

他飞快地看了悠言一眼。

二人相处多年，感情深笃，悠言怎看不出哥哥的心意：他要她跟他走。

她又看了顾夜白一眼，将他眼中狠色一点一点收进眼里，也将他手上炙热一点一点记进心里——为了她，他不惜与人为敌。

"请你放下我。"终于，她淡淡出声，一个"请"字，咬字用力。

"你再说一遍。"

他的声音，听不出任何情绪，好似这个人并无喜怒哀乐。

"我不来找你，你不是已经知道了吗，你何苦逼我？"她漠然说道，心中揪痛。

"好。"顾夜白笑着，松了手。

她眼中透着一丝空白，仿佛没有知觉似的，焦点不在地上，迟濮怕她摔倒，赶紧伸手来接。

模糊的视线里是那人远去而始终笔直的背影。

"迟大哥，他恨死我了，他再也不会理我了。"

她揪住迟濮手臂，声音低涩。

"迟大哥，我没事，你快回去上课吧，我回去给老师道个歉。"

"不，我先带你去休息，完了我会过来给你的老师赔礼告假。"迟濮没有理会四周惊讶的目光，将人揽紧。空气中传来一丝异样，他心里一动，目光一转，只见不远处的林荫道上，一个女生，正若有所思地看着二人。

他刚才来不及跟她解释，便急急忙忙从课室里奔出来，她不会……

觉察到他的视线，女生淡淡一笑，转身离开。

迟濮知道，必须向成媛解释，但前提是先处理好此间的事儿。包括，会乱嚼舌根子的学生。

他抚了抚悠言的发，柔声道："妹妹，我带了药来，咱们离开这里，找个地方吃药吧。"

悠言没有看到成媛，脸色苍白："迟大哥，你怎么来了？"

"Susan 怕你有事，给我打了个电话，走。"

悠言木然点了点头。

迟濮心里一疼，搀扶着她快步离去。

音乐系，下课铃敲过。

"成媛，我们先走了，明天见。"几个男女跟她打招呼。

"等等我，今儿一块吃吧。"成媛一笑，将散落在桌上的一份五线简谱收起。

"我们可不敢和迟帅抢人。"邻班一个男生来接女朋友下课，见状打趣道。

成媛笑笑："他不会过来了。"

方才他甚至没有向老师告一声假，众目睽睽之下夺门而出，接下来的课他也缺席了。

那男生的女朋友狠狠掐了自己男朋友一下，压低声音道："你消息能不能灵通点，上次是把人直接从美术系扛走，这次是篮球场，迟帅和二年级那学妹的事都传遍G大了！"

那男生一听，默默闭嘴。

成媛笑道："你们不走，那我先走喽，回见。"

她咬了咬唇，抱起课本正要出去，却见班上所有人保持缄默，更有不少人回头看她。

教室门口，一道颀长身影卓然而立，目光深邃，分明写满炙热。

在所有人的探视中，她快步朝他走去。

把课本掷到他身上，她说道："帮我拿。"

一声不响拿过她的东西，男人又淡淡道："包也给我，重。"

迟濮，在抱完一个女生以后，你怎么还能如此温柔地对另一个女人说这些话？终究，她扯了扯唇角，将背包也递了过去。

她的背脊挡住了所有人的视线，没有给他一丝难堪，眼中的湿润独他可见，他的成媛。迟濮心里一紧，伸手将人揽进怀中，在所有的窥探和私语中扬长而去。

音乐系琴室。

也许该说这是单单属于迟濮的琴室，因为这是学校拨给这位音乐系天之骄子的私人空间。还是学生的他，已经拿过国际大奖。

迟濮在开门，成媛一声不响站在他背后，没落的阳光，将二人沉默的背影拉长。

"我饿了，先走了。"成媛按捺不住，终于转身离开。

一双大手却斜下伸出，一把将她扯进怀里。

"迟濮，你这是什么意思！"

成媛伸手去推，可惜着手处却丝毫不动。

"我也饿了。"男人浅笑着推开门，把她推进琴室里，紧跟着把她抵在墙上，俯身就吻。

成媛咬紧唇，头微微别开。

迟濮作势去堵她的嘴，成媛赶紧又避开，慌乱间，反把唇送上男人的嘴巴。

男人立刻吻住她，吸吮舔吻遍她的唇，又强势地滑进她的口腔内，去挑弄她的舌。

成媛心里气苦，握了拳去打他。

她没有用力。迟濮眉眼一深，松开她，将她两只手都裹进自己掌里，而后捧起吻上她的手心。

成媛苦笑，对于这个男人，竟然连恨也恨不起来。

男人的唇舌卷上她的耳垂："媛，你相信我吗？"

"我不知道。"成媛自嘲一笑，"你迟帅有的是本事和手段，我何德何能？"

捧起女人的脸，迟濮凝声道："除了你，我从没有碰过谁，更不会爱上别的人。"

"悠言你也是知道的，她是我世交的妹妹，她出了点事，我当哥哥的不能不管，但她只是我妹妹。"

紧紧盯着眼前这个人，半晌，成媛低声道："你既然这么说，我就这么信。"

迟濮轻轻一笑，眸光炯炯，在她脸上流连。

"你笑什么？"成媛气不打一处来，一拳过去。这次虽留了力，却也并非绣花拳了。

迟濮不躲不避，闷哼一声，却仍淡淡笑着在她唇上啄了一下："媛，谢谢。"

手抚上男人的眉，成媛将自己埋进他怀里："迟濮。"

"嗯。"

"如果有一天你要离开，请告诉我，不要让我猜哑谜，明明确确地告诉我，我不会纠缠。"

语气淡淡，却透了丝凄楚，迟濮心里一疼，大手擎过女人的脸，又吻了下去。只是，这一次再也不见丝毫温柔，宣告和印证般的凌厉，他扯开她的衣领，一路而下……

"别，这里会有人经过的。"

成媛轻喘着阻止，却无法抗拒男人的炽烈。微微飘荡的窗帘，霞光照不穿一室的甜蜜。

外语系女生宿舍。

微微惊恐的声音在黑暗寂静的寝室突然响起，许晴被惊醒，正要下床察看，对面上铺却有人比她更快。

Susan连滚带爬地从梯上下来，一把扯开悠言的床帘，把她床头的小灯打开。

只见她散着一头长发，蜷在床角，尖尖的下巴越发显得瘦削，额上都是汗水。

Susan握住她手："怎么了，是不舒服还是怎样？"

"珊，我梦到他，我快疯了，居然满脑子都是他。"下巴搁到好友的肩上，悠言微微苦笑。

"你们还要不要睡觉？"许晴笑骂。

"晴，对不起。"悠言说着，连忙把灯关了。

许晴笑道："没事，你们聊。"

"你要一块儿来吗？"Susan问道，许晴啧啧两声，"我才不跟你俩疯。"

Susan笑开，却又很快僵住，耳畔是悠言沙哑的声音："珊，我以前觉得自己喜欢魏子健，是因为一直没有遇到顾夜白。我想，我这一辈子，是再也不会喜欢别人了。"

Susan有些不以为意："你就这么笃定？一辈子很长，你们相识不过才一个月。"

"我的一辈子很短。"

Susan一惊，低声斥道："你再乱说我可不管你了。"

悠言轻轻笑了笑："好，我不说，我不说了，你别害怕。"

Susan心里钝痛，她想了想，方才开口："告诉他你喜欢他。他也喜欢你，不是吗？不然怎么会不顾一切把你抱走？"

"我不能，我要不起。"悠言垂头答道。

"言，如果你的一辈子注定短暂，难道你不想试试这种滋味吗？被一个人疼爱的滋味，你不想尝尝吗？"

空气中，是宛如窒息一般的沉默，在Susan以为再也没有下文的时候，却听得她声音急促地道："我想，我很想。"

她声音极低，却充满渴望。

"那你明天就去找他。"Susan大喜，紧紧按住她双肩。

悠言咬紧唇瓣："可我把他伤透了，他不会再要我了。"

"不会的，言，你敢不敢与我赌一局？明天，你只管过去找他，把你的心意告诉他，看这个男人到底还要不要你。"

美术系教学楼。

上午的课结束，某人的班室门口，悠言忐忑又焦急地看着不断涌出的人。

被无数目光回视，她脸上滚烫。

那人出来了！

她赶紧走到他面前。

他却看也不看她一眼，径自往前走，倒是他身旁的林子晏狐疑地看了她一下，有些犹豫。

"顾夜白。"她惶恐，急急追到他前面。

停下脚步，顾夜白神色冷漠，"什么事？"

悠言颤声道："我们一起吃个饭吧？"

"不好。"

拒绝得直截了当，很顾夜白风格。

悠言吃瘪，眼珠一转，又道："我有事和你说。"

顾夜白笑声含讽："我们好像并不熟悉，连朋友也谈不上。"

"我以为是谁？怪不得上回就看着眼熟，原来是你。"一道声音轻轻笑道，似乎透着一丝玩味。

"子健，你认识这个女的？"一个寸头男生问道。

"她不是刚和迟濮传过绯闻的那个女生？"很快，另一个接口。

廊道一下子热闹起来，看到魏子健似乎有话说，不少人围凑上来。

林子晏看看悠言，再看看顾夜白，前者白着一张小脸，后者还是一副扑克脸。

"也没什么，就是这姑娘曾给我送过情书。"魏子健趋步上前，微微笑道，"被我拒绝了，不知怎么又招惹上音乐系的迟濮，迟濮应该是没答应，现在过来不知是几个意思？"

"我看是退而求其次吧。"他故意没把话说完，和他交好的几个男生已然会意，寸头大声说道。

这一下连讽带刺，矛头直指顾夜白，系里谁不知道因为夏教授收徒的事，这两个人似乎起了嫌隙，但一来魏子健声名在前，二来顾夜白成绩不过尔尔，楚河汉界，大多数人基本都站到了魏子健那边，觉得顾夜白是使了什么手段，整了什么幺蛾子。

悠言蹙眉，他果然认出她来了，但那情书并不是……

四周嘲笑的声音越发厉害，林子晏想护着悠言说几句，但见顾夜白沉默不语，他又不知道底蕴，也就按兵不动了。

悠言怕让顾夜白为难，下意识退了一步，握紧双手。

"顾夜白，既然人家向你告白来了，就收下吧，趁着你和夏教授还有点联系，省得她回头又找子健……"寸头呵呵说道。

眼见对方越说越不堪，悠言猛地抬起头。

重瞳不动声色掠过涨得通红的小脸，还有湿润的眼眶。

悠言奔到魏子健面前，低吼出声："我再花痴也不喜欢你，你为什么要说他？你为什么要说他？"

她气他煽动众人挤对顾夜白，想也不想，伸手便推。

"Shit！"魏子健一时不察，脚下一踉跄，他低咒一声，随即反手擒上悠言的手，狠狠扭扣住。

这下变故众人始料未及，不少女生惊叫着往后挪。

悠言吃痛，也不出声求饶，只是仰起小脸，把对方冷冷看住。

"不是我要动手，先撩人者贱。"魏子健沉声说明。对方不屑的表情，早已将他激怒，他知道目前舆论在己方，但也不能落人口实，说他欺侮一个姑娘。将话说开，方才将人甩开。

眼看悠言踉跄着要跌，林子晏暗叫不好，魏子健城府深，这一下看似轻，实际用了巧劲，这下一定摔个狗啃泥，这在众目睽睽之下就很难看了。他正想上前，看能不能补救，一道身影已先他而出，臂弯一抄，将人稳稳接住，旋即往后一送。

"怎么个贱法？像这样吗？"

这人说着一步上前，寸秒之间，手指已搭上对方肘腕。

魏子健笑意尚在唇上，人已被掼出数尺。

声息遽寂。

震惊的目光一时都落到"施袭者"身上。

魏子健心下震动，脸上却仍自镇静。

"顾夜白，在对方没有防备之下施展到底算哪门子好汉？"

他把"没有防备"几个字咬得清楚明白。

"又如何？"对方也没有辩驳，唇角略略一挑，目光缓缓扫过众人。

魏子健朝寸头几个打了个眼色，寸头立刻领人包抄上来。顾夜白瞬时被围堵在中间。

"同学一场，你居然偷袭，是不是该给个交代？"寸头冷冷说道。

眸光轻眯，顾夜白脚步未停，依旧往前走去，几人惊疑不定，想到他刚才的身手，竟莫名生出几分惊惧，反而不觉退了几步。

魏子健心下一沉，一个男生悻悻地说道："顾夜白，你别得意，这事一定要向辅导员讨个说法。"

"那请你们一定记得才好，我等着。"

锐利的目光在女孩儿通红的手腕上巡视片刻，顾夜白淡淡开口。

他继续往前走去："子晏，走吧。"

全场静默，神情各异，竟无一人敢出来阻挠。

林子晏看了悠言一眼，心里有些不忍，顾夜白却已走远。

悠言一声不吭地跟在两人背后。走到一处，林子晏被两个男生叫住说话，顾夜白没有停歇，她也跟着他走。

刚出教学楼，外面却变了天，下起大雨来。

门口，有人撑伞浅浅笑着朝顾夜白走来，和他打起招呼来，二人随即一起走进雨中。

悠言伸手朝包里胡乱掏了掏，才发现没有带伞。

她咬咬牙，也迈了出去。

一阵湿意打在脸上，她往脸上抹去，竟分不出是雨水还是泪水。

顾夜白突然停下脚步。

"怎么？"觉察出对方有异，怀安微微蹙眉问道。

顾夜白很快回答："没事，你怎么到这里来了？"

"担心你没有伞。"怀安半开玩笑半认真。

顾夜白没出声。

怀安心里一紧，怕他反感，收起试探："我来找张教授，我爸和他是老朋友，带句话儿。"

"如此说来，我运气不差。"

怀安心下一沉，这人也许早就知道她心意，却没有接茬，她正想说点什么，他却突然再次停下脚步。

"顾夜白……"她的话还没来得及说完，他已迅速转过身。

心头一跳，她跟着转身，随即目光微微一紧。数步开外，一个女生正失魂落魄地走着，全身被雨水淋得湿透。

她不由自主地望了那人一眼，果然，他正沉眸看着对方。

她猜不透他的想法，却再也清楚不过，他关注着对方的一举一动。

湿润的发丝，绺绺贴在脸上，这个人的面目有些模糊，可她还是一下子认出是谁。

又是她！怀安双手猛然攥住。

意识到被人发现，悠言目光颤了颤，末了垂下眼眸，默默反身拼命往回跑。

"咱们走吧。"

话才出口，他把雨伞往她手上一塞，一句"谢谢"过后，也奔进了雨中。

雨下得急，天地间模糊一片，怀安的视线也渐渐模糊，伞倾斜了，雨水打到身上，竟也全然无觉，她想追过去，却又始终拔不出脚步。她可是周怀安啊。

眼睛被雨水打得涩痛，悠言使劲擦了擦，终于看清前方，却又随即愣住。这熟悉的景物……她下意识竟跑到他宿舍楼下来了。

她是有多想他？

她发怔发笑，他方才看到她了吗，她为什么要跑？

路悠言，你总是那么可笑。

她抚着发沉的头，缓缓蹲下身子。

一只手忽然按到她肩上。

她一惊抬眸，眸漆如墨，只见那个人俯身在侧，正冷冷看着她。

"顾夜白。"

"告诉我，你到底想要什么？如果说你想把我逼到这里来，那么你成功了。出声，告诉我该死的你到底想怎样！"大手紧紧捏住她肩胛，她吃痛地叫了一声。

他的眼镜不知什么时候摘了下来，雨水淋漓，冲刷着他的发丝，和他俊美不可方物的容颜，墨色如涛，在他瞳里急遽流动，清楚写着凌厉的怒意。

"对不起，我不知道他会把这件事说出来。那封情书不是……"悠言嘴唇嚅动，慌乱地给他解释。

"我说过，是我自己犯贱，你不必一再提醒我，我也不需要知道，你曾经有多喜欢那个男人！"他粗暴地打断她的话，用手擒起她的下巴，几乎要把她骨头捏碎。

"我不会再喜欢他了，我喜欢的是……"悠言疼得抖了一下，却不求饶，仍是执着地给他解释。

"你喜不喜欢他和我有关系吗？告诉我，从那个电话开始，你一直在算计些什么？"

瞳仁急促收缩，他手上又收紧一分力道。

"我没有，我真的没有。"悠言又疼又冷，雨水把她的眼睛打得快睁不开来，她哀伤地看着他，沙哑地一遍一遍道，依旧倔强。

她的脸在他掌中颤抖，雨水冲刷着二人交接的肌肤，直到现在，他竟然还想把她拥进怀里，就像刚才追过来那般毫不犹豫。再也没有一刻比现在让顾夜白明白，这算是哪门子单薄的喜欢？真的只是一个过肩摔就完事？顾夜白，你爱上了这个去写情书给别的男人的女人！哪怕这个女人粉碎了你所有的骄傲和自尊。骗得了谁？你嫉妒得只想把那个男人杀死。

大掌忽地握上她柔嫩的颈项。

他慢慢收紧力道，冷漠地看着她痛苦的面容。明明疼得快要窒息，那双眸仍紧紧凝视着他，乔装着它该死的清澈和无辜。

可手上的力道，已无法再加大一分，毫无办法。

他自嘲一笑，将她狠狠推开，转身就走，像逃一般……如此狼狈。

一个冲力遽至，馥软的身子自背后紧紧抱住他。

"放手！"喉间迸出的声音沙哑得吓人，愤怒染红了双眸。

环在他腰间的小手却那么紧，背后被濡湿的，是她的泪水还是雨水？他两穴绷紧，如要炸裂开来！要逼她放手，他有一千种方法，他甚至抬起双手，可他始终没有……

这可笑的口是心非，他恨她的不顾廉耻，可自己不也厚颜无耻地贪恋着这一刻的温存？

她的手指在他的腹上颤抖地画着，三个字，一遍又一遍。

当她第一次把三个字写完，如果说那还不算欣喜若狂，那就是他扯着连自己也觉得可笑的谎。

满心的恨竟突然就生出柔软来。她的手指不仅落在他身上，也落到了他的心上，他还怎么恨？

大掌慢慢裹上她的手。

以为自己要把她推开，她浑身一颤，瘦削的双臂收得越发紧固……浮现在他脑海的登时全是她平日里倔强的模样。

他明白，自己这次注定在劫难逃。

他执着她的手，忽然转过身来。

悠言吃了一惊，湿漉漉的眼睛不知所措地张着。

她的下巴被迅速抬起，他的唇覆上她的耳珠，声音低沉而粗哑："路悠言，记住自己今天写了什么。"

悠言怔忡半天，唇边慢慢绽出抹笑，挣脱他手，踮起脚去搂他的脖子。

顾夜白脸微绷，却没有阻止。

挽上他颈脖的手臂，突然松了。

顾夜白一惊，却见她脸色苍白，眼睛缓缓合上。

他低咒一声，这家伙果然是祸害！

雨势大，他不敢耽搁，将她软绵绵的身子抱起，迅速往宿舍跑去。

迷迷糊糊中，耳畔传来轻轻的脚步声。

悠言微微蹙眉，慢慢睁开眼睛，首先入目的是一个高大的背影……他背对着她站在前方的小圆桌前，腰微弯，不知道正做着什么。

她低头看了看，脸遽然热了，明亮的窗儿，洁净的床被，这里是他的卧室？她居然躺在他的床上？

她羞涩至极，又忍不住满心欢喜，定定望着那抹秀顾的身影，脑里突然便起了一个小小的坏念头。

她掀起被子，轻轻下来，蹑手蹑脚走到他背后，张臂便抱。

他突然转过身来，挑眉睨向她。

她吓了一跳，踉跄着往后退。

这家伙就不能有一时半会儿的安静吗？顾夜白微叹一声，伸臂把人揽进怀中。

清新好闻的气息扑面而来，悠言脸上遽热，偎在他怀里不敢吭声。

她的幽香淡淡传来，顾夜白心里一动，不觉略略收紧了手臂。

悠言心里欢喜，脑袋在他的怀里蹭了蹭。

"别乱动。"他低声斥道。

悠言悄悄看去，只见他微微侧过头，随后慢慢把她放开，往旁挪了挪。

悠言不解，趁机卖萌："顾夜白。"

"回去躺好。"

这忽热忽冷的，悠言腹诽一声，正想抬脚给他使个绊子，一动之间双腿飕飕凉，她朝下一看，猛然惊觉自己此刻窘态，她身上披着他的一件宽大衬衣，里面是空的，下身只着了一条底裤。

她满脸红晕，急急跳上床将自己裹紧。她方才做了什么，居然还往他身上蹭！

他静静看着她，眉眼慢慢浮上笑意，朝她走来。

悠言窘迫，被子一蒙，将脑袋也裹进被里。

"你全身都湿透了，不换衣服会生病的。"

隔着被子，他的声音听去有些低哑，却致命地好听。

想到他亲手给她换的衣服，悠言脸上发烫，说不出话来。

"出来。"男人的手按到被子上。

身子滚了滚，悠言把自己更裹紧了一些。

被子颤抖得厉害，估计某人正在里面乱拱，顾夜白好气又好笑："你自己选一个。"

女人的声音含糊不清："薯摸（什么）？"

"要么自己滚出来，要么我将你连被子扔下床。"

男人的手隔着被褥环上她的腰，悠言尖叫，呼的一声钻了出来。

顾夜白唇上微勾，一个爆栗敲到某人乱糟糟的脑门上。

悠言委屈地抱住脑袋，眼角余光只见他又折回到方才的小圆桌前。

"把这个喝了。"很快，他走回来，一碗东西也递了过来。

"这是什么？"她微微好奇。

"姜汤，祛寒。"他拿着勺子又搅动了几下。

悠言心里一甜，明白他方才在做什么，那是在给自己吹凉。她喜滋滋地接过，得寸进尺："顾夜白，你喂我。"

"不好。"

男人清俊的脸微微红了。

又是直截了当的顾式拒绝，悠言恶从心生，低呼出声："哎呀，好热，烫死我了。"

顾夜白劈手夺过她的碗。

她油油地笑："还是你来喂我。"

笨拙如她，却一次一次让他着了道。顾夜白微微一笑："我比较习惯用这种方式喂人。"

他说着把碗凑到自己嘴边。

悠言脸红耳赤，好一会儿，把碗抢过："不劳你驾了。"

呼哧呼哧把汤喝完，她突然想到什么，啊呀一声："我要回去上课了。"

顾夜白好整以暇地"嗯"了声："你真是个认真学习的好学生，现在时间是晚上八点，正好赶回去。"

"我睡了一下午？"悠言羞愤，她想了想，试探着问道，"你这是上课回来还是也没有过去……"

顾夜白不置可否，拿着空碗走了出去。

他……没有回去上课。

意识到这个事实，悠言有些愧疚，她耽误了他的课。

"起来吃饭吧。"他的声音从外面传来。

悠言应了，刚爬起来，又赶紧缩回被窝："顾夜白。"

顾夜白走了进来。

"我的衣服……"

"洗了，我去拿。"

洗了？悠言浑身一颤："你洗的？"

顾夜白瞥了她一眼："洗衣机。"

悠言一颗心才掉回胸腔里……她的内衣如果让他给洗了，她也不想活了。

"我去拿。"

她才说得一句，他已走出去。

他很快又折回来。

悠言羞愧，假装没有看见那放在最上面的"私人"物品，飞快接过。

"这公寓的洗衣机有些时候了，干衣功能不是很好，如果还不能穿，就穿这个。"他说着从柜子里拿出一套衣服，放到床上。

他这么细心是干什么！悠言的脸烧得能烫熟鸡蛋，低头直到那人走出，关门的声音轻轻传来，才从被子里钻出来。

褪下他的衬衣，柜子旁的落地镜前，映着一副白皙纤瘦的躯体。突然，她一怔，她颈上胸前密密麻麻的那些是什么？绯红、淡紫，颜色深浅不一，却呈现出一副十足靡乱的景致。

她还没笨到以为这是蚊子的杰作……抚上那些个痕迹，她心跳加速，心里却不讨厌，一点也不。

她脸上发烫，怔怔看了半天，方才胡乱穿上自己的衣服，这些衣服还没有干，她却只能将就穿上，不敢去碰他的。

她慢慢推门出去，他坐在沙发前，茶几上是两份盒饭。

他把其中一份放到她面前。

"等一等。"她想到什么把他唤住，将两个盒子的肉菜重新分了一下，方才递给他，"好了。"

目光淡扫过女人的颈项，顾夜白瞳孔微不可见地收缩了一下。

"明天我们是不是要开始一起吃饭？"她吞了口饭菜，悄悄瞟他一眼，小声问道。

明天开始，将有一个人和他一起吃饭……顾夜白微微走神。

"不好吗？"她声音有些惶恐。

"好。"他脱口而出。

面对她，思量似乎总成为多余的事情。

她喜滋滋地道："那我明天过去等你。"

"我过去。"他说。

"哦，好的。"悠言咬唇。

"不是因为魏子健，我不在乎这些。你是女生，被人接送是你的权利。"

她的下颌被他捧起，他微挑的眉似乎在训斥她的胡思乱想。悠言脸上一红，伸手握住他的手。

吃过饭，两人依偎在一起聊天，直到Susan发了信息过来，若不是对方信息提醒门禁，顾夜白竟完全没想到要将人送走。

两人走到门口，悠言蹦跳着出了门，旋即从门后探过脑袋，笑嘻嘻地道："顾夜白，明天见。"

"我送你回去。"他侧身走出。

"别，外面还下着雨呢，两个变落汤鸡不如一个人……两个都生病了可不划算。"

外面黑蒙蒙的天有些看不分明，但雨声很大。

他是该为某人的爱惜而欢喜还是该为她想象中自己的"娇弱"而好笑？顾夜白唇角微扬，关上了门。

第 四 章

暖暖的疼爱

　　两人并排走下。

　　"楼道灯坏了，当心点。"

　　他的出声提醒，让悠言心里一甜，悄悄伸手去拉他的手。

　　有力的臂膀，随即环上她的腰。

　　九层楼梯，因为身旁男人的气息，似乎也变得短了。很快两人就把这段路程走完。楼梯口外，雨下得稠密。

　　二人靠得极近，吹息可闻。

　　"别送了，我自己走，明天我等你。"悠言轻轻从男人的怀抱挣出。

　　黑暗增长了她的贼心，她咬着唇，终于忍不住踮起脚，往对方脸上胡乱亲了一下。

　　偷袭成功，她忍不住得意一笑，旋即被狠狠扯入怀中。

　　手无措地抵在他结实的胸膛上，她涨红了脸，还没来得及反应，温热的唇已抵到她唇瓣上。

　　她一颤，那人却紧紧抱着她的腰肢，不让她逃脱。

　　薄唇几乎立刻含上她的。

　　他呼吸微重，吹息打在她的脸上，悠言浑身颤抖，小手慢慢环上他的腰背。

　　她的柔顺，似乎彻底诱惑了他。她被抵至墙上，被他锁住呼吸，昏昏沉沉中，他的吻一路往下，炙热的唇，来到了她的脖颈。

想起镜中所见，悠言浑身颤抖，紧紧攥住他的衣衫，没想到却引来他更疯狂的掠夺，她的衣领被扯开……酥麻奇异的感觉从肌肤蔓延开来，她不觉呻吟出声。

他的舌卷上她的耳垂，在心跳快得要蹦出来的时候，她听到他喑哑的声音："言，雨大，今晚不走了好吗？"

她脚一软，若不是他紧揽着她，估计一跌到底，这人真是个致命的诱惑。

迷迷糊糊的，不知张口答了什么，只知那人在她唇上轻啄了一下，她被他领着改了方向。天，她的答案是肯定？今晚真的要在这里过夜吗？

外面磅礴的雨势仿佛是一个最好的借口。黑暗中，他视线炙热，她知道，也正如她知道她脖上的印子代表着什么。对于留下可能会发生些什么，她并不懵懂。她该拒绝的，可是，她居然舍不得离开。

她就这样傻傻地被他诱惑了，虽说是自己意志不坚，她还是"迁怒"于他，她扯了扯他的衣袖："顾夜白。"

他抚上她的发。温柔的动作，淡淡的宠溺，将她心中的欢喜点燃开来，她小声道："你背我。"

空气突然渗进一丝沉默，他放开了她。

她把他所能给的纵容限度打破了吗？她失望地低下头。

"上来。"

他的声音忽而传来，轻极，却那般真实，一股子甜登时盈上心尖。

她捂住嘴，方能压下那满得快溢出来的笑意，双手搭上他微微俯下的身子。

若有似无，他含笑的声音似乎也在梯间晕开，她正想侧耳细听，他的手往她臀上一托，已将她背起，她便无暇细想。

枕在他宽阔结实的肩膀上，感受着他拾级而上的沉稳，她终于忍不住笑出声来，带着小而甜蜜的得意，却又不敢过于放肆，这个男人别扭得很。

"小心把嘴笑歪。"淡淡的声音从前面传来。

恼他毒舌，她张嘴便往他颈子咬下。不重，但也带着一丝惩罚的力道。

低哑的声音从他喉间逸出："路悠言，你还真反了。"

身子一瞬微晃，她吓得尖叫出声，人已整个被他抱到身前，唇随即被他堵上。

九层的楼梯，这次他们走了很久。

刚一回到他的住所，她迅速被他抵到门上，随即又是一阵绵密的纠缠……不知过了多久，她羞涩地依进他怀里，微微喘息："顾夜白。"

"嗯。"他从鼻尖透出丝声息，慵懒而喑哑。

"我得告诉阿珊，我今晚……"她的脸像火烫，在他怀里埋得更深。告诉 Susan，她今晚不回去了。

灯光如水，顾夜白靠在沙发背上，视线到处，是阳台上拿着手机低声细语的背影。

楼道里对她挽留的话，现在想起还是觉得不可思议。是男人对女人的欲望？一定只是这样吧，就像他褪下她衣服一瞬的情不自禁，她的柔软和清香迷惑了他，在他意识过来的时候，已在她肌肤上烫下属于他的烙印。

可是，如果单单是欲望，当日在日本，为什么到最后还能冷静地把那个女孩推开？而对于她，他却无力抵御？

悠言进屋的时候还是满脸红晕，想起 Susan 的调侃，她不禁悄悄看他一眼，却发现他也正在看自己。她突然便怯了，慌乱地垂下双眸。

"言。"

他在唤她……她急急回道："我去洗澡。"

顾夜白一怔，摸摸下巴，不觉失笑，他的样子看起来是如此急色，以至于她要落荒而逃吗？

浴室。

悠言瞪着镜子，清澄的镜子里那个清清秀秀的女孩也在回瞪她。

摸摸盥洗台上他的杯子和牙刷，她的心又怦动起来。

拧开花洒胡乱冲洗了一下，将湿润的发丝盘到头上，她突然意识到一个问题。

半晌，她咬咬牙开门，脑袋探出去："顾夜白。"

脚步声微微透着一丝促意……很快，他出现在外面的廊道上。

该死，他没戴眼镜！她从前不知道，这人好看得如此过分。

"你眼镜戴上啊，你知不知道你这样我很困扰。"她脱口便道。

顾夜白难得一愣，随即唇角微微扬开……这样没头没脑的话，估计就只有这家伙能说出口了。

氤氲的水气拢在她微露的肩上，入目之处一片雪白晶莹，她的脸却是红润水泽，他一瞬竟有些失神，忙敛了心神问道："什么事？"

"那个，我没有毛巾。"

她瞟了他一眼，迅速低下头，模样像做错事的小孩。

"用我的吧。"话一出口，他的心神又是微微一荡。

悠言的脸也顿时红了："谢谢。"

合上门，从架子上扯下他的毛巾，悠言心跳如擂鼓，想起他方才的眉眼，她想自己要完蛋了。

客厅。

下笔的角度不对，颜色的比例也不对……他竟然无法集中精神，这是明天要交的稿子。他从来没有拖稿的习惯。

留下她果然是个错误。

顾夜白苦笑，捏了捏鼻梁，重新调了一遍颜色。

悠言出来的时候，就看到这幅情景，那个人坐在画架前，姿态如松，挺拔深远。

画架上的画，很美。

嗯，他的画总是很美。

脑瓜轻轻搁到他的肩上。

肩上微凉，那幽幽的清香，顾夜白微叹一声，转过身来，却瞬间怔住。

小小的她裹在他的衣服里，他的家居服，那件 T 恤，对她来说明显宽大太多，她的双肩都微微露了出来，湿漉漉的长发散在上面，水滴泫然。

好不容易聚集的思绪，再次被她打乱，她难道不知道，这样的她有教他想抱进怀里的冲动吗？

男人炙热的目光一直没有从她身上离去，悠言脸上一热，连忙解释："我的衣服没放好，洗完澡发现全被打湿了，我看到你有衣服放在里面所以……"

"嗯，"顾夜白摸了摸她的发，又将外套脱下递过去，"穿上。"

悠言点点头，心想他是怕自己着凉，心里甜滋滋的，将外套穿好，又凑到他旁边去看画。

顾夜白却明白，把外套给她全然不是那么回事。

"对于画，路同学似乎懂得不少，和苏珊几个吃饭那回，你手指缝里的颜料，市面并不多见。"

他的语气轻描淡写，她却几乎被他吓出心脏病来，他在说食堂里的事，那天，怀安还借机嘲笑她手上脏污，这人眼睛真毒，原来早在那时就已看出来。

死于心脏病的母亲迟筝，生前是名盛一时的画家，她自小便跟着母亲学画。可是，她决不能让他知道她会画，万一牵扯出母亲的事情，这个犀利的男人会猜出她的病。

她还不想让他知道，她怕……他会嫌弃她。

"我只会看不会画，我爸有个朋友是个名家，之前到那伯伯家玩，我也不知道那是什么颜料，看去不像一般的水粉水彩，我觉着好玩，就问他要了些，前阵看你画画觉得好玩，就在宿舍也胡乱画着玩儿。"

她抬起头，对他调皮一笑，小指往调盘里一蘸，便往他脸上抹去。

顾夜白挑眉，反手握住她的手，微一用力，把她带进怀里。

他握住她的手往相反方向而去，颜料一下沾到她鼻尖上。

悠言气煞，往他衣服上蹭去。

"言，这转移视线的方法有待改进，知道没有？"把她精致的小下巴捏住，他在她耳边说道。

悠言羞愤，心念一动，小声道："这样呢？"

唇凑到他嘴边，轻轻吻了一下。

"可以。"

随着顾夜白低哑的声音，她的脸被迅速勾起，顾夜白的唇追了上来。

唇齿之间津液相抵，很快沾染上彼此的气息，直到她气息渐促，他才稍稍放开了她。

细细的银丝在她嘴角蜿蜒开来，她唇上微肿，脸颊嫣红，她清澈的眸中隐隐透出丝媚态。媚眼如丝……他脑中浮现出这四个字，忍不住再次把她吻住。

抵在他胸膛上的小手，微微推拒着他，似乎在控诉他的过分，从没有对谁产生过的情欲在急剧扩张。

衣服下摆被撩开，男人的手探进她的肌肤里。他的唇移至她颈项，刚才那在黑暗楼道里经历过的奇妙感觉又蔓延开来……悠言紧张得忘了呼吸，只听到自己轻轻喘息的声音，突然，她浑身一颤，却是胸罩被扯高，他的手罩上了她的柔软……接下来她的牙关都在颤抖，他却似乎嫌这样的触摸还远远不够，另一只手抚上了她的背。

扣子随即被解开，如电的感觉迅速袭过全身，悠言只知道，此刻，她脑子完全空白。

顾夜白目光无意间落到画架里还没完成的画上。小桥流水，深处有人家，那是国画写意。

这一期的稿子延交吧，这时已无法抽身，他浑身每一个细胞无不叫嚣着想要她。情还是欲，他已经分不清。

她的眼睛紧紧闭上，长睫如蕊轻扫，这把小刷子仿佛也刷到他心间，他深深看了她一眼，将她横抱起往卧室走去。

一下，两下……他正要把她放下，门外声音陡然响起。眼见没有动静，声音越发密集。敲门的，似乎很是嚣张。

她惶恐地睁开眼睛，一下从他怀抱跳落，退到房间深处，瑟瑟整理着衣服。

"顾夜白……"

他低咒一声，走去开门，她的声音却在背后急急传来。

他返身，只见她委屈看来，一张脸早已红透。

"我，"她咬牙，"你过来。"

他略一拧眉，走了过去。

"背后，该死的扣子扣不上。"

她几乎要哭出来了，他一愣，唇上一弯，忍不住笑了。

"你还笑，帮我弄。"

顾夜白微叹一声，他的她啊，探手将她搂进怀中，掀开她的衣服，帮她把那"该死的"扣子扣上，忍不住又在她唇上啄了一下。

她满脸通红，瘦小的身子缩在门后，瞪住大厅的门，如临大敌。他一笑过去。她其实不知道，那该死的扣子他刚也差点扣不上，因为，他的手也一直在微微颤抖。

　　打开门，一个男生跳了进来："Surprise？"

　　随行的还有一个长相斯文的男生，顾夜白笑道："唐璜也来了？"

　　唐璜笑道："子晏说，你搬了新宿舍，我可是特意带了礼物来贺乔迁之喜。"

　　林子晏笑嘻嘻开口："咱们这位未来的大国手带了几瓶好东西过来，雷电交加，咱哥几个正好喝个不醉无归。"

　　"我本就不打算走。"唐璜大笑。

　　顾夜白颔首："好。"

　　几个人走进来，顾夜白发现，卧室门悄然关上。他这小东西。

　　他略略一想，朝林子晏开口："一会儿如果你敢笑一声，我明天就过去你宿舍将你电脑里的资料全黑了。"

　　林子晏有些摸不着头脑，但听到把资料黑了几个字，马上炸了："顾夜白，电脑里的东西我可是加了密，特级保护，明白吗？"

　　"嗯，我们等着瞧。"顾夜白眉眼含笑。

　　林子晏有种毛骨悚然的感觉，倒是唐璜瞧出几分端倪："白，怎么回事？"

　　顾夜白走到屋门前，往门上轻轻一叩："言，出来。"

　　卧室里有人？而且藏的绝不可能是个男人！

　　林子晏和唐璜迅速交换了眼色，哇哇大叫："阿骚，我们来得是不是叫那个'不是时候'？"

　　他虽说不是时候，两眼却是发光发亮。

　　"似乎是。"唐璜一向老成持重，此时也是好奇得不行，好不容易才憋住没笑出声来。

　　眼见没有动静，顾夜白目光微动："言，你自己在里面，不害怕老鼠吗？"

　　林子晏正诧异，唐璜已会意地接过话茬，大声说道："天，顾夜白，你这儿是老鼠窝吗？这么大的一只窜了进去。"

　　门倏地开了，瘦小的身影仓皇奔出："老鼠在哪里？"

　　林唐二人互瞥一眼，对方眼里的惊讶一览无遗，这女孩儿身上的衣服是顾夜白的，其他的大抵也不必多说了。

顾夜白摸摸某人的小脑门："嗯，老鼠出来了。"

悠言一愣，随即醒悟过来："你骗我。"

她说着微微磨牙："方才谁说老鼠进去了？"

唐璜出列，微微笑道："我是说老鼠进去了，可我并没说老鼠进的是卧室，这不还有厨房、浴室和阳台？"

悠言羞愤，躲到顾夜白背后，两眼滴溜溜地转，偷偷打量着不速之客。

唐璜微凛，顾夜白看悠言的眼神，带着一丝专属的意味，和这人也不过个把月没见，什么时候他也开始这么在意一个人了？一个月足够发生了什么，或是改变了一个孤冷的人的什么吗？

林子晏却已叫了出来："路学妹，是你？"

这位学长是故意的！悠言愈加愤懑，往顾夜白身后又挪了挪。

林子晏嘿嘿笑了几声："顾夜白，你脸上的唇膏也不擦一擦。"

"我没搽唇膏。"悠言赶紧扯了扯男人的衣服。

唐璜一愣，随即笑弯了腰："白，你捡到了件宝。"

林子晏早已抱着肚子，笑得抽搐。

顾夜白微叹，把背后的小东西拉出来，某人一张脸红得几乎要滴出血来。

顾夜白往林子晏身上淡淡一扫："林子晏，明天你只管等着。"

林子晏浑身一个激灵，但一双眼睛没管住，还是往悠言脸上瞟去。

悠言咬唇攥紧顾夜白的衣衫，顾夜白唇角微微一抿，把她的手握住。

唐璜拉了拉林子晏，低声提醒："你还玩，你以为他在和你说笑？"

不必唐璜提醒，林子晏这时已嗅到危险的味道，他嘴上横，心里却知道这人说到做到，又见顾夜白转身低声和悠言在说什么，竟似是哄慰的语气，这种情景打他认识顾夜白以来还是第一次见到，不禁大为瞠目，旁地里唐璜也在扶眼镜。

"顾夜白，我还是回去吧。"悠言低声说道。

"太晚了，这时候回去女生宿舍也关门了。"

"可是……"

"子晏不会说出去，我说不会就不会。"

悠言看进男人沉静的眸里，半晌，方才把心一横，点了点头。

各人坐下，唐璜看着并排的两人，笑道："白，不介绍一下吗？"

"我来我来，"林子晏插嘴，"我是你林学长，这是唐璜，G城医学院的高才生。"

悠言手动点赞："唐大哥好厉害。"

"我呢？"林子晏心里不是滋味。

"G大挂科王？"顾夜白接了这个茬。

林子晏惦着自己的电脑，不敢造次，默默闭嘴。

悠言顿时乐了，笑得像只小老鼠。

唐璜拿开酒器开了瓶塞，又拿出自带的杯子，替各人斟满了。

悠言这时突然想起什么："我想起来了，你就是阿珊说的那个……不会游泳还偏偏到游泳池看美人的小林子学长。"

她想了想，又补了一刀："嗯，你还暗恋我们阿珊。"

林子晏一呆，被来不及吞下的酒水，呛个半死。

唐璜唇角抽搐，手一滑，半杯酒也洒到旁边的倒霉鬼身上。

林子晏被浇一身，站起身来要炮制悠言。

悠言靠在某人身上，咯咯笑得欢，知道这位学长怕她的顾夜白，她也欺善怕恶起来。

林子晏登时蔫了，悻悻坐下。

瞟瞟众人的杯子，悠言咕哝："我没杯子。"

顾夜白问："言会喝酒吗？"

"红酒可以喝，在家常陪爸爸喝。"

顾夜白将自己的杯子递给她。

浅浅抿了一口，悠言皱皱鼻子，又将杯子推回给他。

顾夜白拿起杯子啖了口："怎么了？"

对面二人对望，再次惊诧，据说顾夜白有洁癖。

小腿被人踹了脚，林子晏怒视唐璜：你踹我我也不知道啊。

唐璜又踹一脚：你可以滚了。

林子晏心里不爽，坏主意便冒上来了："顾夜白，你不给我们正式介绍一下路学妹吗？"

热闹的气氛微熄，空气中是一片单薄的沉默。

目光落到悠言身上，顾夜白微微一怔，该怎么去定义她。

"小林子学长，从明天起，我和顾夜白一起吃饭。"将刚才的放肆小心翼翼收敛起来，悠言静默一下，小声说道。那人的沉默，微微刺痛了她，在他心里，她是难以启齿的吗？

林子晏暗骂自己问了个愚蠢的问题，他本意是要看顾夜白窘态，没想到误伤他人了，他正想着，桌下又教唐璜端了一脚。他龇牙咧嘴，却不敢声张。

"我下去买点东西，顾夜白，你借点钱给我，我没带。"悠言笑笑又道。

她脸上微微的苍白刺痛了他。顾夜白突然痛恨起自己来，他有把她留下过夜的想法，却没有在自己朋友面前承认她的果断吗？

从明天起和他一起吃饭，她到底是以什么样的心情来说这一句。

桌下，大手握上她的手，她却微微偏过头，避开他的目光。

她生气了吗？他心里一紧。

林子晏和唐璜登时敛了声音，这种场合说话无疑是讨打。

"要买什么？"顾夜白扳过自己女朋友的小脸。

"买雪碧兑酒喝。"悠言努努嘴说道。

几个男人互看一眼，一时失笑。

顾夜白看向林子晏："你去，总不能叫我女朋友跑腿吧？"

悠言一愣，随即小脸笑成花一般。

林子晏自知理亏，忙道："我去我去。"

想了想，又贼笑道："阿骚，一起吧。"

唐璜颔首："好。"

"等等。"悠言又道，"小林子学长，顺道买盒飞行棋，咱们四个人正好玩儿。"

林子晏嘴角抽了抽："学妹，咱们不是来玩这低级趣味游戏的，我们是来说日本妞的事……"

他话口未完，脚上又是一痛，唐璜把他往门外一拖："有些人死于话多。"

悠言微微奇怪，朝顾夜白问道："小林子学长说什么？"

她的手却被顾夜白握得有丝生疼。

顾夜白淡淡道："唐璜，飞行棋，谢了。"

说不玩趣味游戏的人，结果厮杀得最起劲。

玩到最后，林子晏拍桌而起，喝道："姓顾的，你干吗老截我？你存心的！"

悠言哈哈大笑，拣起自己的棋子，最后一架飞机登陆成功。

唐璜拍拍那玩疯了的人："淡定。"

林子晏咬牙切齿："淡定个屁，顾夜白有毛病，自杀式袭击就是为了让他那口子赢，这样玩有什么意思？"

悠言甜甜一笑，看了身旁的男人一眼。

桌下，她的手轻轻搁到他的膝上，他紧紧握住了。

"学妹，再来！"林子晏吼道。

悠言傻眼："这都玩半天了，不玩了吧？"

"小林子学长，笨蛋。"

棋子从小手滑落，悠言脑袋歪进男人怀中。

"言。"顾夜白微微凝眸，将她的手从桌下拿起，一并搁进自己怀里。

林子晏还定睛在棋子上，一脸不忿，唐璜淡淡开口："白，你变了。"

顾夜白沉默了一会儿，才道："唐璜，说吧。"

唐璜道："作为你的哥们，我们很荣幸地收到宫泽静的电邮，她很快就过来，你打算怎么做？"

林子晏低哼一声："她那时没有跟顾夜白走，现在又来凑什么热闹？"

唐璜笑笑："她也有自己的苦衷，她爸爸是个厉害角色。"

"我站路学妹这边，我一中国人自然支持国货。"林子晏一本正经地胡说八道，又道，"唐璜，你表个态。"

唐璜翻翻白眼："你我表态有什么用？最要紧看白。"

"唐璜，让她来找我。"顾夜白扶了扶悠言的脑袋，让她靠得更舒服一点。

林子晏惊疑："让她来找你？你这是什么意思？"

唐璜按住林子晏肩膀，嘴角朝悠言一努："他什么意思，你还看不出来吗？他要亲手解决这事儿。"

林子晏冷哼。

唐璜似想到什么，目中露出一丝促狭："你这小子是不是爱屋及乌？据说你暗恋人家的姐妹。"

林子晏立马炸毛："你胡说什么？"

"你们两个要疯到外面去。"顾夜白微微沉了声。她在他怀里蹭了蹭，有醒过来的迹象，自然是自己女朋友重要。

林子晏突然笑道："顾夜白，你看这校禁的时间也到了，你总不好叫我和唐璜流浪吧？我看这样，我和唐璜帮你看屋，你和你的女人今晚不如找个旅馆嘿嘿嘿……"

一刻钟后，北二栋宿舍楼下。

唐璜阴恻恻地看着某人："要不是你无缘无故提醒，顾夜白还不至于把我俩赶出来，旅馆你个头。"

"顾夜白那小子老子还以为他会孤独终老，哪知道拍起拖来也跟个小毛头似的。"林子晏骂骂咧咧，勾了唐璜的肩离开。

她睡熟了，嘴角笑意盈盈，似乎正做着她的好梦。顾夜白将悠言轻放到床上，替她褪下鞋子，盖上棉被，又拿过床角单薄的被单，俯身往她唇上轻吻一下，方才熄灯。

这一夜不适合同床共枕。他向来引以为傲的自制力，在她面前似乎彻底变零，两人睡一块儿，他无法保证自己不将她占为己有。

仰躺在沙发上，顾夜白睡意全无。

下雨的夜里多少透着丝凉意，屋里两床棉被，厚的给了她，剩下的不免有些单薄，但他身体强健倒也还好。

"顾君。"想起唐璜的话，有个声音仿佛浅浅划过耳边。

他不由得微微皱眉。

卧室此时忽也有微细响声传来。他耳目聪敏，声响虽小，还是一下便捕捉到了。很快，一阵脚步声轻轻传来，还有什么在地上拖曳的声音。

他心里一动，立刻闭上眼睛。

柔软的发丝伴随着淡淡的清香落到他胸膛上，一瞬，宫泽静的影子全然淡去，脑海里，是她那一头乌黑馨软的发丝，在他身上划过，也好似一根羽毛轻轻从他心间搔过。

"顾夜白。"

她的声音极轻，随即，他身上的被子被轻轻掀开，再次覆到他身上的是那床厚的棉被……他的心倏然收紧。

她的手指随之轻轻触上他的唇……他藏在被下的手，不觉屈指成拳，然后有什么代替了她的指覆上他的唇，湿润而柔软，他心里一荡，情欲几乎便要压抑不住。

唇上她的声音细碎而模糊，但二人的距离足以让他听清。

"那天在长凳上是我的第一次……你知道吗，笨蛋，你又怎么会知道？"

那是她的初吻？狂喜顿时淹没了他！他早该清楚，那么生涩的她。他甚至能想象出她此时腹诽嘟哝的模样。

他一点一点想着，她的气息却突然远了。

他再也压抑不住，手臂一探，将正要离开的她掳入怀中。

悠言吃了一惊，小声指控："你……你不是睡着了吗？"

"原本是，后来让人给吵醒了。"

悠言登时结巴："那刚才我说的话……"

"嗯，该听的和不该听的，都听到了。"

悠言羞愤，待要推开，手却被人迅速裹上，男人低哑的声音传来："这么晚了还不睡，出来是想做什么？"

"我这就睡去。"悠言脸上热热的，试图从某人怀里滚出来。

可腰肢上臂膀如铁，到底没滚成。

黑暗里，和他相抵的身体，男子微微偾张的肌理还有那薄薄的吹息，令她心跳如雷。

"你放开。"她又说了一遍。

他沉默不语，把她拦腰抱起，走回卧室里。

而后，他走了出去，未几，一床棉被覆了上来。

她嚯地坐起身："顾夜白，我怕热，用薄的就行。"

被人惦在心上的感觉是什么样的？有多久没尝过这种滋味了？

细软的声音说着并不高明的谎，偏偏还能如此理直气壮的，也只有她了吧。

烟雨江南，深处人家，家……顾夜白突然想起那幅未来得及完成的画，也许色调可以再暖一点……

"顾夜白。"

不安的声音将他的神思拉回，他含笑答应："好。"

见他走出去，将薄被也拿了进来，悠言忙将自己身上的被子撩起塞进他手里："那晚安，明天见。"

"晚安。"他回道。

"咦，你怎么还不出去？"可他没动？

"言，躺进去一点。"

"诶……"

悠言以为自己听错了，好一会儿，只见那人还是淡淡看着她，她浑身一颤，慢慢往里挪去。

两人同盖一床被子，中间却隔着一个小缝隙。

"顾夜白，你要枕头吗？"悠言的瞌睡虫全跑光，只好故意找话说。

"你要给我吗？"他反问。

"我收回刚才的话。"枕头柔软舒服，悠言后悔了。

"还是给我吧，反正你也用不着了。"

"什么？"

她犹在愣怔，他手臂探过，轻轻一带，已把她带进怀里。

呃……枕头果然用不着了，她的脑袋，被置放在他臂膀上。相濡以沫，肌肤相抵，情人间该有的亲密，他们似乎已经尝试过一些，但像这么般睡一块儿还是第一次。

她的呼吸不由得紧紧屏住。

黑暗里，他微微叹道："路悠言，呼吸是允许的。"

悠言糗大，脚丫一伸，搁到男人肚腹上。

这笨蛋！顾夜白皱眉，这于她来说是恶作剧，殊不知对一个男人来说却是诱惑，他又不是神佛，怎能对自己心爱的女人没有念想？

他伸手把她脚丫拿下。

悠言不乐意，又架上去。

"路悠言，你自找的。"他沉声说着，行使男朋友的权利，将自己女朋友逮坐到自己身上。

男人身上的热度一阵阵传来，悠言终于意识到事情的严重性，俯在那人怀里，再也不敢乱动。

"睡觉。"男人沉声训斥。

悠言不忿，伸手便戳他脸颊："喂，顾夜白。"

他没动，不曾制止。

眼见如此，她胆子又大一分："你是不是偷亲我，知道我为什么会醒过来吗？"

"……"偷亲，好吧，顾夜白也难得理亏了。

"给你的胡楂子扎醒的。"

"……"

顾夜白下意识地摸摸下巴，触手光洁。

他又着了这笨蛋的道！遇到她，他似乎什么都不对劲了。

"你再不睡觉，我保证，你会被扎得更厉害。"他恶狠狠威胁。

悠言吓得立刻噤声："我已经睡着了。"

她闭上眼睛，黑暗中，却听到他道："路悠言，你是猪吗？我说，呼吸是可以允许的。"

悠言心里紧张被看穿，蜷在他怀里更是一动不敢动。

好吧，她刚刚就是个纸老虎。顾夜白心想，同床共枕果然是不正确的，今晚能不能睡，估计也是个问题。

顾夜白想，他开始习惯身边有这么一个人。

他们像其他情侣一样开始约会，也会像其他情侣一样闹别扭。

第一次的约会，她迟到许久，打她手机却是关机，迟到也就罢了，她不知道他会担心吗？当她讨好地抱着一堆食物出现，他却狠狠地训斥了她一顿。从此，她便没有再迟到过。

　　这一次，仍是她早到。

　　她正趴在商店的橱窗外不知在看什么，神色专注。午后的阳光映在她身上，显得悠远而安谧。

　　他搂她进怀："在看什么？"

　　她一笑回头："就随便看看。"

　　橱窗里，几个模特套着当季新款，除此就几对毛茸茸的公仔。

　　走了一段路，她却似乎还惦着，频频回头张望，他没有多想，揽着她就往回走。

　　"顾夜白？"

　　"喜欢哪个？"他捏捏她鼻子。

　　"我真的就看看，有点贵，我钱不够。"她老老实实道。

　　心微微地疼，他说道："我买给你。"

　　怀里的脑袋忽地抬起，他摸摸吃痛的下颌，微叹口气，这笨蛋总是这样毛躁，他已记不清被她这般祸害过几次。

　　"不用不用，我们逛一下，晚上去不夜天吃东西就好。"

　　"一分钟时间考虑，如果还是没有答案，我就全买下，然后……"

　　"全买下，然后？"她愣了。

　　"然后就没有钱去不夜天吃东西了。"他挑眉。

　　"……"

　　两人折回去。

　　悠言伸手指了指橱窗角落，小声道："这个好可爱，可是要四百多。"

　　那是对猪宝宝，顾夜白摸摸某人毛茸茸的脑袋，推门进去。

　　两个店员笑容可掬，其中一个道："这对小吉猪非常热销，寓意永不分离，很多情侣喜欢呢。"

　　悠言喜滋滋地道："店员小姐，不用包了，我自己抱着走。"

　　两个店员微微失笑，对顾夜白道："你女朋友真可爱。"

　　女朋友？顾夜白一怔，唇上不觉微弯，拿出皮夹付钱，又轻轻瞥了旁边女人一眼。

　　那对大大憨憨的毛线公仔几乎将她淹没，她兀自笑得乐呵呵。

他突然就觉得，这个小玩意儿，一点也不贵。

"顾夜白，我们给它们起个名字吧。"悠言眉开眼笑，她揽着它们，她的顾夜白揽着她。

顾夜白朝其中一只鼻头一点："猪言。"

悠言一声低哼，伸手去戳另一只："小白。"

顾夜白失笑，抬手赏了自己女朋友一个爆栗。

悠言揉揉脑袋，去捏小猪鼻子："反了你，不满意姐姐给你取的名字啊，和蜡笔小新家狗狗的名字一样不好吗？"

男人用手指也把她鼻子捏住。

悠言手上抱着东西无法还击，再说也够不着他的高度，遂开始胡说八道起来："小白，小白……"

"小白！"

路上行人看来，男人的脸可疑地微微红了一丝，悠言一看有戏，叫得更欢。

顾夜白故意放缓语速："不夜天……不去了。"

悠言被捏到软肋，求饶告终。

临走前，又悄悄侧身看了一眼。

"还有东西想买？"

没有逃过顾夜白的眼睛。

她一惊："没有了，喂，你做什么？"

几分钟后，她再次被他领回那个橱窗前。

"真的没有了。"悠言低头，两颊像个红彤彤的苹果。

"喜欢哪套衣服？"

"没有，小白，我们走吧。"

敢情她还真把这名字用上了。顾夜白忍住把自己女朋友揍一顿的冲动："告诉我。"

"就是……"她头弯得更低。

"就是什么，嗯，那就再来个一分钟考虑选择好了。"

悠言急了："就是那套男装，我想买给你，可我还没有领薪水。"

顾夜白脸上神色浅淡依旧，心里却想，原来她是这个心思。

"小白。"

"嗯。"顾夜白突然觉得这个称呼也不那么讨厌了。

"我再打一个月工就可以买下来了，你穿一定很好看的。"她大声说道。

一起吃饭的时候，Susan 曾无意中提过，她家境殷实，她的父亲好像还有一定来历。但她给他的感觉，一直是朴实无华，她在校外的咖啡店打工，闲暇时她甚至会打几份零工。

心中酸胀似乎一瞬变浓。他淡淡道："言，咖啡店的兼职辞掉。"

"那可不行，我得养活自己，再说辞掉兼职我怎么给你买礼物呀，你的生日快到了。小白，到时我给你做提拉米苏，我跟店里的师傅学了这个，味道很好呢。"她说着舔舔嘴巴，一副馋样。

记忆中，他没有告诉过她生日，因为即使是他自己也从不惦记，她却想到了，是从林子晏那里打听的吧。而她的生日，他一概不知。顾夜白没有说话，搂着她继续前行，然而，心里柔软得越发控制不住了。

不夜天，那是夜市里一个小摊档，专做烧烤和甜食。

店里学生和情侣居多。

"你父亲没有给你寄生活费吗？"略略一想，他选择了直接询问。

她本高高兴兴啃着烤串，闻言微微垂下眸："我爸爸不喜欢我妈妈，我不用他的钱。"

不喜欢……原来她和他那么像，他们的父亲都不喜欢他们的母亲，而他的父亲甚至只是玩弄他的母亲。她的痛，也是他的痛。

"言，坐过来一点。"他轻声道。

她点点头，乖巧地将小凳子从对面挪到他身旁，位置一时显得有些拥挤。

他伸臂将她搂进怀里。

恰巧老板娘送东西过来，见二人亲密，微微笑了："小言，这是你男朋友？"

悠言一下羞红了脸，没敢吱声，却用力点了点头。

一旁，老板正走过，见状插嘴："老婆，你看这小丫头，生怕你不知道，头点得像捣蒜。"

悠言大窘，耳根都热透，想从顾夜白身边挪开一点。

顾夜白却握住她手，她愈急，他手上力道愈大，她根本动弹不了，她又是欢喜又是窘迫，头低得快掉到地上去。

"小言是好女孩。"老板娘和老板相视一笑，老板娘说道。

话是向顾夜白说的，顾夜白自然明白，回了一笑，除了肯定，还有别的含义。

悠言光顾低头，却是没有看到，只听得他道："你似乎是这里的熟客。"

"我和阿珊常来，这里卖的东西都很便宜，盈利大概也不多，但老板和老板娘很幸福。"

她双眸清澄如水，此时越发乌亮。

顾夜白不置可否，只是再次旧事重提："言，把兼职辞掉。"

悠言摇头，小脸有些倔强："我不用我爸爸的钱，我自己养自己。我想好了，这个假期要到庐山去一趟，所以我得存一笔钱。"

"你不必自己养活自己。"他说。

"……"她有些疑惑。

"辞掉，我来养你。"

夜，女生宿舍。

"珊，晴，我回来了，给你们带了夜宵。"

宿舍门开着，悠言兴冲冲地跑进来，方才发现还有其他人在。

Susan、许晴、小虫是外宿生，但一身睡衣，看来今晚是要留下来，隔壁宿舍几名女生，还有怀安，竟然也在。

不知哪里搞来几张课桌围在中间，大家七嘴八舌，似乎在讨论着什么。

Susan 第一个抬头："哇，好吃的来喽。"

隔壁一个女生眼尖："悠言，你这对公仔不便宜吧？"

"嗯，四百多。"

"这对别人来说就罢了，你这小气鬼，怎么舍得买？"许晴也有些好奇。

悠言心里一甜，小声道："小白送的。"

Susan 有些发愣："什么小黑小白？"

又随即恍悟："顾夜白？"

悠言点头，把吃的放到桌上，将她的猪宝宝小心翼翼放到床上，恍惚间，好像看到怀安瞥了她一眼。再看却见她正和几个女生说着什么，似乎是自己多心了。她有些奇怪怀安怎么会过来，毕竟怀安平时和她们不太热络，小虫似乎看出她的疑惑，笑道："今天的翻译作业太难了，我们都不会，怀安是高手。"

"悠言，怀安在说着呢，这又不能照抄全翻成一样，你还不快过来也听听，找找灵感！"隔壁一个女生喊道。

其他几个姑娘和她们宿舍倒是玩得挺好。

Susan 道："言，过来参考一下吧，周美人亲自讲解呢。"

"这次难不倒我，我做好了。"悠言脸上带着几分献宝的小得意。

许晴笑骂："你就吹吧。"

"真的，小白给我讲的。"

许晴啐道："虽然我还没看过真人，但也知道你那个几斤几两，你就把牛皮吹上天吧。"

这虽是玩笑话，多少带着几分不客气，悠言仍是好脾气地笑了笑。

Susan 不知顾夜白底细，但这话不好听，也有些不高兴，笑道："眼见不一定为实，更何况并非亲眼所见，有句话怎么说，没调查没发言权。"

许晴却是个开不得玩笑的，闻言神色一冷，装作低头看题，没有接茬。

Susan 目的达到，也不多话，只道："言，作业拿来，我要参考。"

悠言见情况有些不对，忙道："怀安不是在讲解吗？"

"我说的难登大雅之堂。"怀安抬头，淡淡说道。

悠言不知道该如何接话，Susan 说道："言，有没有零钱？我们下去买些饮料。"

小虫想活跃气氛："得，你苏小姐的都是大票子。"

许晴不想惹 Susan，转移到悠言身上，笑道："Susan 问对了，悠言这小穷光蛋就只有些零碎钱。"

小虫忙道："你就爱开玩笑。"

"我这话不对吗，悠言你自己说是不是？"许晴微哼一声。

"是是是。"悠言正准备到浴室漱口，闻言赶紧回身答应，不想 Susan 为她和许晴闹矛盾。

Susan 微微笑："晴，言没钱，这就不用买你的了。"

"都买都买，人头数，我请客。"悠言给 Susan 使眼色，让她别着急上火。

许晴得意："苏大小姐，听到没有？"

"得。"Susan 狠狠白悠言一眼，从她床头背包拿出钱夹。

"我就不用了，谢谢。"怀安略略一顿，开口说道。

"怀安，你还替悠言省钱？她现在不是在处对象吗？有人疼着呢。"同室一个女生笑道。

悠言脸一红，瞪了对方一眼，那女生笑着走过去呵她痒。

Susan 突然说道："路悠言，这张银行卡不是你的吧？"

悠言一愣看去，半晌脸红红说："是小白给我的。"

一众女生登时离座，将 Susan 团团围住，书桌只剩下怀安和小虫。

"顾夜白对你真好。"不知谁说了声。

"怀安，你刚才不是说要荧光笔吗？找到了，给。"见怀安微微发怔，小虫伸手在她面前晃了晃。

怀安瞥悠言一眼："谢谢。"

"姐妹们，大家想不想看看这卡里的银两数目？"

这时，许晴嘿嘿一笑，突然伸手抢过 Susan 手中的银行卡。

"许晴，你这死女人，还我！"

"想！"

Susan 的声音已被吞没在此起彼落的附和声里。

悠言想抢回来，却被一个女生紧紧抱住，脱不了身，不由得急道："珊，快帮我。"

"我一对 N，爱莫能助。"Susan 为难地摊摊手，"再说，我也想看看你那个小白对你有多好。"

说到最后，她已俨然一副共犯的样子。

"要不咱们来猜猜？"

连向来不多话的小虫也加入，登时，群情激荡。

悠言头疼得摸摸脑袋。

"言，密码多少？"许晴大声问。

悠言一张小脸雨转晴——对，她们不知道密码。正暗自高兴之际，突然又想起一件事来。

时间倒退回三十分钟以前，林荫道的长椅上，顾夜白的唇刚从她唇上离去。

她脸颊晕红偎进他怀里，两人也不说话，静静拥在一起。

终于，他说道："晚了，回去吧。"

她点点头，正要起来，他突然道："钱夹给我。"

她不解，还是依言做了。

他从自己的钱夹里抽出一张银行卡，拿笔在卡背写了什么，随后把银行卡放进她钱夹里。

怔怔看着他动作，她抓起小猪问道："小白，你知道哥哥在做什么吗？"

他在她鼻子点了点："卡里的钱，你可以随时拿出来用，密码我写在背面了，回头改个你自己能记住的。"

许晴眼尖，一下从她脸上发现了端倪。

"背面有数字，咱们试试是不是密码。"

众人立刻哇哇大叫，悠言认命地放弃"反抗"。

相应银行的网银很快被打开。

悠言懊恼地坐在床边，双手盖住眼睛。

半晌，不见动静。

悠言奇怪，手指挪了条缝隙，却见怀安和小虫也站到了电脑边。

所有人都在回身看她，每张脸上都是震惊。

最后，还是 Susan 先开的口："顾夜白到底什么来头？"

她声音里透着一丝古怪。

悠言不解，许晴道："你自己过来看看。"

几个女生，两边错开。

悠言看了 Susan 一眼，后者也示意她上前。

目光慢慢落到屏幕上，悠言也倒吸了口凉气，她揉揉眼睛，又看了一遍。

Susan 低道："还要再看吗？如果不是数目惊人，我们也不至于这样。"

悠言脑袋此时也是一片空白。

一二三四五六，那是接近七位数的存款。

"言，你收好。"Susan 将银行卡递回给她。

许晴疑道："他家里应该很有钱吧。"

家里很有钱？悠言愣住，突然意识到，她似乎对他有丝了解，又似乎还是一无所知。譬如……他的身世。

只知道一定不简单，咖啡店那个夜晚，他和他父亲对峙，那个男人绝非泛泛之辈。

"悠言？"

不知谁唤了一声，她才回过神来。

她知道他和自己一样，也是自己挣钱自己花，却从来没有意识到他能力这般卓绝。他卧室里的几本著名杂志，那上面可不都有他的专栏？她真笨。

想说钱都是他自己挣的，和家里无关，终究还是没有多说什么，她不想和别人分享他的秘密。

"这比魏子健强多了，起码他宠你，魏子健家境好，又有才华，肯定眼高。"隔壁一个女生说道。

Susan 忍不住道："你胡说什么？"

悠言微微苦笑。她在美术系闹的笑话，人人都知道她暗恋那混蛋，也认为她给对方写过情书。事关她自己，她怎样都无所谓，但这会不会影响到他？

她正想着，有目光暗暗递来，她朝小虫方向看了眼，小虫却迅速低下头。

"也讲得差不多了，我先走了。"

怀安突然开口。

"回头见，"和她同室几名女生也挥挥手，其中一个临了还道，"悠言，你和他是不是已经……"

怀安走在前，脚步蓦然而止。

悠言愣住："什么？"

每个人都是一脸紧张好奇，就连 Susan 也紧紧盯着她。

许晴索性开门见山："进一步的关系。"

悠言顿时红了脸，急道："没有……我们没有。"

"你上次不是在他那里过夜吗？"许晴挑眉。

这一说，立刻引来其他几个女生的尖叫。悠言窘迫，巴巴看着 Susan，希望她能帮忙说上几句，哪知 Susan 却笑吟吟道："据说，是睡在一起了。"

全室哗然。

"就是字面上的意思而已，没有……"悠言脸红耳赤，越解释越乱，众人尖叫得越大声。

她拿过钱包，结结巴巴道："我下去买饮料。"

她走得急了，竟撞上怔怔站在门口的怀安，她连忙道歉。

怀安一声冷笑："看好你的路，是不是有了个顾夜白，眼睛都长在头上了？"

周怀安冷热有度，不像一般女生嘻嘻哈哈，但向来稳重自持，像这样直接骂人少之又少，众人一时都惊住。

顾夜白被拿来说事，悠言这次没有退让："撞到你是我不对，但你说的事情，我没有。"

怀安冷冷看她一眼，转身离去。

Susan 气得发抖，正要追上去，悠言连忙把她拉住。

众人一看闹得有些过了，赶紧告辞去追怀安。

熄灯前，小虫走到悠言床边，轻声道："那件事……"

悠言道："你放心……已经过去了。"

小虫低声道了句谢，方才折回去。

这天，悠言早上只有两节课，下课后便火急火燎地赶到咖啡店，想给那人一个惊喜。从咖啡店出来，她一路小跑赶到美术系，可惜还是晚了，还没进教学楼，下课铃已经响了。不知道顾夜白出来没有。

不知为何，大堂今儿特别热闹，公告板前黑压压地围满了人，声息鼎沸，不知道发生了什么。

她心里好奇，不觉走上前。

"她在这里！"人群里，不知谁出的声。

"在哪里？"

悠言一怔，却见众人纷纷朝她望来。

第 五 章

校园祭大赛

　　她疑惑着想看个究竟，人群两边略略错开，她往前走去，终于看到公告栏前那道熟悉的身影。

　　魏子健。

　　魏子健也注意到她，目光一扫，眼神冷漠而不屑。

　　悠言抬头看去，只见告示板上贴着几张纸。

子健：

　　我知道对你来说很困扰，我也告诉过自己不要再想你，不要再偷偷到篮球场看你，但我真的做不到，有时，我也觉得自己低贱……

　　扫过纸上字迹，悠言的脸，一点一点白了。

　　四周三两一群，她被孤立在中间。

　　将手中盒子攥紧，她冷冷看向魏子健："为什么要贴出来？"

　　魏子健身旁，有个男生问道："老大，你贴的？"

　　魏子健沉声说道："我还想知道是谁做的呢。"

　　寸头接话："肯定是有人翻了老大的抽屉。"

人群里早已声音四起。

"她不是那个顾夜白的女朋友吗？"

"你们不知道吗？她写过情书给魏子健，魏子健看不上她，她才去找的顾夜白。中间听说还倒贴过迟濮。"

"顾夜白？是不是被夏教授收了做徒弟的那个？"

"她倒会挑。"

"听说中间还倒贴过音乐系的迟濮。"

"这是什么人哪，也不想想就她能拼过成媛学姐？人家那可是系花。"

"是啊，所以最后找了顾夜白，不知道是不是听说了夏教授的事儿。"

"可顾夜白是龙是虫还难说，说不准又可以看笑话了。"

"龙？就他那样子，不凭实力，走后门和教授套近乎的，我敢打包票，就一跳梁小丑儿。"

"龙力，你瞎说什么大实话……"

寸头插了一句，那被唤作龙力的男生唇角浮上一丝轻蔑的笑意。

突然一股冲力撞到他身上，他身形一动，快速闪过，顺手一扣一推，将人摔到地上，方才慢慢看过去。

对方长发散乱，狼狈地跌倒在地上，一双眸写满愤怒，狠狠盯着他，正是那个被指写情书的女生。

"神经病。"龙力眼皮都不抬。

寸头嗤笑，和魏子健耳语："这傻子也不想想龙力是什么人。"

魏子健没有多话，这女人出糗，丢的同时是姓顾的面。这封情书，本来是要丢掉的，当时忘了搁在一旁，昨天深夜找人一贴，今日正好派上用场。

"她好像很可怜。"有个女生不忍，小声说道。

另一个女生随即反驳："上次子健说了一句话，我倒觉得说得很对。先撩人者贱。"

每一句话，仿佛都是一个响亮的耳刮子。悠言鼻头酸胀，却拼命忍着，她若是在此时落泪，就彻底输了，这还牵扯上顾夜白，她不能在这里示弱。

她忍着腿上的疼痛，双手握拳慢慢站起来，这一握，手里却是空空荡荡……她一惊，刚才盒子掉到地上，她小心翼翼地将它捡起，抱回怀中。

"不是我，情书不是我写的。"她没有立刻离去躲避此刻的不堪，而是向着所有人，大声说道。

魏子健淡淡开口："信是你亲手交给我的，你到底在玩什么把戏？"

这话一出，又惹得哄堂大笑。

悠言没有再回，她抱紧盒子，一言不发地走到告示板前，踮起脚，但信纸张贴的位置颇高，她够不着。

四周的嘲笑声更大。

泪水从眼里掉下来，悠言颓然低下头。

忽然，一只修长白皙的手握住信纸的一角，声音脆而厉，瞬间几张信纸全被撕了下来。

大堂上也仿佛突然有一股阴鸷之气。

悠言缓缓往侧方看去，顾夜白站在她一步之遥，一双眸深如墨玉，视线紧灼，落在她身上。

他的瞳仁随着她通红的双眼迅速收紧。

"不是我。"

抑压的委屈因为他的到来全部释放，她潸然泪下，坚实有力的臂膀随即把她揽进怀中。

顾夜白冷冷环视全场。

那目光并不凌厉，但被他扫视过的人，无不有种心惊肉跳的感觉。

他的视线最终落在魏子健身上。

魏子健双眸微微眯起："你女朋友惹的事儿，还要把账算我头上？我倒是奉劝你一句，把你自己的女人教好，别再到处去干这种破事儿。"

和魏子健交好的几个男生大笑，很快，那讽刺的笑声便微弱下去。

顾夜白盯着魏子健："你既说她是我的女人，你有什么资格去教训她？"

"噢，难道不是她自己不检点吗？"魏子健反唇相讥。

顾夜白没有说话，魏子健微微冷笑，忽听得他道："你敢和我赌一局吗？校园祭的画艺比赛，我要挑战你。"

他语气淡极，就好似在说一件普通不过的事，全场已是一片哗然。

"就凭你？"

震惊过后，魏子健不怒反笑。

顾夜白反问："你不敢？"

"笑话。"

"今天这里每个人都是见证人。"魏子健唇角浮起丝嘲弄，"记住自己说过的话，到时退缩的人可是连狗都不如。"

"一言为定。"顾夜白说。

"既然是打赌，是不是该博点彩头？"魏子健不打算放过他。

"可不是吗？"

出声的是龙力。

悠言恼恨这人，含泪瞪去。

顾夜白轻轻捏了捏悠言的手。

悠言攥紧顾夜白的衣衫，他的安抚，她明白。

"好。"顾夜白没有犹豫。

魏子健一字一字地说道："我正缺个人拎书包，到时就有劳了。"

大堂里顿时爆出一阵笑声。

"魏子健，你是小儿麻痹还是老人痴呆，看你人模人样的，一个书包也拿不动，才没见多久，就连人话也不会说了？"

调侃的声音从人群中传来。

一个男生走到顾夜白身旁站定，他伸手去摸悠言的脑袋，悠言避开，他也不恼。

众人又是一阵笑，寸头神色一变："林子晏，你存心找架打。"

"你们连自己的书包都拿不动，还能打吗？"林子晏轻蔑一笑。

"他们不行，那我呢？"

这回说话的是龙力，林子晏微微皱眉，但他也是个刺头，这时，顾夜白一个眼色过来，林子晏知道他有分寸，忍了龙力。

"如果输的是你呢？"顾夜白直接朝魏子健开口。

魏子健没有回答，他身旁一个男生嗤道："这可能吗？"

"哦，原来你还是不赌。"顾夜白勾了勾唇。

魏家家境富裕，魏子健成绩更是不俗，被尊崇惯了，虽知是激将，还是脸色微沉地接下了这挑衅："说。"

墨眸扫视过地上那摞废纸，顾夜白淡淡道："如果你输了，这里有多少张纸，你就写满多少张。"

"写什么？"

"姓魏的，"对不起"这三个字认得吧？"林子晏冷笑，"写好交给路学妹，或许像某个贱人一样，把它张贴在告示板也行。"

寸头登时脸色一沉："你说谁是贱人？"

"龌龊的事谁做的，子晏说的就是谁，这么激动不好，省得大家都以为是……"林子晏慢条斯理地道。

寸头大怒，却被魏子健止住，他冷笑道："行，只管走着瞧。"

人群里的气氛也被燃到最高点，这时，好些老师也走了过来。

顾夜白顾虑影响到悠言，把她揽住："走。"

悠言咬唇看着龙力，只是不动："你赔。"

喧闹的人群立刻安静几分，为这又起的热闹。

龙力嗤的一声笑："赔什么？"

悠言抱着盒子，脸色涨红："你骂小白，还弄坏了我的东西。"

"是你自己先动的手，怪谁？方才他们骂你傻子，我看没错。"

"龙力，你对她动手了？"顾夜白淡声问。

"是又如何？"龙力挑眉。

"没有如何，校园祭柔道赛，顾夜白向你讨教就是。"

"顾夜白是不是疯了？"

抽气声迭出，连反身离开的人，都吃惊地回过头来。

顾夜白向魏子健下战帖虽不自量力，但还说得过去，到底都是美术系的，挑上龙力却绝对是件打脸的事。

龙力也是美术系三年级学生，但他还有一个身份——柔道协会会长，黑带五段，校内仅有的几个黑带高手之一。最为人津津乐道的是，去年的友谊赛，他甚至打败了柔协的顾问……他的老师。

所以，刚才眼见对悠言的态度，有几个男生看不过眼，但碍于龙力的身手，没有一个敢上前阻拦。

大堂很静，寸针落地能闻。

龙力打量顾夜白半晌，似笑非笑："顾夜白，按赛制，除非你打败所有选手才有资格跟我比试，又或许你也是黑带五段？"

悠言心里一惊，悄悄拉了身旁人一下。

顾夜白答道："我不是黑带。"

以为顾夜白会说些场面话，也有人想他既胆敢挑战龙力，说不定有些后着，但没有人想到他什么也不是……惊疑、猜度，声音如潮涌，正如龙力所说，顾夜白不是黑带，那除非他将所有选手都打败才能挑战龙力。

这，可能吗？

林荫道。

"冲冠一怒为红颜啊啊啊，风萧萧兮易水寒，壮士一去兮不复还……"

林子晏走到顾夜白和悠言前面，手横在脑后，边唱边倒退着走。

"学长，你胡说什么！"悠言恼怒，将盒子往顾夜白手里一塞，便朝林子晏追去。

"啧啧，你这娃强悍，连龙力那厮也敢惹。"林子晏扯扯悠言头发，一溜烟跑远。

悠言顿时停下脚步……是啊，这次她将顾夜白害死了。

一双手按上她的肩，温暖而有力。

悠言低声道："小白，龙力很厉害，怎么办？"

林子晏怪叫一声，跑了回来："没办法，你的小白要被那厮打死了。"

悠言一惊，呆呆定在原地，顾夜白说道："林子晏，滚。"

"不滚，我要和路学妹聊天。"林子晏吹了声口哨，又去扯悠言的头发，对他来说，悠言是件好玩的小玩具。

顾夜白神色一沉，悠言已先开了口："学长，你不走，我就告诉阿珊你偷画她。"

林子晏顿时愣住："你怎么知道？顾夜白，你告诉她了？"

悠言哈哈笑："原来是真的？我就觉得你会偷画。"

林子晏满脸绝望，顾夜白揉了揉悠言的发，唇角微微上扬。

"顾夜白。"

有人从背后走上来。

嫩黄针织毛线上衣，米白斜呢过膝裙子，长发盈肩，怀安风中俏立。

顾夜白问："什么事？"

怀安看看悠言和林子晏："我们可以到那边说几句吗？"

悠言犯嘀咕，小声道："在这里说不行吗？"

怀安却直凝视着顾夜白："可以吗？"

"有什么在这里说就行。"顾夜白说道。

怀安心下一黯，咬牙道："今晚七点，我在学校图书馆等你，不见不散。"

她留下话，转身就走。

身边劲风擦过，顾夜白追上前去，悠言心里一酸，但终究没有制止。

"这小子搞什么？"林子晏骂了句，又笑眯眯道，"学妹，学长请你吃饭去。"

悠言摇头："学长，你先去吧，我等他。"

"瞧你这没出息的样子。"林子晏朝她挥挥手，很快开溜，开玩笑，他可不要夹在一对即将闹别扭的情侣中间。

"学长放心，我不会告诉阿珊你偷偷画她。"悠言喊道。

林子晏身影消失之前，脚步狠狠踉跄了一下。

悠言低头踢着步子走，也没注意四周，直到一只大手把她揽过，她方才微微震动了一下。

"说完了？"她闷闷问。

"嗯。"顾夜白言简意赅。

"你晚上有约，那我今晚不去你宿舍做饭了。"

"随你。"

悠言心里委屈："你就不能不赴约？"

顾夜白没有答话。

悠言气苦，手往腰上一拨，将他的手推开，快步往前走。

"行。"

男人的声音从背后传来，透着一丝清浅笑意。

悠言一愣，随即被人重揽进怀里。

"我说，行。"某人又强调一遍。

悠言反为不解了："可你不已经答应怀安了吗？"

"我什么时候答应她了？"

他把她搂得更紧一些，伸手来拿她手上的盒子。

悠言手忙脚乱地把盒子往身后塞，愤怒道："顾夜白，你少来，你方才明明巴巴地跟人家聊了好久。"

顾夜白眉眼含笑，将自己女朋友脸庞扳过："我是巴巴去跟她说，我今晚一定不会过去。说清楚也省得她干等。"

悠言愣怔许久，才大叫一声："顾夜白，你耍我。"

顾夜白挑眉："有人答应今晚给我做饭，我可没忘。"

悠言白了他一记，心里却是一丝甜。

顾夜白忽然伸手将她搂进怀里。

"子晏走了，周怀安也不在，哭是可以允许的。"他在她耳边说。

悠言浑身一颤！从大堂到现在，抑制了一路的委屈，在他的安抚下，再也藏掖不住，头埋进他的胸膛里，她低低哭了出来。

有风轻轻吹过，阳光那么暖。

林荫道长椅上，两人依偎在一起，嗅着对方静谧而悠远的气息，悠言轻轻闭上眼睛，说不出的舒服自在。

顾夜白却没忘记她一直抱着视若珍宝的盒子。

"这是什么？"

悠言也想了起来，献宝地道："小白，这是我做的！"

随即又黯然道："给龙力弄坏了，不能吃了。"

顾夜白听出她语气里的失望："我看看。"

他将盒上缎带打开，只见盒子里一块蛋糕四分五裂，模样确实有些惨不忍睹。

悠言懊恼道："提拉米苏，现在变成提不拉苏了。"

"今天三、四节没课，我就到打工的咖啡店给师傅打下手，学做蛋糕，心想多做几次等到你生日的时候，兴许就能做出好的味道了。可今天这个是不能吃了。"她闷闷地道。

"我吃。"顾夜白目光微深，用手指夹起一小块蛋糕，放进嘴里细细嚼了。

悠言心下一紧，迟疑道："还……还行吗？"

可可粉和奶油的比例都重了，黏稠的奶油有些甜腻，顾夜白向来不爱甜，他却道："言，很好吃。"

味道不对，但很好吃。本来，任何一款食物，吃到最后吃的已不是味道，而是心情。

"很好吃"三个字，让悠言听了心花怒放，小指挑了点也放进嘴里，她咂了一下，眉头就皱成一团："好甜，你骗我。"

"从来没有人给我做过这个，我没有骗你，确实很好吃。"

耳旁他的声音是一贯的清淡，悠言心头陡然一酸，头轻轻靠到他肩上，他立刻伸手把她揽住。

"从今往后你过生日，我都给你做，好吗？"

"好。"

"不好吃也不许嫌。"

"好。"

"不好吃也要说好吃。"

"……"

"小白，你知道提拉米苏的传说吗？"

"我很少吃这些，你给我讲。"

她依在他怀中，给他讲提拉米苏的传说，讲那个意大利士兵的故事，讲"带我走"的爱情，最后，她皮皮道："我也要吃，你喂我。"

顾夜白一怔，瞥了眼偶尔走过的行人，好一会儿，才拿起一块蛋糕递到她嘴边，头却微微偏开了。

难得看他耳畔微红，悠言乐得像只偷了油的老鼠："顾小白，我很严肃地告诉你，我不用鼻子吃东西，你老人家别再把蛋糕往我鼻里塞了。"

她在"责怪"他不正面喂他，顾夜白抬手就甩了自己女朋友一个爆栗……最后，两人嘻嘻哈哈地把那块丑蛋糕分吃了。

悠言吮着手中奶油，忽而想到什么，声音有丝迟疑："小白，你怎么不问……"

"问什么？"顾夜白正从她嘴角拣了块蛋糕碎屑下来。

"情书是谁写的！"悠言声音更低一分，"我总是闯祸，让你在那么多人面前难堪，对不起。"

"言，这种话不要再说，我不爱听。"

"可情书……"

"不是你写的不是吗？"

悠言一怔，猛地从顾夜白怀里站起来："你信我？"

"你说我就信。"

"你不想知道是谁写的吗？"

"没这个必要，不是你写的就好，即使是你写的也没关系。"顾夜白淡淡说道。

悠言愣住："为什么？"

"你和魏子健之间的事情已经过去了，当然，"顾夜白顿了一下，"除非日后你和我彻底断了，否则，你若和其他男人再有纠葛……"

话到这里停住，悠言没有问下去，握在她腰上的手极紧，顾夜白眸色极暗，她微微颤抖，她想她明白他的意思。

课间休息。

后排窃语声虽小，悠言还是听到了。

"你们知道悠言的男朋友吗？"

"听说他因为悠言参加了两项比赛，哪里不对吗？"

"真浪漫，如果是我的男朋友……"

"你们少做梦吧！出头也得看能力，而且你们不知道吗，哪里是两项比赛……那个姓顾的太不自量力了……"

情书事件以后，她和顾夜白俨然成了名人——走哪里都会被提到名字的人。悠言断断续续听着，越听越觉得有哪里不对劲，哪里是两项比赛，这可不就是两项比赛吗？

Susan 也看出她疑虑，说道："别急，姐帮你问去。"

悠言揉揉眉心，一个女生忽然走过来，拍拍她的肩："隔壁班周怀安外面找。"

怀安？悠言有些惊讶。

悠言走了出去，怀安看她一眼，一语不发往前走。

悠言只好跟在后面。

走到一处僻静的地方，怀安方才停下："你到底又和他说了什么？"

她声音极冷。

悠言蹙眉："我不明白你说什么。"

怀安冷笑："一上午美术系都传疯了，你还不知道？校园祭比赛下周开始，今天截止报名前，顾夜白又多报了两项比赛，击剑和电脑编程，现在大家都开设了各种小赌局，要看他怎样出糗。"

悠言闻言也是半天没说出话来，他又多报了两项比赛？

"画艺赛，我敢说他和魏子健能有一拼，电脑编程还好，大不了一输，但柔道剑道呢？那是有危险的比赛。你自己写情书给魏子健也就算了，为什么把他也拖进去？龙力那个人不好惹！路悠言，你到底知不知道自己在做什么，你根本就没有资格和他在一起！"怀安怒道。

"也许我是不配，但他不是个莽撞的人，他既然选择参赛，那就是说他有把握，抱歉，怀安，我先走了。"

背后，怀安冷冷地还和她说了几句什么，悠言停住脚步听她说完，但也没有多留。如果到了这时，她还不清楚怀安对顾夜白的心，她就是傻子。遇上了顾夜白，她想她知道了什么叫甜蜜，也学会了什么是嫉妒。

怀安看着她背影，目光氤氲不明，而后慢慢透进一丝寒意。

阳光在树荫下成影，光影在二人擦身瞬间，轻轻摇曳交错。

晚，北二栋宿舍。

拉开衣橱，目光掠过挂在最深处的那套洁白的衣服，顾夜白淡淡一笑，正要将衣服拿出来，外面一阵敲门声……不早了，会是谁？

开了门，率先看到的却是一对毛茸茸的公仔，他唇上不觉微微勾起。

"好渴。"悠言把东西往他手上一塞，跑到桌边，拿起他的杯子，毫不忌讳仰头就喝起水来。

擦掉嘴角的水珠，她伸手抱过他手上的两个公仔。

顾夜白微微失笑："怎么把这玩意儿也带过来了？"

悠言捏捏那对猪宝："猪言想问小白，今晚猪言和他一起睡好不好。"

顾夜白好笑，摸摸她汗湿的发："小白说好。"

悠言闷闷地道："她们说你参加了四项比赛。"

"嗯。"

"为什么？"

"假期不是要去庐山吗？"

"可是……"

"四项下来，奖金估计够一个假期的花销了。"

悠言惊喜莫名，登时跳了起来："你要和我一起去，是不是？"

"我打算到那边画几组画，顺道而已。"

悠言两眼笑成缝："也顺道待上一个假期？"

顾夜白挑眉："不可以吗？"

"你卡上的钱足够。"

"嗯，不是有人不让用吗？"

悠言嘿嘿一笑，"对，那笔钱不能动，得留着你到意大利念书做生活费用。"

顾夜白目光微不可见地暗了一暗。

"小林子学长说，夏教授打算明年向学校申请，让你到意大利一所很有名的学校当交换生，虽说有补贴什么，但花钱的地方多，钱还是不能乱花，到时……"

声音突然低了，下巴搁到她柔软的发顶上，顾夜白闭上眼睛。

交换生的事她知道了，在他还没拿定主意之前，她都帮他想好了，即使那里面没有她。

柔道大赛——体育馆外的巨型横幅上，四个笔力苍劲的字夺目摄人。G大百年校训，以文艺武技立本传承。校园祭六项大赛，以柔道最先拉开帷幕。

艳阳高照，绿荫浓郁。体育馆人声沸扬，川流不息。

场外，两个女生焦灼不安地踱来踱去，似在等什么人。

Susan 眼尖，一下发现了前方的身影："路悠言，你怎么现在才过来，位子都要没了。"

她几乎是在吼，悠言抚住心口，气喘吁吁："你又不是不知道北二栋远。"

Susan 冷哼："别整得连顾夜白也迟到就得了！"

她似想到什么，笑得极其暧昧："该不是昨晚……所以晚了。"

昨晚自然什么都没有干，悠言还是脸上一热，拉起小虫就走。

Susan 也不闹了，敦促道："快，比赛要开始了。"

悠言没看到许晴，问了句，Susan 摊摊手："她有事回老家，看不到这好戏连场了。"

三人进了体育馆，放眼过去都是人，气氛炽烈，悠言不由得"哗"的一声小叫出来。

"我终于知道万人空巷什么意思了。"

Susan 笑骂："得，人家刘姥姥都比你强。"

悠言一时没有反应过来："谁家姥姥？"

小虫扑哧一笑："曹雪芹家的。"

悠言省悟过来，"哇哇"叫着去打 Susan。

Susan 二话不说，还击悠言，小虫调解，结果，三个人乱作一团。

最后还是小虫说道："别闹了，座位怎么办？"

Susan 道："拜托了隔壁宿舍帮我们拿位子的，她们在那边，我过去问问，你俩在这儿等我。"

未儿，苏美人气冲冲折回："周怀安是学生会高层，帮她们宿舍拿了前几排的座位，于是帮咱们留位子的事儿就让其他姑娘给遗忘了。"

小虫忽道："Susan，你不也是学生会的吗？"

Susan 甩手："我只是小喽啰。"

"因为方影在那边吧。"悠言把她戳穿，"要论高低，方影是学生会副会长，你苏大小姐说一声，这区区位子还成问题？"

Susan 去掐她："死女人。"

"嗨，我说学妹们，要不要到我这边来坐？"

随着哈哈一声笑，两个男生朝她们走来，其中一个还招了招手。

"小林子学长，咦，唐大哥也来了啊。"悠言不无惊喜。

唐璜笑道："悠言好，两位美女好。"

"帅哥好。"Susan眼梢微斜，"哦，旱鸭子也来了。"

林子晏当即道："注意称呼，哥是你的学长。"

"学长大人，你到底有没有座位提供？"Susan毫不客气地横过去。

"跟哥来。"

林子晏手一挥，颇有架势，唐璜难得不顾帅哥形象，对这种装腔作势翻白眼以示鄙视，惹得几个姑娘快笑岔了气。

林子晏目光在Susan身上拢了拢，嘴角微微翘起。

体育馆是椭圆形设计，环形一周，林子晏拿的竟是正中第二排的好位子，把悠言和小虫乐坏了，Susan却截然相反，方影就在前面。

方影几乎是居中的位置，右边清一色的学生会成员，左边则是怀安和同宿舍几个女生。再往前一点的地方就是裁判席、嘉宾席，这时，都还是空席。

悠言和Susan两个咬起耳朵来。

"你和他还真是冤家路窄。"悠言说。

前方的人耳目聪敏，含笑转身："谁和谁？"

悠言一怔，却是怀安。

Susan以开玩笑的方式把话带过去："不是你就行了。"

方影忽然反身看了Susan一眼，Susan微微偏头，他也没说什么，唇上浮起一记意蕴不明的弧度，便回过头去。

林子晏目光微沉，唐璜略略勾唇："怎么，碍到你啦？"

林子晏哼哼唧唧，学Susan说话："没碍着你唐大医生就行。"

唐璜不理他，目光在方才那个叫Susan的女孩身上顿了一下。她转身那一小会儿，不期然，他想到"惊鸿一瞥"这个词。

"要开始了。"后排不知谁喊了声。

主持人这时从后台走出。

霎时，众人眼前一亮。

这是个身穿柔道服的女子，一头长发用发卡绾起，赤足淡妆，雪白的袍服上系着一条蓝色腰带。她展眉轻笑，向观众行礼。

蓝带美人，观众席呼声如雷。

前排，一个女生说道："这不是新闻系的宣轩学姐？她也是柔协的，蓝带，好酷哦。"

悠言用肘碰了碰 Susan，不耻下问："蓝带是什么概念？"

Susan 回了个鄙视的眼神，答道："我也不清楚。"

悠言扶额。

"蓝带……"

一前一右两道男声同时响起，二人一愣，方影正转身过来，开口的还有林子晏。

场上气氛自是紧张，但悠言只觉得，他们这边也不遑多让。

方影淡声开口道："到时见。"

林子晏答道："谨候。"

悠言和唐璜都有些愣怔，这是他们认识的林子晏吗？此刻的林子晏哪有平时半丝的不正经？

悠言再迟钝也品味出些什么，暗下碰了碰 Susan："他们两个怎么回事？一副要决斗的样子。"

Susan 犹自发怔，下意识看了林子晏一眼，却撞上他略显炙热的目光。

Susan 连忙侧过头。

悠言半天都没有弄懂什么是蓝带，正郁闷，旁边唐璜轻轻一笑，低声给她解释："顾夜白没跟你说过吗？柔道讲的是五级十段。初学者不进级，佩带白色腰带，其余五级腰带颜色依次为黄、橙、绿、蓝、啡，往上就是十段，要到黑带以后才有资格评段位，当然，到了黑带，已经算是强手了，黑带又分一至五段——"

悠言等人听得津津有味，冷不防唐璜打住话匣子，除去主持人宣轩清婉甜美的声音，场内声息不闻，原来，宣轩正在介绍嘉宾和裁判进场。

悠言和 Susan 相视一笑，明白这是出于对比赛的尊重，连忙收敛心神，往台上看去。

奇怪的是，嘉宾席居中一席空了。观众也都发现了，顿时窃窃私语起来，这个空白也为这场比赛增添了一抹神秘气氛。

场地中央是一张类似于榻榻米的垫子，面积甚大，划分成几个区域，最里面是赛区，赛区外设红色危险区，此区域相对狭窄，再外面则是保护区。

两名裁判走到台上，分角而站，接着主裁判走出来。

裁判施礼过后，观众席上喝彩声不绝于耳，悠言却只觉捏了把汗。

Susan 悄声道："你紧张啥？我是门外汉也知道，这是要逐级淘汰而上的，顾夜白哪会这么快就对上龙力，搞不好在前面就落败了，这不就结了吗？"

前后众人听着，有些憋不住，都轻声笑了。

前排一个女生回过头，小声说道："而且不是按级别比赛吗？也许两人根本不在一个赛组里，永远碰不到头。"

悠言想想竟无法反驳，但还是忍不住担心，忽然想到什么："珊，你是不是也参赌了？学生禁止聚赌！"

Susan 撇撇嘴："我赌一顿哈根达斯不犯法吧？"

"你敢赌小白输，我跟你拼了。"

前排几个女生回过头来，齐声道："悠言，对不住，赌他输的，还有我们……"

悠言："……"

唐璜大笑，林子晏两眼放光，大概也参加了什么古灵精怪的赌局。

他问唐璜："碰不上头的概率大吗？这个据说是一赔十啊，隔壁宿舍赌十顿火锅。"

悠言默默擦汗。

"别闹了，宣轩学姐开讲了。"小虫指指场上，做了个噤声的动作。

宣轩唇角噙笑，朗声道："柔道，Judo，顾名思义，取温柔文雅方式的意思，源起日本人文、武技没有国界之分，以柔制刚，以弱胜强，也从此奠定了柔道作为世界上其中一项最具非凡意义的格斗技。"

白袍服诠释优雅，蓝色的腰带代表力量。

"啪"一下、两下，场中掌声蓦然爆发。

宣轩收敛笑意，神态更显端严，她环场一眼，再次缓缓开口："为能更好体现柔道初衷，我们既尊重传承，也一反过往校园祭的传统，今天的柔道大赛，我们将以无级别的方式决出桂冠。"

一下，全场雀跃而呼。

"唐大哥，什么叫无级别？"悠言胆战心惊，小声问道。

唐璜轻轻一声笑，继续充当起临时讲解员的角色："为体现公平，柔道比赛是按体重划分级别的，例如60公斤级、90公斤级等。"

林子晏恶狠狠道："笨学妹，打个比方，如果两人打成平手，但其中一方体重较轻，也许分数就落在他身上，明白没有！"

悠言被唬得似懂非懂地点点头。

"那就是即使只有千分之一的机会，顾夜白还是有可能对上龙力？"Susan却直觉不妙。

悠言虽不太懂这些名词，但方才一听就有这个担心，这时，更是坐立不安。场中，宣轩已开始讲解赛程。

四周凝息。

宣轩微微一笑，道："柔道，按级别强弱，分为五级十段，我们将以选手的级别或是段位分组来进行小组赛，采用的是即时死亡淘汰方式。所有对垒，一场定胜负。

"也就是说，我们将黄、橙、绿、蓝、啡、黑带各决出一个冠军，最后进行越级赛，低级组冠军和高级组冠军进行对抗，看到底会不会跑出黑马，黑带组的冠军依然能笑到最后！"

"好！"

全场气氛迅速被点燃，以弱对强，登时让所有人热血沸腾起来。

声如潮涌中，一个人缓缓从后台走出来。仍然是一袭白袍服，然而，这腰带上的颜色却教人动容。

在无数注视中，他慢慢抬头，扬眉而笑。

观众席，瞬时爆出阵阵欢呼。

"龙力！"

"是黑带龙力！"

龙力朝观众席慢慢鞠了一躬，声音如虹，场内气氛被推至高点。

悠言的牙齿磨得嘶嘶作响，众人笑得肚疼。

前排，方影突然开口："怀安，我怎么觉得你好像也紧张起来？"

"哪有？"怀安没想到方影眼睛这么利。

二人之间说不清道不明的亲密，Susan 心里有丝异样，但她此刻也替悠言捏了把汗，生怕宣轩宣布了些什么要紧的赛程赛规，收敛心神，只把注意力拉回到场上去。

龙力摆摆手，观众席上的声音立刻低了几分，他弯腰走到台上，站到垫子中央，嘴角勾笑，眉眼冷傲。

唐璜淡淡道："这人人气看来不低。"

"岂止不低？"林子晏叼了根烟在嘴里，想想场合不对，又赶紧拿了下来。

台上宣轩和龙力二人，男的俊，女的美，一黑带，一蓝带，衣袂飘飘，赏心悦目，很快观众席热闹又起。

"龙力真帅！"后排一个女生悄悄对同伴笑道。

悠言磨牙的声音更大了，一双眼睛紧紧盯着赛场，众人只觉好笑。

宣轩这时正说道："比赛即将开始，和大家预先收到的消息一样，今天进行的是男子赛。

"可是，和大家预想不一样的是，哪怕是咱们的龙力只怕也感到疑惑，为什么会被从嘉宾席邀请到这里？这次不仅仅赛程创新，还有一个特别惊喜，评委老师一致决定，在小组赛进行前，先来一场特别的预热赛。"

此话一出，全场立刻面面相觑。

"什么预热赛？"观众席上立刻有人发问。

"现在先请所有选手进场。"宣轩却笑而不语，挪了挪麦克风，抬手鼓掌。

当后台走出第一个选手，观众忘记了问题，立刻掌声大作，在掌声中所有选手接踵而出。

本来场上非赛区域也是极为宽敞，但等到全部选手到齐，那块空地顷刻变得狭小。参赛人数众多，有本校区的、其他校区的，几近百人，身形大多高大健硕。

洁白的柔道服，身形高大的男子，各色腰带映目，全场气氛被提到了最高点。

"小白呢？"悠言心中焦灼，环顾四周，握住了 Susan 的手。

Susan 说道："我也在看，你家顾夜白到底在哪儿啊？"

"小虫，你有看到吗？"悠言又问。

小虫一脸蒙："言，说实话，我还没认清顾夜白的样子。"

林子晏"噗"的一声，众人笑翻。

林子晏嘴贱："学妹啊，估计你的顾夜白早已被那些大块头淹没了。"

悠言瞪他一眼，心里更是紧张。

前方传来一丝微嗤之声，若有还无，悠言心里明白是谁，忽略那丝隐隐不安，只当作没有听见。

宣轩眼见选手已然到齐，朝评委席上颔首示意："所有选手出列，预热赛即将进行。为了让比赛更有看点，并让大家一睹上届冠军的风采，这场预热赛，是由组委会提出、评委老师们一致通过的挑战赛，也即是倒决赛。"

寂静过后，热烈的掌声瞬间点燃，所有人都沸腾了。

"所有选手都可以向我们上届的冠军龙力提出挑战，但是，只有一位能上场和他进行比赛。勇士们，谁有这个勇气站出来和我们的黑带五段龙力一战？请出列并说出理由，我们的评委老师将从你们当中挑选一位出来。

"败了也是勇者，不负柔道精神，胜者——"饶是主持经验丰富，宣轩的声音也因情绪激荡而微微颤抖。

"胜者如何？"全场热呼。

裁判席上，居中评委站起，转身面向观众席鞠了一躬，微笑说道："胜者，将成为本次比赛的无冕之王，不管他本来是黑带，还是黄、橙、绿、蓝、啡带哪一级，都将以黑带五段的身份直接进入最后的总决赛！"

"可有人能胜过龙力吗？"小虫低道。

"可不是？看点是增加了，但没有悬念好吗？"Susan两手放到椅背后，头枕下去，对这场比赛的结果已经"放飞自我"。

前后交谈的声音大了，就连林子晏和唐璜也在低声说着什么。

一阵奇异的颤意在心头划过，悠言没有说话，定睛看着场中。

"咱们的勇者出来了。"宣轩欢呼。

一个瘦高个子男生走出来，黑腰带，他先向宣轩点点头，又向观众席鞠躬行礼。

呼声掌声再起。

未几，又陆续有四个男生出列，三个啡带，一个黑带。

虽说任何级别都可以参加挑战，但级别低的还是识趣地没有出来，以免输得太惨。

宣轩笑道："我们的勇士都到齐了吗？还有没有人？这里面不是还有两个黑带高手吗？"

"我怎么感觉像拍卖？"悠言小声说道，"黑带第一次，黑带第二次……"

林子晏哈哈大笑。

"不也是黑带吗？为什么不出去？"前排一个女生说道。

怀安淡淡回道："黑带也分段数，明知技不如人，何必出去被人奚落？"

这话像一根刺，在悠言心头刺了一下，她知道怀安在说她，但她若阻止顾夜白参赛，那是对他的不信任，她也明白他也许几乎没有赢的可能，但不管赛果怎样，他也是她的英雄。

"好，既然如此——"宣轩刚要让出列者表述理由，声音忽然哽在喉中。

全场此时亦鸦雀无声。

一个男生从所有选手后面走出来。

衣服雪白，黑发如缎，细碎的刘海下，双目漆如流墨，好似烟雨初静云峰峻拔。

他向宣轩致意，朝评委席欠身，最后，面向全场行鞠躬礼。

"他是谁？"

"快看，这个男生好帅！"

悠言一下站起，手捂住嘴，却掩不住激动的笑意："珊，扶我一把，我快站不稳了——"

旁边的 Susan 呆若木鸡，半晌，也是霍地站起："这是……你的顾夜白？"

悠言用力点头。

Susan 道："得，小虫，你也扶我一下。"

旁边靳小虫也已是实力蒙圈的状态。

"他是顾夜白？"

听到宣轩报出名字，前后几排的惊叫立刻盖过她们的声音，女生们尤为激烈。

方影淡淡笑道："倒看走了眼，怀安，你说呢？"

半晌不见声息，方影微微奇怪，只见怀安怔怔看着场中，不知在看哪一个人还是其他。

林子晏见唐璜旁边几个男生也是吃惊不已的神情，撇了撇嘴："切，全是外貌控。"

就像一石激起千层浪，整个会场很快充满了各种或诧异或激动的声音。

"这就是要挑战龙力的顾夜白？"

"咦，你们看，他腰上没有系腰带！"

不知谁倒抽了口气，一下全场哗然。

悠言的心提到嗓子眼上，紧紧盯着场上的男人。

他的目光似乎在她身上定了一下。

他看见她了！悠言心里发酸发胀，但像人们所惊诧的一样，她也看到了，他腰上没有代表任何级数或段位的腰带。

宣轩到底是个有经验的主持，面对观众席上一波又一波的质疑声音，她连忙道："同学，请问你的腰带呢？"

顾夜白看过来。

眸光交错，宣轩微红了脸，轻咳一声，迟疑了一下，她失声道："难道说你是新手？"

不是黑带、啡带，甚至连更低一级的级数也不是？这就是要挑战龙力的顾夜白？

观众乃至出列和未出列的选手都纷纷质询，一些男生更是涨红了脸，愤怒地看向这个始终沉默的男子，倒是不少女生微微侧过脸，不忍看他受辱。

"不是帅就有用。"

"他侮辱了这场比赛！"

嗤笑、轻慢的声音不绝于耳，怀安微微咬牙，林子晏和唐璜交换了个眼色。悠言紧盯着顾夜白，Susan连拍她数下，她都没有反应，仿似在场比赛的是她一般。

评委席几个评委也是大为诧异，没想到这场赛事第一个高潮竟非比赛本身。

"顾夜白，你下去吧。我决不会和一个白丁比试，胜之不武。"龙力眼中闪过一丝讥诮，仿佛在嘲笑对手的可悲又可笑。

台下那双清澈的眼睛，始终笃定地看着他，顾夜白唇角勾起抹清浅的弧度。

突然，有什么从这个人的袖里滑下，站得最近的宣轩大吃一惊，手一颤，麦克风儿乎脱手而出。

一刻，全场寂静。

时间不会后退，覆水难以再回，此时，所有声音却像教什么席卷而过，被悉数收回。

场上，那个自始至终都沉默未言的男生，此时腰间已系上腰带——那是全场唯一不同的颜色，红白色。

四周出奇地安静。

悠言一脸茫然。看看两侧的朋友，一个比一个……嗯，百脸蒙圈。

林子晏怔忡半天，咬牙切齿地问唐璜："你说，顾夜白那小子的腰带有没有可能是偷回来的？"

唐璜嘴角一抽："你也赌他输？"

"当然！"林子晏毫不犹豫。

悠言已经顾不上去讨伐他："唐大哥，这个腰带是什么意思？"

Susan 和小虫同样疑惑，齐朝唐璜看去。

唐璜正要解说，方影转过身，轻声说道："像龙力这样的黑带五段已是非常厉害，但在柔道世界里，至高无上的是红带，这是许多人历时一生都无法企及的境界，仅次于其下的就是这红白带，没有三四十年修为，根本不可能达到这级别，像顾夜白这种年纪就拿到红白带的，无异于天方夜谭了。黑带遇上红白带，又算得上什么？"

闻言，前后两排原本不了解的学生，都吃了一惊。

前排几个女生全部回头，满脸艳羡："悠言，你捡到了宝！"

悠言既是欢喜又有些茫然，像周怀安说的，这样的顾夜白她可以拥有吗？

突然，众人迅速调回视线。悠言一凛，也连忙往场上看去。

三个啡带，两个黑带，出列的五人，一语不发，只是有序地走到顾夜白面前，相继鞠躬，随即退回到域外众选手中。

干脆、利落，最简单却也是最虔诚的尊重。

全场气氛依然安静。

评委席也沉默着，似乎连宣轩也暂时忘了要说些什么。

缓步走到比赛区域，顾夜白站定，垫子中央龙力整个人显得十分阴鸷。

"可以吗？"顾夜白淡淡问。

良久，龙力颔首，沉声道："请赐教。"

顾夜白赤足踏上垫子，二人互相行了站姿礼，主裁判宣布比赛开始。

悠言迷惑地看着画面如行云流水般闪过，她看不太懂，恍惚间，只看见龙力触上他的衣衫、肘节，她甚至还没来得及看清楚，情势已经发生急剧变化，龙力被摔到地上，耳边只听得唐璜低喝了句"狠"。

狠？狠什么？她不懂。

几乎所有人都站了起来，欢呼声、掌声，体育馆似乎瞬间被人们挤逼得渺小。

悠言再看时，只见顾夜白已将龙力逼压在地上，龙力肘颈均被胶勒住。她的位置靠前，可以看到龙力脸色涨红，英俊的面目变得有些狰狞，正在厉声嘶吼着什么。

那人却还是一脸的淡漠平静，似乎他并不是在比赛。卸下眼镜的他俊美逼人，但在看得更真切的时候，她发现，那双瞳是真的冷。

耳旁传来林子晏的笑声："龙力那厮顽抗不了多久。"

唐璜赞同地点头："他用了狠劲，估计没怎么留手。"

她不懂，真的不懂，看去那么沉静不争的他狠吗？似乎只要她唤一声，他便会回过头来对她轻轻一笑，那笑也许不温暖，却很顾夜白。

裁判包括全场的人都在数数。

"Ippon！"

骤然，主裁判雄亮的声音响起，瞬间，全场疯狂。

"原来这就是红白带！"

不知谁喊了出来，耳边声音响彻，人人眸光闪亮，脸上都是光彩，那是一种夺目的鲜艳，是亢奋到极点的喜悦。

Ippon，她日语再不好，这个词还是懂的：一本。

和林子晏同班的一个男生不知道问了什么，林子晏拊掌大笑，说道："一本，就是胜过所有的有技、有效和效果，就是说——"

"这场比赛结束了！红白带完胜！"

拔高的响亮的声音从后面传来，悠言愣住，抬手擦了擦眼角，竟湿了一片。

评委离席，选手们不断涌上台，宣轩在说什么，Susan兴奋地抱住小虫，忘了她将要输掉一顿价值不菲的哈根达斯。一些好热闹的观众也离座向场上涌去，似乎要沾染这一刻的喜悦。

一道目光穿过全场的激越向她射来："为什么偏偏是你？"

美丽的女孩，美丽的眼睛，眼中却透着几分凄凉。

怀安冷冷一笑，身影随之没入人群，逆向而行，离开了赛场。

悠言也悄悄离了座。

林子晏和唐璜的声音从后面传来，问她去哪里。

她来不及回答。

体育馆外阳光灿烂，悠言满心喜悦，眼里却透着一丝涩意，这夏日的温暖怎么也不散。

体育馆里比赛还在继续——小组赛开始，林子晏和唐璜走出体育馆。

"这丫头倒是走得快，喊也喊不住。"林子晏有些奇怪。

唐璜关注的却是其他："有件事我还是不明白。"

"怎么？"

"顾夜白为什么会参赛？"

"据路透社消息，是为了筹集去庐山的经费。"

"路透社？"

"就是从路学妹那里透露的消息。"

唐璜喷了："敢情你们还经常交换消息。"

"掌握第一手资讯，这叫双赢，你到底懂不懂？"

"你和她走得近，小心顾夜白生气。当然，你这小子醉翁之意不在她。"

"开玩笑，你以为我是因为 Susan 才和路学妹好？"林子晏啧啧两声。

"得，你继续装。"

眼见唐璜要走，林子晏冲过去勾住他肩："你不是想知道顾夜白心里想啥？来来来，哥告诉你，一来，肯定是给那些欺侮过悠言的人还礼，二来嘛——"

"嗯？"

"只有让别人知道顾夜白是个什么样的人，以后别人才不敢欺负他的女人。"

"他真的变了。"唐璜默了半天。

"你当时不在不知道,悠言写给魏子健那混蛋的情书被张贴到教学楼,当看到她被一群人围住嘲笑,顾夜白那眼神,我现在想想还觉得害怕。"

二人说着走远,背后,一只白皙美丽的手,慢慢掀开覆住眉额的鸭舌帽,贝齿咬住樱唇。

"小姐?"旁边的中年男子神态恭敬,低声相询。

女人的声音从红唇里淡淡泄出。

"我要你替我办一件事,尽快办妥。"

*

前面树荫下,一个男生似笑非笑地看着她。悠言微怔,停下了脚步。

对方朝她走来:"他赢了不是很好吗?"

"迟大哥你怎么知道?"

迟濮笑了:"怎么,只能你做观众,你迟大哥不行?"

"那你为什么出来了?"

"妹妹出来,作为哥哥的也只好出来了。"

"可你在我前面?"

"乌龟是用爬的,人是用走的,你说谁快?"

"臭迟濮!你过两天不也要参加校园祭音乐典吗?不好好准备,还到处乱跑。"

迟濮一个爆栗敲下来:"我来看龙力怎么死。"

"哥……"

迟濮拍拍她肩,淡淡道:"还有魏子健,我等着。"

悠言却有些怔忡。

"怎么洒金豆子了?"迟濮微微低头,摸摸她脑袋。

"迟大哥,我该怎么办?"

"真是个傻妹妹。"

迟濮长叹一声,伸臂把她搂进怀中,一下一下地轻拍她的背,像小姨过世的时候，小小的她躲在他怀里安抚着她。

"我的病你一定不能告诉顾夜白，不然我恨死你。"

迟濮点点头："我明白，我无权替你决定你的人生。"

他说着忽感芒刺在背，略一侧身，只见数步开外，一个男人正淡淡看着他们。

对方容貌清俊，两穴微绷，脸上线条此刻过于冷硬，腰间红白相间的花带在阳光下闪烁着耀目的光彩。

迟濮说："妹妹，出事儿了。"

悠言一愣，顺势在他衣服上擦掉眼泪鼻涕方才探出头来。

迟濮说道："好吧，现在更麻烦了，擦完鼻涕没有？擦完就向后转。"

悠言不解，依言转身，随即呆愣住，前方，那个人负手而立，额上汗水未干，脸上看不出丝毫情绪。

然后，悠言还看到了他身上的异样。他甚至……赤着足就跑了出来，他是出来找她吗？

"也许我不该这么早出来。"他转身就走。

"小白！"

她大惊，追了上去。

原来，如果他不愿意，自己是无论如何也追不上他的。悠言突然想起那个雨天，那个两个人都失控了的雨天，并非她突如其来的勇气赢得了他，而是他愿意停下来等她。

她长大了，迟大哥也是，迟大哥有了成媛，而她也有了一个可以拥抱的人。时光既美又残忍，尽管有些亲密永远不变，但有些事情她该忌讳的，她是傻瓜。

两个人的距离越来越远，她追不上他的脚步，只看见陆续有人和他打招呼，有男有女。

今天以前，他还是平凡的他，他社交不多，只是安静地生活着，今天以后，她知道，他的生活将起翻天覆地的变化。其实这样也好，至少他不再寂寞。

她一边跑，一边胡思乱想着，直到手机响起。

掏出一看却是 Susan 的来电。

"言，你上哪儿去啦？我好像看见顾夜白也出去了，你们现在在一起吗？"

悠言不知如何回答。

Susan感觉不对："怎么了？"

"没事。"悠言不想她担心，"你和小虫去吃饭吧，不用等我了。"

Susan这才放下心来，笑道："小样儿，这点眼色我还是有的，不打扰了啊。"

通话结束，他也消失了踪影，打他手机却是关机。

她满校园乱晃，却始终找不到他，反而一路上引来不少目光。

她说不清楚那里面的含义，比赛的结果似乎已传遍每个角落，她也因他而"出名"了。

但这不是她想要的，她只要他。

是了，无论他去了哪里，有一个地方他总是要回的。

悠言眯眸看了看窗外，天已经黑了。

这是北二栋的公寓，他的宿舍门口。

她中午就过来了，不知在这里坐了多久。

她掏出手机看时间，却发现，人倒霉的时候喝口凉水也塞牙——手机不知什么时候没电，已自动关机。

她两餐没吃，饿得有些难受。她揉着酸痛的腿，站起来自欺欺人地朝那仍然紧闭的门看了眼，最后，认命地坐回去，继续那持续了半天的姿势。

不知道过了多久，迷迷瞪瞪中有脚步声传来。

她一震抬头，楼梯下方，男人高大的身形缓缓现了出来，背包斜挎于肩，两手随意地兜在裤子两侧。

看到她，他似乎皱了下眉。

他已换回平日里的衣服，白色T恤，藏青牛仔裤，白色跑鞋。没有了那碍事的眼镜，最简单的服饰，他还是那么帅。

她揉揉僵硬的腿，连忙站起来。

他的目光淡淡扫过她。

"小白？"她迟疑地唤了一声。

他没有回答，径自走到门口。被黑暗侵入的楼道，只有钥匙插入锁孔的细微声响。她的心，仿佛被什么啃了一口。

他侧身进门，她一惊，伸手过去。

他背后像长了眼睛般，身形微微一闪，她的手甚至连他的衣角也没捞着……门"砰"的一声关上了。

一扇门，隔开了他和她。

轻轻靠到墙壁上，顾夜白眼底闪过一丝嘲弄笑意。

即使在比赛之中，他眼里也始终有她。

看到她离开，他立刻婉拒了所有邀约，紧跟她而出。对他来说，任何赞美都抵不上她的一个笑靥。

可他看到的是什么？她在别人怀里，他们拥抱在一起，那么亲密，仿佛他才是局外人。

告诉自己也许是误会，可是，她的动作告诉他，他所见不虚。原来，这世界上并不是只有他才能让她安心依赖，她也会在迟濮衣服上擦掉眼泪。

心明明是热的，不是吗？那一刻，他只觉得冷。

她跟了他一路，后来却消失了踪影。

为什么不继续纠缠下去？他就是那样可以轻易放弃的？

和系里几个同学一起吃饭，他们问，他答，他可以冷静地回答任何一个问题。原来，伪装也能很无瑕。

可是，此刻，敲门声不断传来，伴随着的还有她的哭声，他心里完全变了个样。她曾经跟他说过，心疼的时候，就像是被虫子啃。很奇怪的形容，就好像现在这个滋味？

他心烦意乱，忽然便往墙上砸了一拳。

指头登时皮破血绽，然而，这火辣辣的痛依然浇不熄心头的烦躁。

他摸了包烟出来。

他很少抽烟。对他来说，烟酒是人在失去冷静的时候的消磨，他不需要，母亲和哥哥过世后，他就再也没有失去冷静的时候。

他掏出根烟，刚塞进嘴里，就快步过去拉开了门——她突然没有了声息。

果然，门口空了。

他用力摔上门。

背包刚才便被随意地扔到沙发上，白色的柔道服和红白花间的腰带跌出。为她而系上的腰带，现在还有什么意义？

顾夜白，一切不过是你好笑的自以为是，她根本就不在乎！

在画架前坐下，调了颜料。

下课回来，他最常做的事儿就是赶稿子。自从那个人涉入他的生活，兼职还在继续，但他推了一间杂志新的邀约，他更愿意把时间花费在她身上。现在再次自己一个人。

他自嘲一笑，拿起画笔，寝室的电话突然响了。

"带上你的女人，咱们一道庆功去。"电话那头是林子晏嘻嘻哈哈的声音。

"不去。"

林子晏顿了一下，笑得诡异："好好好，哥们明白，这个时候你该干吗就干吗，春宵一刻……"

捻断通话，他再次拿起画笔。

不知道过了多久，画架上的画几乎完成了，他冷冷看着，忽而把画纸撕开，两个小时的心力弹指间化为流絮。

电话不合时宜地再次响起。

"我说，你俩也太乐不思蜀了吧？两个都关了机，言也不知会一声到底要不要回来过夜。"

清脆的女音，噼噼啪啪说了一堆，他却很快抓出一个重点：她没有回宿舍。Susan 会打电话来，意味着女生宿舍校禁的时间到了。

瞥了眼挂钟，果然。

Susan 还在说什么，他道谢过后挂断了。

意识到自己做了什么的时候，他已走到了门口……他想出去找她！

门开一瞬，他倏然怔住，依在门边的那团瘦瘦小小的东西是什么？

"小白？"清水般的眼睛登时盈上一层喜悦。

"进来！"他沉声说道。

她连忙点头，刚站起来又低呜一声："腿，麻了。"

"我要关门了。"他冷冷地道，抑制住自己搀扶她的欲望。

她怯怯看了他一眼，大眼里装满了控诉和委屈，蹦进屋里。

这家伙！他狠狠摔上门："你不是走了吗？"

"我一直在这里啊。"她看了他一眼，仿佛他的问题很好笑。

他冷笑："何必撒谎？"

"你刚才开过门对不对？发现我不在你不高兴了，是不是？"她眼睛一亮。

他竟一时语塞。

她揉揉腿，从门口蹦到沙发，试探地向他挨近……她的手臂和他的碰触到一块儿，她身上微凉。

他本要走开，但她身上的温度硬生生把他拉扯住，耳旁，她声音极低："我方才只走开了一会儿。没有撒谎，真的只有一下下。我今天还没有吃东西，肚子饿，想下去买点吃的。可走到楼下，我就折回来了，我怕你开门看不到我以为我走了。"

"你一整天没吃东西？"

怒气涌上心头，在意识到自己做了什么之前，他已紧紧握住她双肩。

"我和迟大哥——"

哽咽的声音让他微微一震，终于要说了吗？该放开她的，手却像有着自己意识似的黏在她身上。

"迟大哥真的只是哥哥。"悠言想解释，话到嘴边却笨拙。

"与我无关。"他声音漠然。

悠言心里一阵酸涩，她宁肯他骂她，也不要他冷漠以待。她想告诉他她与迟濮的关系，又害怕他发现迟濮和迟筝的关系。

她痴痴地看着他，他的眼睛是没有晕开的墨，让人沉沦，此刻如此清冽幽冷。

脑里拼命搜索适合解释的词语，"我从懂事起就和他认识了，家里父母都是认识的……"

他神色冷漠如初，她像被什么绞勒住颈脖，无法呼吸。

"只有你，我和迟大哥不会这样……"

她不知道还能如何解释，只好踮起脚尖，颤抖着吻上他的唇……她不太懂得如何接吻，每次都是他引导她，现如今只能凭借本能去吻他，想借此让他明白她的心。

她唇上的柔软和清香，击溃了顾夜白所有的坚定。握在她肩上的手，慢慢移下拢上她的腰肢，再也狠不了恨不成，只能选择去相信。他要她，顾夜白只知道自己要她，如此简单。

捧起她的脸，他缓缓伸手揩去她眼底的泪，随后拿起钱夹出门。

"小白。"背后她的声音怯然。

"我去给你买吃的。"他淡淡道。

她明显一怔，好一会儿才大叫一声，喜悦异常。

"如果我一直不开门，你要怎么办？"他突然想问她。

"我会敲门呀。"她一副理所当然的样子。

"那为什么不早点敲门？"他额角微微绷起。

"我在等。"她声音变得认真。

"等什么？"

"等校禁的时间到了再敲门，这样你就不能赶我走了。"约莫是怕他责怪，她说完连连退了几步，方才偷偷打量他脸上的神情。

果然和预料的不差！他骂道："笨蛋！"

可他偏偏爱上了这样一个笨蛋。

"小白，咱们一起去吧。"见他不似生气，她胆子又大几分。

"不好。"

"为什么？"

"因为我自己一个人走比较快，因为你饿了。"他叹了口气，道。

"……"

她显然是饿狠了！看着她大口大口地吃，顾夜白再次尝到心疼的滋味，他该早点开门，而她居然也等了一整天。他忍不住低声道："慢点。"

"你吃不吃？"她舀了一勺粥到他嘴边。

"我不吃，你自己吃。"

她点点头，继续埋下头，过了一会儿，又抬头道："我吃光了，你可就没有了哦。"

"就你多话。"

悠言撇撇嘴，这男人买了三四个人份的食物，粥、粉、面……就差饭了，还有馄饨、包子什么，知道她喜欢喝花花绿绿的东西，饮料也买了一堆。

她想着想着心里一暖，抬眸就笑。

"过来。"

他坐她对面，两人的目光纠上，她听到他轻声道。

她乖乖起来，他伸手一揽，把她抱进怀里："吃饱没有？"

"嗯，我肚子都是圆鼓鼓的。"

他抚上她肚子，轻轻按了一下。

她一声低叫，忍不住问："我重吗？"

"不重。"

"是不是还可以重一点儿？"

他"嗯"了声。

"小白。"

"你说。"

"你以前练过柔道吗？"

他又"嗯"了声。

"你好像很厉害来着，以后我可不敢惹你不高兴了。"

他沉默了一会儿，方才说道："我师父是个厉害的人，但很疼自己的妻子。"

悠言一愣，随即眉开眼笑："顾夜白，我可以当你是在暗示什么吗？"

"然而我并没有。"

"你有。"

"真小气，你明明就有！你师父的事儿给我说说吧。"她想多知道些关于他的事情。

"我很小的时候就遇到他，他有一半东瀛血统，是柔道、空手道和击剑的高手，他喜欢中国，娶了中国的姑娘做妻子，就一直留在这里，后来——"

"后来怎么了？"她好奇。

"后来，日本老家那边有点事，就回去了。"他淡淡道。

宫泽家是日本的望族，他的师傅宫泽明祖辈是宫泽家的家臣，他曾受宫泽明邀请去了趟日本，在那里他遇见了宫泽静。只是，这些没必要告诉她。她只要简单的快乐就好，再说，他和宫泽静之间已经是过去的事。

"如果有机会，我一定要见见你师父。"

"为什么？"

"因为是你的师父啊。"

"好。"他忍不住把她抱紧了一些，单纯的想法，却让他想珍惜。

"小白，那个……交换生的话要去多久？"她突然问道。

他看了她一眼："两年。"

"哦。"她顿了一下，又小声问，"你还会回来吗？"

"会。"

"嗯。"她点点头，突然挣开他起来，笑笑道，"我去洗澡了，明天你还得参加画艺比赛，不能睡太晚。"

他心里却是一紧，她一直在意这件事。她平日里会向他撒娇，但却从不多问这事。一次，他突然心生好奇，上网查了查给她的银行卡，发现里面的钱不少反多。查了记录，看到她把钱一点一点存进去。她一直在打零工做兼职，她曾说过，那上面的钱不能动，要给他到意大利当生活费用。

如果她没有一点一点地做着这些小事儿，也许他也不会在看到她被抱在别的男人怀抱后如此愤怒。

他呼吸一窒，猛地站起来，从背后把她锁进怀里："和我一起去。"

闲暇时，他会想，让她等他两年？现在，他想他知道答案了。他不愿意，一点也不。

悠言浑身颤抖："我可以吗？"

"可以。你毕业后就过来，我到时还有一年，我养你。"

他的声音很轻，悠言却哭了。

闪耀夺目的他，她可以拥有吗？无法掌握自己的命运的她，可以给吗？她不知道，这一刻她不想去想。平生第一次有了一份笃定和一个期盼，因为他说她可以。

她想，从现在开始，她可以每天存下一点勇气，到贮满那一天就把有关她的一切告诉他。他那么聪明，一定知道怎么办，他一定会想出让两个人可以在一起很久很久的方法。

一场误会，似乎把二人拉得更紧了一点。因为害怕失去，因为不想再自己一个人，不管她还是他。

漆黑的夜，寂静却安心。

靠在宽厚而温暖的胸膛上面，关于未来的事情有了盼头，可以暂时不管，悠言满脑子又开始想比赛的事情。

"还不睡？还是说你想我失眠好等魏子健赢？"

悠言笑得抽搐，难得这别扭的男人会开这样的玩笑。

她在他身上碾来碾去，他忽然翻身把她压在身下。

黑暗里，两人的气息都微微乱了……

唇舌交缠过后，他的吻慢慢移到她的脖颈。战栗的感觉燃烧着她的感官，手不由自主地插入他柔软的发里。他低哼一声，她随即感到从脖子传来的酥麻，他在噬咬、吸吮。

她一丝理智稍存，羞声道："别，会留下痕迹的。"

他轻笑出声，动作却更大一些，她恼了，不由得轻轻捶打他。他执过她的手细吻，她舒服得呻吟出声。

他声音微哑，不知说了句什么，将她的手放到他的脖颈上，她紧紧搂住他的脖子，任由他主导。他突然停止了亲吻，修长的手指落到她的衣服上。

她突然想起白天他与龙力的那一战。他勒住龙力的有力的手，会画画的手，骨节分明、修长好看的手，现在，这双手正在解她的衣服。

老天，她这是在想什么？她脸红耳赤暗训自己，身上却忽然一凉，却是扣子被悉数解开，内衣被迅速拉高，他的吻落到了上面，她浑身颤抖。

今天就要把自己交给他吗？

交往以来，他们同床共枕几回，他却始终没有做得到最后那一步。如果是他，她愿意。脑子开始凌乱……

衣服上的扣子却突然又被悉数扣上，他在她唇上一啄，翻身下床。

她愣住，撩开被子坐起，听到水声从浴室传来。

　　呆呆坐了一会儿，他回来了。

　　"怎么不睡？"

　　他摸摸她头发，把她抱起放到里面一点。他身上气息清凉，混合着沐浴乳清新好闻的味道，只是，他没有再抱她，甚至他翻了个身，背对着她。

　　她有点不安，悄悄从背后把他抱住。

　　"我身上凉。"

　　他声音有丝僵硬。

　　"有被子，不凉。"

　　她傻傻说着，却听得他一声轻叹。他转过身来，摸了摸她的脸颊，她趁机靠过去枕到他臂上。

　　他笑了，笑声里似乎透着一丝无奈，然后把她拥紧。

　　她的不安这才悄悄褪了，俯身在他的嘴巴上亲了一下。

　　"笨蛋。"他斥她。

　　"干吗骂我？"她委屈。

　　"睡觉。"

　　她咬咬唇，鼓起勇气："为什么不继续？"

　　她以为他去冲冷水澡！黑暗里，顾夜白微微咬牙切齿，他何尝不想要她，可她的青涩战栗迫使他停了下来。他知道她愿意，但他却不愿意她有一丝一毫的不安，所以，他宁愿选择等待，等有一天，她同他一样渴望，将一个人据为己有。只是这些现在该怎么跟她说？

　　"是不是因为明天比赛，所以咱们得睡了？"她想了想，小声问。

　　他不禁微微失笑："嗯。"

　　去他的比赛！这笨蛋真是天才。

　　"明天是画艺赛，你参加四项比赛，时间会不会有重叠？"见他答应，她放心了，在他怀里找了个舒服的位置，跟他说起悄悄话来。

　　"四项不会重了，五项或以上才会，不然我为什么不全参加？"

　　悠言初时听不明白，半天恍悟过来，叫了一声："顾夜白，你拽！"

　　"你真有把握六项拿下？"她想了想，又问。

"没有，睡觉。"

悠言点点头："我就说嘛，你参加四项已经很不是人了。"

如果他说六项都有把握，那在她眼里成了什么？顾夜白嘴角的弧度深了。

"你跟我说一下赛程，我怕自己记糊了，到时漏看了。"

她搂住他脖子，下巴枕到他胸膛上，打了个呵欠，顾夜白微微沉了声："笨蛋，困还不快睡？看不看也一样。"

"不成！我不看，万一你输了怎么办？"

敢情只要她去看，他就一定会赢？顾夜白失笑，在自己女朋友耳旁轻声道："明天上午是画艺赛，一场定名次；下午是柔道的小组赛，按级段分组，决出各组冠军，后天是越级赛，各组冠军再决出一个，两天后和我进行总决赛；击剑我只参加了重剑，大后天进行小组赛，两天后总决赛；电脑编程这项则在其他比赛结束之后。"

"嗯……越级赛，总决……赛……"

"言？"

回答他的只有细细的吹息声，今天这家伙累坏了，他抱紧了她。

没有人想到画艺赛的形式会是这样，场上七十多名参赛者，七十多副画具，却有两倍的椅子。

当主持人宣布比赛时间和规则之后，全场立刻乱了套，因为所有参赛者都下场找素材去了，严格来说，是抓人去了。

比赛内容很简单，以场上任何一位观众作为模特，素描还是色彩不拘，却要求写实，在写实中又以意境取胜，被选中的观众得全力配合。

在现场人仰马翻的热闹中，唐璜看到林子晏的表情，笑个半死："这可是能选模特的哟，后悔没有参赛了吧？"

林子晏一双桃花眼尽往前面 Susan 身上瞟，闻言低哼一声。

Susan 却急得团团转，旁边的位子一直空着。规章也宣读了，比赛也开始了，路悠言却还是不见人影，手机还是该死的万年关机。明明那两个人是一起过的夜，顾夜白已在台上，他的老婆却不见了！

小虫劝道："你别担心，她如果有事，顾夜白怎么会在这儿呢？"

　　Susan 一想有道理，余光此时却瞥见旁边过道上两个熟悉的身影，她唇角微微勾起丝嘲弄，小虫奇怪，抬眸看去，脸色顿时一白。

　　那是周怀安和魏子健。魏子健选了周怀安做他的模特。

　　有人过来邀请 Susan，Susan 秀眉一蹙，说道："抱歉，我今天有点不舒服。"

　　来人为昭显绅士风度，只好忍痛割爱，失望而去了。

　　Susan 调皮地吐吐舌，耳边声音絮絮而来，旁边几个女生似乎在说顾夜白。她好奇心顿起，竖起了耳朵。

　　"你们说，这场是魏子健胜还是顾夜白胜？"

　　"难说。经过柔道比赛，我是不敢乱猜了。"

　　"我倒希望顾夜白赢，想不到我们学校还有这号人物。"

　　"是啊，这人太神秘了，昨天简直帅出天际，话说你们有没有看昨天的比赛……"

　　隔壁宿舍一个女生见 Susan 留意，低声道："学校的 BBS 都快炸了，帖子都是昨天的比赛和顾夜白的照片，甚至开始有人猜他能拿下多少项比赛的冠军。"

　　"还多少项，没这么玄乎吧，小虫你说呢？"

　　Susan 自觉地先为那两个人留个台阶，毕竟一项比赛和四项比赛不是一个量级。半天不见回应，她有些奇怪，却见小虫微微垂眸，神色透着一丝漠然。

　　"小虫？"

　　小虫一震抬头，笑道："可不是，这场想来还是魏学长赢面大。"

　　"我想顾夜白拿第一。"

　　天外飞来一句，从后排传来，她一愣，只见后面几个男女也在热烈讨论。

　　"姑娘们，比赛开始了。"唐璜笑道。

　　"为什么他不选模特？"

　　Susan 连忙收敛心神，观众席上这时却有人惊呼。

　　"他这是要标新立异？以为经过昨天的比赛了不起？我就看他怎么落败。"同系一个男生讽道。

　　林子晏和唐璜对望一眼，往台上望去，参赛者中，有一个人没有选模特。

　　那是他们熟悉的人。

　　主持人走到顾夜白旁边，低声咨询起来。

魏子健的位置离顾夜白不远，见状唇角勾起丝弧度，落笔前，他看了眼怀安，却见怀安双眉微微蹙起，登时心头火起。

最后，在所有人的疑虑中，主持人跑到评判席前。

"怎么回事？"张教授先开的口。

主持人有些迟疑："各位老师好，这位同学说，他不需要模特。请问这可以吗？"

张教授略一沉吟，看向夏教授："老夏，这是你的学生，你看……"

夏教授微微皱眉，旁人也许不知，但以他对顾夜白的了解，拿下这场比赛估计不是问题，他实在想不明白这个学生为什么要做这种出格的事。

"大家怎么说？"他问。

几个教授迅速交换意见，一个老教授道："形式是死的，人是活的，我认为无妨。"

"我也赞成。夏老带出来的学生资质肯定不凡，这参照物免了，想来已是成竹在胸。"一个人悠悠开口，语气却带了几分讽刺。

这位青教授素来与夏教授交恶，其他几个人正为难，夏教授却笑言："那就按诸公意思办吧。主持人，请宣布比赛开始。"

那主持人松了口气，挤出丝职业笑容，宣布比赛开始。

张教授朝夏教授使了个眼色，暗示他不该"放行"，应责令顾夜白选取模特，争取名次。两人是多年朋友，夏教授微微苦笑，说实话，这场比赛他现在心里也没了底。

记忆再牢固，不免有褪色的时候。画，最初的目的，就是将这大自然中的一切，用最真实的笔触记录下来。所以，这次的比赛，他们一致商定，形式不限，在写实中求意蕴定高下。可是，顾夜白连模特也没有，这第一步已然输了。

能看到许多目光盘桓在这个古怪的学生上面。所有人都在关注这个男生。夏教授心里此时却不免有丝失望，柔道比赛的事他已听闻，惊喜之余是失望。如果顾夜白是想借此来吸引别人的目光，那便枉费他当日收徒的一番心血了。

夏教授忍不住又看了这个学生一眼，他已低头在画架上勾勒起来。距离有些远，无法看清他脸上的神情，但给人以专注沉静的感觉。

夏教授突然紧张起来，他很想知道，这个神秘而古怪的顾夜白到底会交出怎样一份答卷。

*

在长长的校道上疾跑，悠言想自己要疯了！那个人怎能如此可恶！明明告诉过他，他的比赛她要一场不落，现在距离比赛开始已经两个小时，什么都该结束了。

他是故意的！

嫌疑一，他早上起来的动作很轻。

嫌疑二，他有亲她，动作也很轻。

嫌疑三，他亲了她后，她依稀看到他在皱眉，还用手探了探她的额，这一下也还是该死的轻。

嫌疑四，他随手套了件 T 恤，就出了门。关门的声音，不必说，轻。

嫌疑五，他回来了，把她扶起来，给她灌了碗类似白粥的东西，又将一枚苦东西塞进她嘴里，她要吐出来，他却乘势吻住她。

帅哥就了不起吗？好吧，她却丢人地被他所惑，连带那颗药丸也骨碌地吞了下去。

然后，她就迷迷瞪瞪地睡到现在才爬了起来。

她大为恼火，正要一脚踹开赛场大门，门口两个类似工作人员的男生目瞪口呆地扫过来，她只好作罢。

他们做了个噤声的动作，替她开了门。

她放轻脚步，却仍惊扰到里面的人，有些目光落到了她身上。

她无心理会，往场上搜索而去，幸好比赛还没有结束，只是每个人都有模特，为什么他却没有？

"看，她就是外语系的路悠言。"

"谁？"

"就是那个顾夜白的女朋友！"

架不住这些指指点点的声音，悠言猫着身子正想寻个位置，手突然被人拉住。

"珊？"她惊喜道。

Susan 朝她磨牙："我回头找你算账！还不快跟我来，在这儿被当猴看好玩儿吗？"

两人沿着靠墙的过道走回去，才刚坐下，主持人已拿过麦克风，笑道："时间到，比赛结束！参赛者请停笔，各位模特儿也先请留步。"

Susan 忍不住揶揄："你和顾夜白昨天晚上一言不合又那啥了？"

除去小虫有些走神以外，相邻几个同系的女生都饶有兴味地探了脑袋过来。

"……"悠言想死的心都有了。

林子晏好奇，问道："你们在说什么？"

悠言哪肯回答。

旁边一个女生小声道："悠言，给我们说说你和顾夜白的事吧。我们只能在论坛上看帖子看图片，你可是和他亲密接触，和他接吻是什么感觉啊？"

听到这八卦又恼人的问题，悠言想起昨天夜里二人的亲密，脸红耳赤，突然又想起什么，假装整了整领子。

Susan 眼尖，知她面皮薄，压低声音道："那地方颜色醒着呢，怎么，顾夜白就这么不怜香惜玉？"

悠言堵回去："方影就很怜香惜玉吗？"

话口未毕，却见 Susan 脸色微白，说道："我和他不可能。"

Susan 和方影两人本来走得极近，但最近 Susan 说发现了方影一个秘密，具体是什么秘密，Susan 无论如何不肯说，只告诉她不会再和方影有什么纠葛了。悠言暗骂自己说错话，Susan 却扯了她一下："快看！"

"现在是评分时间，请各位评委老师离座进场。"

台上，主持人放下麦克风，全场片刻安静下来，每个人屏息凝神，目光大多在魏顾二人之间逡巡，似乎悬念只在这二人中诞生。没有人忘记顾夜白说过的话，他说他要挑战魏子健，大话还是奇迹，每个人都在等着。

在最后一排里，一双眼睛讳莫如深地盯着场中。如果有人注意，会发现这双眼睛的主人正是昨天败在顾夜白手下的上届柔道冠军，黑带龙力。

同时，在距离他不远的地方，一只鸭舌帽被缓缓拉起，帽下目光淡淡往悠言方向扫了一眼，方才回到场上。

台上，主持人正在宣布评分细则。

"现在是评委老师们打分时间，即场评分，时间在 40 到 60 分钟之间，大家可以离场稍作休息。结果出来后，广播会通知。"

然而几乎没有人离开。

即便有几个出去的，也很快就折了回来。

身旁的人，Susan 和隔壁宿舍的女生，后排林子晏和唐璜，整个大礼堂，所有人都在低声交谈着什么，悠言却没有吱声，她总觉得背后有些什么，可转身看去，只看到黑压压的人头，各有各的热闹，她便没再多想，收敛了心神又去看台上那个人。

这次没有柔道比赛拿的位置好，他又坐在后排，距离一下子便拉远了，只模糊地看到他目光似乎没有离开过画架。他，看见她了吗？

她头脑有些昏沉，慢慢闭上眼睛，等时间过去。

一只手探到她额上，声音也透着丝担忧："发烧了？"

"发烧？"她睁开眼睛来。

Susan 叹了口气："算我白问，我就不该问你。"

"不问我问谁？"

Susan 妩媚一笑，随即狠狠捏住她鼻子。

"你管我！我就说，他把你藏到哪里去了，原来是没舍得把你叫醒。"

两人笑闹着，却见小虫紧张地看着台上，评委们此时正站在一个参赛者的画前，观模特观画。

模特是……怀安？悠言心里一紧，现在在看的是魏子健的画！

场上声音突然安静下来，就连林子晏和唐璜也停止了交谈。

评委们很快便转去看下一组，似乎已打好分。

悠言看得疑惑，Susan 附嘴到她耳边："看来这姓魏的得分很高。"

"为什么？"

"评委们没有丝毫犹豫，而且你看他那副表情。"

悠言低声道："珊，他不比魏子健差。"

Susan 怔了怔，随即笑道："倒忘了你也是半个行家，可他没有用模特，这是不争的事实。"

悠言紧紧扣住双手。

时间一分一秒过去。

终于，评委们在顾夜白面前停下。场中有些人甚至站了起来。台上此时却出了些动静，悠言愣住，只见顾夜白在所有人的目光中走了下来！

有人倒抽了口气，包括悠言，她怔怔看着那个在她面前站定的男人。

他唇角勾起一记薄弧："跟我来。"

悠言还在发怔，直到 Susan 推了她一下，她才恍悟过来。

她连忙站起来，在无数惊奇艳羡的目光中，跟着顾夜白上台。

Susan 含笑看着二人，隔壁宿舍的几个女生道："原来近看顾夜白是这个样子，Susan，我们嫉妒你。"

Susan："……"

距离赛场还有几步，顾夜白停下脚步，悠言也跟着他停下，没有交谈，甚至连目光也没有交接，心里却那般宁静，似乎可以这样一直走下去。

就在微微出神之际，只听得顾夜白说道："她就是我的模特。"

声音不大，却清晰有力。巨大的喜悦从她心底慢慢流向身体的每一个角落。

她没有在现场，他却画了她？

无数视线戳到她身上。她知道，所有人都在看着他们。她此刻却是平静的，因为他就在她身旁。

画架被工作人员轻轻移转过来，他的画被展现在所有人面前。

夕阳如轮，光辉染红所有景物，青郁浓茂的树木，独自觅食的鸟，隐于树间的寝舍。夕阳下，长裙女孩含笑侧立，一双眼睛形如弯月，一道高大挺拔的影子，笼在她的身影之上。

女生宿舍。

夜深，屋内仍是一片喧闹。

三个女生围在电脑前又叫又笑，深吸一口气，怀安把书推了，缓缓走到她们身后。

"你就别看书了，这儿精彩。"几个女生格外兴奋，不断拖动着鼠标。

确实精彩，怀安自嘲一笑，学校论坛置顶的帖子上，一行红色大字十分醒目。

画艺赛美术系顾夜白折桂！超满分完胜，破历届校祭纪录！

校园祭第一项比赛的冠军出来了！

满眼的帖子，有些帖子甚至被跟到千条以上，晚修回来的时候，不断听到有人说校论坛都快被挤爆了。

姑娘们越说越兴奋，怀安却越发酸痛苦涩。

顾夜白的画也被人用手机拍出来，放在了论坛上。明明她从来就不美，但当画架旋转了一个弧度，当那幅画在所有人眼前展现的时候，夺去了每一道目光。那夺目的色彩，仿佛他要把世间所有的光芒都堆砌在她身上。

"快看！"有人低叫出声。

怀安看去，留言刷新了，高手在民间，有人详细剖析了他在画中所运用的技巧，最后，那发帖者总结说，他把美术里所有能用的技巧都用在了这幅超满分的水彩上。

如此用心，她竟值得你费这样的心思来对待，把所有的美都赠予她。顾夜白，我恨你。

握在椅沿上的指头一紧，指甲折断的痛楚传来，怀安狠狠咬住唇瓣。

超满分。

什么叫超满分？已经满分了还能再超吗，发帖者这表述对吗？

可又确实存在着这样一个荣耀。

六位评委，每人手握五分，三十分满分。魏子健拿下全场27分的高分，三位教授给了满分，他却拿走了33分！

满分30分不错，但三名主评委手中还握着极具神秘感的三分，技巧、创意和美感。这么多年的校园祭，从来没有人在画艺赛中把这三分一起拿走过。

屋内众人也说到这里。

一个女生道："谁会想到顾夜白画里还藏了这样的巧妙？"

其余二人立刻附和，怀安再也绷不住，咬牙笑道："你们先说，我还有些题没做。"

"怀安，就你扫兴，去吧。"几个人又笑作一团。

回到自己桌上，脑袋却再也装不进习题，怀安狠狠闭上眼睛，思绪恍惚间却又回到了白天的赛场。

那时，包括张教授在内的两名主评委，把美感和技巧那额外两分都给了他，整个礼堂鸦雀无声，竟隐隐给人一种战场蓄势待发之感，所有人都看向夏教授，最后一个创意分就在他手中。

沉默片刻，夏教授微微一笑，说道："加分。"

欢呼声顿时侵蚀了整个礼堂。

青教授却道："夏老，这创意请恕我眼拙。"

青教授与夏教授素有嫌隙，这是大家熟知的事情，气氛一下变得剑拔弩张起来。

"老夏，这画还有什么特别之处吗？"张教授和夏教授交好，但为保证公平，他又仔细把画看了一遍，略一沉吟，最终还是出了声。

主持人悄悄抹了下头，这情况多变，他早已一头冷汗，他向着观众笑了笑，说了几句话，像烫手山芋般把麦克风交到夏教授手上。

夏教授说道："各位，这画大家认为共画了几人？"

一个教授看了悠言一眼："老夏，你这话是什么意思？除了这个小姑娘，画里还有人吗？"

悠言脸上一红，后退了一步，和顾夜白的距离也不觉近了，两人的身体微微碰触上。

所有人的注意力都在画上面，怀安站在侧方却看得真切，悠言悄悄放到背后的手，被顾夜白伸手握住了。

画纸上，一个人，两个身影，夏教授屈指轻敲到那抹高大的身影上。

青教授眼里划过一丝讽刺："夏老要把这影子算作一个人也无妨，只是这也不算特别吧，谈得上创意吗？"

夏教授道："不，这另外一人，并不只是一抹影，他是实实在在被画进画里了。"

这话一出，众人大诧。

"小顾，这是你画的，就由你来说吧。"夏教授看了自己的学生一眼，微微笑道，赛前所有担忧和疑虑一扫而空。

悠言一惊，连忙把手挣脱开来。

"是。"顾夜白微微欠身，走到画前。

这时礼堂上再也没有一个坐着的观众。

第 六 章

光耀如晨星

北二栋。

"小白，我高兴，我还要喝一点。"

怀中女人两颊酡红，顾夜白拧眉，不该让这女人喝酒，一碰就醉。

蜷在情人怀里，悠言的意识开始模糊，唇角却仍微微弯着——夏教授很厉害，看出来了，那画里其实不止一个人，画中女孩的眼睛里，映着一个人的影像，只是，必须仔细捕捉才能发现。

谁也不曾想到，他把他自己藏在她的眼眸里，不然，夕阳如画，她笑靥明艳又是为了谁？

Susan 拊掌笑道："言，你醉了。"

林子晏有些头疼："你也醉了。"

"我没有。"

Susan 不耐烦地挥着手，身子突然一歪。

林子晏叹了口气，伸手把她搂进怀中，又将她扶到沙发上。

三个男人仍然清醒，又干了几杯。

唐璜问道："功也庆过了，接下来的问题该怎么解决？"

"两个女孩醉成这样，送回去让人看见也不好。"顾夜白说道，"她们睡卧室，我们三个就在厅里将就一晚。"

唐璜笑"呸"一声："悠言的名声早就给你败光了，现在整个 G 大还有谁不知道她是你顾夜白的女人？倒是苏美人……"

"你不是想打苏珊主意吧？"林子晏的友谊小船说翻就翻。

顾唐二人交换了个眼色，唐璜大笑。

"如果你真有心，悠着点方影。"顾夜白将自己女朋友抱起，"帮忙。"

林子晏一时没有会意过来："帮什么忙？"

唐璜走到沙发边："你不来，只好换我出马了。"

林子晏大喝一声："唐璜，爪子拿开。"

他将人抱起后微微一怔，这女人少说也有一米七的高度，虽然看起来也是纤瘦，但没想到这么轻，就像没有骨头似的。

唐璜见他一副回味的样子，笑骂道："林子晏，你可别乘机揩油。"

给两个女孩盖上被子，顾夜白抚了抚悠言的发，林子晏正要效法，想想不妥，又悻悻缩回爪子，勾住他肩走了出去，门外，唐璜一笑带上门。

三人走到阳台。

林子晏摸出包烟来，递给两人。

吞云吐雾中，他幽幽问："顾夜白，爱情什么滋味？"

唐璜笑道："同问。"

看着烟火在指间明灭，良久，顾夜白淡淡开口："如人饮水。"

林子晏和唐璜各据沙发一隅，顾夜白拉了把椅子在桌上浅寐。

睡到半夜，卧室门被轻轻打开，一道苗条的身影蹑手蹑脚地走到厅上，从桌上拿了什么东西，随即打开门出了屋。

顾夜白微微拧眉，走到沙发旁边拍了拍林子晏。

林子晏睡梦正酣，低吼出声："谁打老子？"

顾夜白道："Susan 出去了，跟上，晚了，虽说在学校也不安全。"

林子晏倏然惊醒，所有睡意一下全跑光了。

他追到楼下，Susan 却已没了踪影，他不由得低骂了句"Shit"。

他稳了稳心神，沿着林荫道走，警惕地搜寻着两侧的树丛，走到湖心亭畔，忽听到轻轻的抽泣声传来。

他心里疑虑，拐了过去。

亭子中果然坐了一个人。

湖边小灯很暗，只约莫看见是女人的身段，一头长发披散在肩。

他几乎是跑了过去："请问——"

"谁？"

对方显然受到惊吓，出声警戒，但那声音松软，听去倒有七分无力三分妩媚。

林子晏心头狂喜，嘴上却骂道："三更半夜不睡，你跑来这里装鬼吓人。"

"林子晏？"Susan慢慢站起来，她身子摇摇晃晃，一下又跌了回去。

林子晏低咒，怕她把自己磕伤，连忙上前把她抱进怀里。

"你放开。"

她却用力推他，无法挣脱，又往他腿上踢去。

林子晏光顾着把人护住，哪曾留意其他，这下腿上结结实实被踹了一脚，疼得他微微龇牙，怕她跌倒，又不敢放开，不由得咬牙道："你这恶女人。"

"我是恶女人又如何，关你什么事？"

Susan说着伸手往桌上摸去，林子晏却先一步按住她手，察觉到桌上的东西，他皱眉问道："到底发生什么事？"

"林子晏，你可不可以离开，我想自己在这里待一下。"

林子晏冷冷道："好让你喝个烂醉如泥，一个不慎从此让这湖里多了名醉酒鬼？"

Susan恼怒，狠狠赏了他一拳。

林子晏也不躲，生生受了，Susan正伤心，加上几分酒意，见状又往他身上打去，听得他闷哼一声，顿时怔住。

"怎么，不打了吗？不打就跟我回去！"林子晏几乎是从牙缝里迸出声音。

他出身高干家庭，家境优渥，哪里受过这样的闲气打骂？

半晌，听不见任何声响，他正疑虑，细浅的哽咽却在耳边响起。他心里一慌，握住Susan双手。他平日嬉皮笑脸，花里胡哨惯了，偏偏这时说不出半点话来哄她。

见她脸色微白，双眼通红，他轻叹一声，把她紧紧拥进怀里："你别哭，我让你打就是了。"

Susan 一怔，终于忍不住破涕而笑："我打你做什么！"

林子晏悻悻地笑，低声问："不恼了？"

他这样一说，Susan 倒觉自己无理了，低声道："子晏，对不起。"

她叫的并非林子晏，而是子晏。林子晏咀摸着这两个字，只觉把该死的姓氏去掉，平白多了几分亲近之感。好吧，该死的姓氏，要让他家老头听见，大抵把他的耳朵给拧掉。

可是，原来有一个人可以这样让你动辄快乐。

Susan 半晌不见对方放手，反把自己搂得更紧，那按压在她肩膀上的手，力气大得似要把她揉进他身体里。

这就是男人和女人的区别。甚至，他身上酒气和烟草的味道似乎要扑打到她身上。

除了方影，她没有和哪个男人这般亲近过。

酒意一下去了几分，她用力去推："放手。"

微恼的声音突然响起，林子晏回过神来，温香软玉在怀实在不愿放，但怕她不喜，只好慢慢松手："你自己能站稳吗？"

Susan 心里有些不安，尽管两人见面都是拌嘴，但这人对自己很好她知道，因为泳池的事？

"嗯。"她坐到石椅上，从桌上拿起一罐啤酒，这是方才从顾夜白宿舍里带出来的。

"别喝了，你这是在发什么神经！"林子晏在她身旁坐下，伸手就去抢她手上的酒。

"如果你不能陪我喝就走，还是说你想我揍你？"

她的声音，因为疲惫微醺，在黑暗里听去越发沙哑娇媚。

林子晏自嘲一笑："原来我还有点用处，可以当陪酒的用。"

他知道这姑娘性子倔，况且她半夜突然出走，可见事情不小，他哪敢就这样走了？

知道她倔？他们认识才多久？他怎么就知道了？

她说，如果不能陪她就走，他注定无法抽身，那还能怎样？只好相陪，哪怕最后不爽的是他自己。

随手从桌上拿起一罐啤酒，打开来灌了几口，难为这女人把这些也捞了出来。

两人静静喝酒，也不说话。

后来，还是他先忍不住："你有事就说，闷在肚子里只会更虐。"

"旱鸭子，你就一陪酒的，问什么问？"她低斥一声，微微哽咽。

"是因为他吗？"

林子晏又灌了口酒，微微垂眸，他知道自己也是在找虐。

他一点也不愿意提起那个人，只是他实在无法忍受她伤心。

Susan没有吱声，黑暗中，在桌上慢慢摸索到一只瓶子……啤酒麻痹不了神经，还是这老白干好。

她连喝了几口。

如果不是他的电话，现在她还睡得死死的吧，可是，既然打电话给她，为什么偏偏要让她听到那个女孩的声音？

今天是他的生日，他们在一起。

泪水沿着脸颊簌簌而下，她又猛灌了几口。

最好的朋友唇角带笑，美梦正酣，她又怎么忍心惊扰？泪流满面的狼狈，除了走开还能怎样？这玩意儿真好，几口下腹就把疼痛的神经烧得昏沉欲倒。

胃也像火烧般难受，她忍不住呻吟了一声，微微弯下身子。

林子晏一惊，心想纵使是啤酒也不该由着她性子喝，连忙抬头扶她，方才挨近，便闻到她身上酒气不对。就着昏暗的灯光，他扫了眼她手上的东西，怒火也腾地起来，他劈手把酒瓶抢过，开口就骂："这酒是我特意带给顾夜白的，度数高，你根本不能喝，你想死，还不如我把你推进湖里来得干脆！"

"你推吧，只是能不能到那边荷塘再推，我喜欢荷花。"Susan咯咯一笑，站起来身子一斜，差点没跌到栏杆外面去。

林子晏被她吓蔫，知道她已烂醉如泥，根本辨不清南北东西，这下是怒不成也气不得，他把酒瓶往地上狠狠一掼，权当解气。

她还伸手朝空中胡乱捉去："还给我。"

林子晏的火气也终于被她燃起，将她揽进自己怀里狠狠压住。

酒气涌上咽喉，她抚住胸口，喃喃道："我难受。"

林子晏恶狠狠道："你别吐，否则老子跟你没完。"

"吐，好，我就是想吐……"

是别吐！林子晏简直要扶额。

有什么东西滑到他手上，触感软腻。林子晏微微一震，把她那不安分的手包进自己大掌里。

她却握住他的手，放到自己胸口上，委屈道："难受，你帮我。"

触手处高耸柔软，她身上清香幽幽传来，林子晏脑袋登时一片空白，只闪过四个字：

天要亡我！

他知道自己该君子一点，将怀中神志不清的姑娘放开，可又舍不得放手，天人交战了好一会儿，他咬牙把她的手扯下，复把她轻轻揽进怀里。

她迷迷糊糊地似乎在说着什么，听去隐约是方影的名字。

"非他不可吗？"他低声问道，只觉舌苔发苦。

"方影。"

她的声音更大了。

"喜欢他就和他一起啊，他不也喜欢你吗？既然都喜欢就在一起啊。"他冷冷一笑，"何必在这里演给我看？"

颈侧窜进一阵凉意，似乎有什么滴进颈项。

他下意识摸了摸她的脸，果然，一手濡湿。

他苦笑一声："行，你大爷，我不说总行了吧。"

"方影，生日快乐。"

她又低嚷一句。

今天是那个男人的生日？林子晏只觉被烟头在心口烫了一下，直想把她掐死算了。

有风吹来，她却往他怀里缩。

他还能做什么？

只能一边听她喊着别的男人的名字，一边把她搂紧点。

顾夜白，唐璜，甚至连悠言那笨蛋都说他喜欢她，他还真是把心事都写在脸上了？就因为泳池边那个甚至算不上吻的渡气？

"这里凉，我们回去吧。"

终于，他将这句不情愿的话说出口。

她不断往他怀里缩，六月末的夜还是会凉。他脑里有个可耻的念头，想在这里待久一点，就他和她两个人。

最终，怕她着凉的心情还是占了上风。

他背着她行走在林荫道上，四周是黑压压的树木。

"老子亲娘老子也没这样服侍过。"她的吹息轻轻打在他颈项上，他心里一荡，低咒出声，企图赶走下腹那股莫名的灼热。

她忽然身子一动，赏了他一拳。

他咬牙："想打我直接说，不必恃酒行凶，就当老子上辈子欠了你！"

"你为什么要和她上床？别再碰我。"

背后，她哭音清晰。

她说的是方影？可方影喜欢她不是吗？为什么会和别人上床？

他吃了一惊，突然不敢再说什么，把她的臀往上托了托，他继续往前走。

背后又湿又热……她在哭？

"你想打就打吧，我这次是说真的。"他声音一哑，把她放下。

她酒意仍浓，站立不稳，在她跌倒前，他把她搂进怀中："不要他了好不好？他配不上你。"

她却反问："不要？不要什么？"

他以为她已经清醒了点，如今听去依旧迷糊，他认命地又把她背起……她确实醉了，否则怎么会对他说出这样的心事？

"姐，回去好好睡一觉，Tomorrow is another day，你们外语系不是总爱说这句酸溜溜的吗？"

"回哪儿去？"她含糊不清地问。

"从哪里来就回哪里去。"

"不回去。"她急了。

林子晏决定不再理会，背上的人却不合作，手脚又狠狠招呼到他身上来，他不由得骂道："苏珊，你到底真醉还是假醉，打死我你凉快去。"

"你不是说让我打吗？"

他一愣，敢情这女人还是有选择性地醉？跟他斗嘴倒是清醒得很。

"我不回去，不能让言看到，我不回去！"

她胡乱叫着，手脚并用，他又生生挨了几下。

"得，不回去是吧？闹是吧？老子现在就把你吃掉！"

林子晏心头火起，大掌往她臀上一拍，改了方向。

爱眉时钟酒店。

抬头看看门口镶红裹绿的几个大字，林子晏吞了口唾液，走了进去。

"一晚。"

柜台里是个矮小的老头，瞥了他一眼，又往他背后看去。

林子晏脸色一红，道："老伯，钥匙，快。"

"年轻人，别着急。"那老头慢条斯理地道，"到明天 12 点，时间长着呢。"

这都什么跟什么！林子晏端了个笑脸出来："老伯，钥匙，请快！"

这时，一个年轻女人从里面走出来，看见他们眼皮也不抬一下："身份证，押金 300。"

"美女，能不能帮我扶一下？"林子晏对那女人道。

女人从柜台走出来，林子晏将 Susan 放下，女人随手一抓，Susan 低吟了声，林子晏皱眉："小心点，你弄疼她了。"

女人微微一声哼。

林子晏心疼，钱也顾不上掏了，把 Susan 抱回自己怀里，看了看四周，先将她抱放到旁边一张沙发上，方才去找钱夹。

"倒看不出……"那女人淡淡看了他一眼。

看不出什么她没有说，但应该是褒义。

林子晏在自己身上摸了好一会儿，才猛然想起钱夹连同手机都一并留在顾夜白那里了。

他轻轻拍了拍 Susan 的脸，"你钱和身份证带出来了吗？"

Susan 睁开眼睛，呆呆望了他一下，又睡过去。

林子晏苦笑。

"哟，看不出。"这次发话的是那个老头。

这次就不是什么好话儿了。丢人丢到这份上，林子晏也管不了许多了，他咬咬牙，一不做二不休，伸手往 Susan 衣服的口袋摸去。

幸好！

他拿出身份证，又从钱夹里拣出几张纸钞往那老头手上一塞，也不管对方检查完没有，将身份证和钥匙从对方手上夺起，跑回沙发把人一扛，逃也似的往二楼奔去。

"现在的年轻人哪。"老头的声音从后面传来，"那个抽屉里有。"

林子晏脚下一踉跄，差点摔个狗啃泥。

旅馆虽小，里面却颇为整洁。

把 Susan 往床上一放，林子晏坐到床沿直喘气。

"老子的脸给你丢光了！"屈起手指，他想往她额上狠狠一掸。

灯光映在女孩儿美丽的脸上，长睫在雪白的肌肤上投下淡淡的阴影。

他再也下不去手……她五官其实算不上精致，但整合在一起很好看，那是一种流光溢彩的美，洋气而绚烂……他小心翼翼抚上她的脸颊。

心头剧跳，他不敢再看，将床头小灯调暗正要走开，她一手过来拽住他的手。他脚步再也跨不过去，又坐了下来。

她意识模糊地偎进他怀里："你为什么要招惹我？"

"我管不住自己。"他微微苦笑，抚上她的发。

她哽咽着，脸挨到他手心里轻轻摩挲。

满脸嫩滑，像羽毛在他掌心搔过，也搔上了他的心。

他忍不住捧起她的脸，颤抖着吻上她的眼睑。

她呼吸微促，仰起脸，唇角不经意擦过他的脸。

理智就在这一瞬跑光，泳池边呼息相接的感觉涌上心头，他的唇一路而下，狠狠把她吻住，心里那股子妒意、痛楚化为喷薄热流，他挑开她的唇，和她舌齿纠缠，吞咽下她的津液。她带着酒气的幽香蛊惑着他，让他化身为狼，她一如他想象中的美好，也许要更好一些。

　　她的呼吸越来越急促，他满心不舍却不得不放开她，她挨在他颈窝任他拥着。

　　"方影，你为什么还要来招惹我？"

　　林子晏浑身一震，原来她以为他是"他"，对方身边似乎已经有了人，还似乎做了不可原谅的事，她却始终惦记着他。

　　她醉了，林子晏，你却还清醒着，如此堂而皇之占她的便宜你不可耻吗？

　　最终他只是扶她躺好，盖上被子。

　　"好好睡一觉，明天真是另一天了。"他轻轻一笑，躺到沙发上，重重闭上眼睛。

　　"子晏？"

　　她的声音有些含糊，他只当作没听见。

　　良久，空气里传来淡淡的叹息："对不起。"

　　是他的错觉还是她的梦呓，他突然分不清。

　　多年后，当他与她经历许许多多的磕磕绊绊，当他被伤透了心，再也不顾她的哭泣，拥着别人离她而去的时候，他仍然会想起这个晚上。

　　北二栋，清晨。

　　"小白，不好了。"

　　顾夜白正在浴室洗脸，冷不防被人扑上来，他眼里掠过丝许宠溺，反手把自己女朋友抱住："怎么了？"

　　"阿珊不见了，我打电话给她，她说她和小林子学长在旅馆。"

　　"旅馆"二字，悠言几乎是"吼"出来的。

　　"那小子的手脚挺麻利嘛。"一道声音在门外说道。

　　悠言急了："唐大哥！"

　　唐璜笑得愉悦。

　　"你们都是坏人！我去找阿珊，如果阿珊吃亏了，顾夜白我和你绝交。"

　　她瞪顾夜白一眼，转头又去瞪唐璜："还有你。"

　　唐璜笑道："悠言，反正你也打算和顾夜白绝交了。我，你倒是可以考虑一下。"

　　顾夜白说道："唐璜，如果你不想跷课，那就滚。"

"白，这是不是叫恼羞成怒？"唐璜呵呵笑。

"不要。"

悠言给唐璜一记白眼，便往门外冲，走到门口，却被人再次揽进怀里。

"顾夜白，你放手。"

顾夜白道："再赶，也把拖鞋换了再出去，即使不换鞋子过去，要发生的还是已经发生了。"

悠言低头看看自己脚上某人的拖鞋，恼道："你们都不是好东西！"

她把拖鞋踢掉，飞出去的鞋子差点没打在一个人身上。

"学长？"

林子晏面无表情地接着拖鞋："跟我走。"

顾夜白不置可否地扫了眼林子晏搁在悠言臂上的"爪子"。

唐璜好笑："林子晏，你还真当顾夜白是死的呀。"

林子晏连忙挤出一丝笑："兄弟，你女人借我一下，稍后归还。"

悠言看了看顾夜白，顾夜白摸摸她的头："去吧。"

悠言没想到，林子晏问了她那样的问题，更没想到，两天后在观看顾夜白重剑比赛之前，会看到那两个人狭路相逢。

那是在顾夜白把柔道总决赛的冠军也拿下的翌日。那天，Susan 破天荒地托人拿了击剑馆几个好位置，这场比赛也很热闹，连二楼的回廊也挤满了人。

开场是花剑小组赛，击剑大赛分三项，花剑、佩剑和重剑。悠言记得顾夜白说过只参加了重剑。

"我们不是要去看重剑小组赛吗？"悠言有些纳闷。

"重剑那边还没到顾夜白上场的时间，花剑也一样，反正都要看。"Susan 微微垂眸，神色有丝不自然。

悠言看了看 Susan，微觉奇怪。

几场比赛过去，待屏幕再次报出下两名选手的名字时，悠言吃了一惊。

方影和林子晏？

她突然想起柔道比赛的时候两个人说过的话，当时她还懵懂地开玩笑，问他们是不是要决斗，现在看来还真是决斗，怪不得 Susan 紧张。

她正要揶揄几句，馆内呼声热烈，选手上场了。

纯白的击剑服、护面还有剑，分立两侧的两个男人都是一身英气飒爽，将以最优雅的方式决出胜负。两人却不约而同地往看台望了一眼，当即引起另一阵骚动。

悠言碰了碰 Susan："小林子学长在看你呢，方影好像也是。"

Susan 扯扯嘴角："G 大不缺美人！没准在看那边的周怀安。"

悠言心里一个咯噔："怀安也来了？什么时候来的，我怎么没看见？"

"你眼里只有顾夜白，哪还会注意别人？"

"……"

一声哨响，场馆顿时安静了下来。

场上二人均是右手使剑，就左手持了护面，相互行了剑礼，又向裁判和观众行礼。

戴上护面前，林子晏试探地瞟了 Susan 一眼，然而她的视线并不在他身上。

"开始！"

裁判的声音响起，林子晏自嘲笑笑，想起那天悠言的话。他向她问了方影的事情。世界上如果还有一个人知道 Susan 的事儿，那必是悠言无疑。

"方影爸爸发迹前，曾得到过一个朋友的大力帮助，朋友的女儿喜欢方影，方影父母也早认定了她为准儿媳，高考后一帮人出去庆祝，当时两人正尝试交往，方影酒后和她发生了关系，但后来发现，两人并不合适，分了手。可就是那次女孩却有了孩子，为了不影响方影，她悄悄把小孩打掉了，她身体本来就不好，经此身体更遭了，也因此得了深度的抑郁症。现在那女孩偶尔也会找方影，方影虽然冷处理，但无法太过，阿珊以前不知道这事，但当她知道了这女孩的存在，她说这道坎，她是永远跨不过了。"

悠言苦笑，以往都是她把 Susan 的手心挠破，现在在方影和林子晏激战当中，不自觉把她手握紧。

她也是那天早上 Susan 来电，告诉她在宾馆，她逼问之下才知道了方影的事儿。

她知道林子晏对 Susan 那点想法，她私心里也偏向林子晏，可 Susan 怕是不能接受林子晏。

台上，两人开始几剑只是简单进攻和还击，逐渐，林子晏占了上风，几个步步紧逼，在连上三步后用一个复杂进攻先得到一盏红灯。

紧跟着裁判"停"的一声喊，悠言站起来赞道："学长，加油！"

她手臂当即被 Susan 拽住，她愣了一下，连忙补充："方影，你也加油啊。"

气势却比刚才逊了五分。

Susan 哭笑不得："我是想告诉你，比赛中不得喧哗！"

比赛继续。

这次，方影立刻发起进攻，林子晏防守稍迟，连续退后。方影追上，一记反击压剑，顺势击中林子晏前胸，绿灯亮起，有效。方影扳回一分。

裁判刚喊了停，Susan 的"好"就喊了出来，即使是夹在外语系诸多女生兴奋的呼喊中，也略显张扬，引得决赛的两个人同时望了一下看台。

悠言虽盼林子晏胜出，但看到 Susan 直勾勾的眼神、微微酡红的面颊，突然觉得，方影赢了也未尝不可。

赛场上，两人难解难分，技术竟是不相上下。林子晏转移进攻，方影交叉反击，林子晏对抗，方影反攻，林子晏反反攻，来来回回，双方均有中的，谁都想在瞬间击溃对方，却谁又不能在短时间里讨得便宜。

悠言看得紧张，又有些担心顾夜白不知道什么时间上场，不觉转移视线迄向场外，不想顾夜白就站在门口，淡淡看着她，似有些时候了。

她大喜，扬起手臂打招呼。顾夜白似笑非笑，手指竖在嘴唇上，又指了指场上。悠言点点头，目光又扫了扫场上情况，眼睛却始终挂在顾夜白身上。

这时候场上也发生了变化，方影又击中林子晏一回，遗憾的是，白灯也同时亮起。进攻无效。

Susan 的"好"字到了嘴边咽下。

时间到，双方打成平局，加赛一分钟。

林子晏低了一下头，抬头时趁机看了眼看台。

裁判的"Allez"甫一出口，方影的连续进攻就已经急速出手。林子晏触剑阻击，拨挡，破坏掉方影的击剑线后，旋即直起反攻；方影及时后弹，随即几个滑步，交剑还击；子晏逃剑，紧接着一个旋剑攻击，直刺方影的前胸。

方影凝眉，林子晏的进攻过快，以致身上微斜，把自己的有效部位暴露了出来。方影一个弓步长刺，刺向子晏的下腹。双方彩灯亮起，可是红灯旁的白灯也放了光。林子晏进攻无效，有效部位走偏。方影得分！

比赛结束，双方摘掉护面，垂剑，行礼。主审裁判宣布方影获胜。击剑馆内顿时掌声雷动，口哨声、欢呼声此起彼伏。

Susan 轻轻拍掌，目光触到站在旁边为方影获胜而微笑鼓掌的林子晏，心里突然像被剑尖刺了一下。手掌，慢慢垂下。

包里传来轻微颤动，悠言掏出手机，看了看屏幕，含笑按下接听。

"想我啦？"她小声说着便要转身。

"别回头。"那头，熟悉的声音轻轻提醒她。

"言，这场获胜的本不该是方影。"

捂着手机，悠言一怔。

"子晏是主动进攻一方，如果他的剑尖不是稍滑，这一分该落在主动进攻那一方。但刚才那一下的偏侧，林子晏是故意的。"

悠言的心口怦怦乱跳。学长是故意的，为什么？顾夜白眼睛毒，他要说林子晏是故意的，那么——

"小白，你为什么要告诉我？"震惊过后，疑虑顿生。

"不为什么。"

眼见悠言微微发愣，Susan 笑道："是不是顾夜白快要出场，你紧张啦？"

"珊。"

"嗯？"

"如果我说，学长是故意输掉的，你会怎么样？"

旁边的人半晌不见声响。

悠言心中正忐忑，忽听得她轻轻笑道："怎么可能？"

悠言低声道："如果说，是小白告诉我的呢？"

那说"怎么可能"的人却仿佛置若罔闻，只怔怔看向场外。

不论是胜者还是屈居第二的人均已退场，她看的是他还是他，悠言分不清了。只知道，比赛又迎来下一场，而这一场是顾夜白的重剑赛，全场瞩目。

*

宿舍。

悠言才走到楼梯口，便看见女生三五一群交头接耳，看到她，又低声笑了，她心里奇怪，正要问个究竟，旁边的 Susan 却暧昧一笑，挥了挥手，道："教室见。"

悠言正要追去，却看到一个女生向她使了个眼色，伸手往前方指了指。

她一怔看去，只见绿荫里一个男生身姿笔挺，苍劲如松，正看着她的方向。

他仍然是往日最普通的衣饰打扮。白色 T 恤，黑色牛仔裤，白球鞋。

今天是他第一次来这里等她上课，以前都是课后一起吃饭，这是校园祭完满结束后的第一天，也是七月的第一天。

他还是他，他似乎已不是他，他一路走过，把四项比赛的冠军都拿到了手，继迟濮、魏子健和龙力等人以后，成为了 G 大最耀眼的男神。

她把沉沉的背包往上提了提，在他微微含笑的目光中，向他走去。

一步一步，竟有种幸福得不像真实的感觉。就像掉进了小时候看的漫画书中一样，她遇上了一个优雅而厉害的王子。他在人群里耀目如星，却爱上了她，给了她所有的荣耀，最重要的是，给了她温暖。

四周的人都在打量着他们。

"你怎么来了？"她低声问。

"你不想我来？"他反问。

她心里欣喜，反倒有些不知所措。

"好，我明白了，明天就不来了，省得你为难。"

"谁说我不想你来！"悠言一急，猛地抬头。

脑袋教他手掌按住，他眼底浮动着一丝莫可奈何："你到底要撞我多少次才甘心？"

　　她笑道："那你明天过来。"

　　"不好。"

　　她咬牙："顾夜白，给点阳光你就灿烂，姐命令你明天过来。"

　　"不。"

　　软硬不行，悠言彻底没辙了，正在苦想办法，他眸光落在她身上某一处，却道："东西给我。"

　　悠言微愣："什么？"

　　顾夜白懒得多说，伸手把自己女朋友的背包拿下来。

　　林荫道上花香沁人心脾，两人慢慢走着。

　　悠言眼珠一转，伸手轻碰他掌心，她的手随即被握住。

　　她小声笑了："小白，你的眼镜呢，为什么不戴上？"

　　"你不是喜欢我不戴吗？"

　　悠言看着其他女生投来的目光，羡慕嫉妒恨各有之，心里像调了蜜似的："我想撒狗粮。"

　　顾夜白："……"

　　"小白，今天午饭吃什么？"

　　"现在还早。"

　　"很快就放假了，咱们去庐山会不会买不到火车票？"

　　"可以坐飞机。"

　　她的声音在他耳边絮絮叨叨一路。

　　很久以后，她离开了他。每当喝醉，他就把这些残碎的片段拿出来温习一遍又一遍，想她说话时每一个微细的动作，他怕自己忘记了，然而惊觉，自己竟一直记得如此清晰。他可耻地记得她所有的一切。

　　到了外语系，悠言笑嘻嘻地和他约定："放学后老地方等。"

　　"哪个老地方？"顾夜白微微挑眉。

　　"那边的花圃呀。"

　　"我怎么不记得有这个老地方？"

"以前没有，从今天开始有了。"

往回走的路上，想起某人一副理所当然的霸王表情，顾夜白唇角微勾，以致很多女生都觉得"他对我笑了"。

这节是美术鉴赏课，几个班合一块儿上课。

林子晏明显感到侧面递来的并不能称作友善的目光，顾夜白瞥了眼，没说什么。

林子晏冷笑："龙力？"

"龙力是个骄傲的人。"

"那就是魏子健。"林子晏明白他意思，骄傲的人，往往不会来得太阴损。

老师进来，没有直接关门授课，她看了看门口，似在等待着什么。

学生们最是好奇八卦，齐向门口看去。

很快，一个中年女子走了进来，正是顾夜白班的班导。

她和鉴赏课的老师打了个招呼，后者颔首，她笑笑说道："进来吧。"

来的什么人？班上顿时热闹起来。

随着轻轻的敲门声，一个人缓缓走了进来。

交谈声迅速散去。

那是个长发姑娘，公主袖荷叶裙，雪肤皓颜，睫毛弯弯，精致得像个洋娃娃。

林子晏身子一歪，差点没从椅子上掉下。

后面的男生笑道："林子晏，口水都流下来了吧。"

"滚。"林子晏说着捅了捅顾夜白，"是她。"

顾夜白眸色也有些深。

班导笑道："占用林老师一点时间。各位同学，这是来自东京大学三年级的宫泽静，作为交换生来到我们学校。宫泽同学是优等生，很高兴也很荣幸她选择成为我们美术系的一员，大家欢迎。"

掌声过后，人群里顿时炸开，对于美女男生尤为兴奋。

宫泽静躬身笑道："初めまして、よろしくお願いします。

"我是宫泽静，就读于日本东京大学美术系，这次很荣幸能作为交换生来到中国。初次见面，请大家多多指教。"

"宫泽同学，你的中文很流利。"

"我喜欢中国文化，而且——"宫泽静说着微微顿住，目光掠过教室。

"宫泽同学，你话还没说完。"

声音隐隐透着丝挑衅，发问的人是龙力。

宫泽静淡淡道："一个对我来说很特别的朋友，他来自中国。"

龙力追问："如何特别？"

"龙力似乎看上宫泽静了。这小子眼光高，平日里和女生没几句。"林子晏不厚道地眉开眼笑，"顾夜白，你的前女友被人调戏，你倒按捺得住。"

顾夜白道："有你在意就足够了。"

林子晏登时语塞。

"宫泽同学，过去坐吧。"班导朝龙力看去，眼中带着一丝警告的意味。

龙力目光依旧放肆，并不以为意。

"谢谢老师。"宫泽静施了一礼，走下讲台。

"宫泽同学，到这边坐吧。"

"坐这里。"

"坐这边，别理他们。"

男生声音四起，夹杂着女生们的笑骂声。

宫泽静打量一遍，目光定在一个地方。

龙力站起来："宫泽同学。"

宫泽静道："黑带龙力，谢谢。"

龙力一怔，女孩和他擦身而过，他脸色微微沉了下来。

阶梯室里，一排不下十数个位子。

宫泽静的脚步停在靠后的一排座位前，所有人的目光，也都紧跟过去。

"请问？"宫泽静绽了个笑，颜色更加娇媚。

坐在外面的男生回了一笑："请进。"

他说话的时候，眼里闪过几分得意和兴味。

龙力身旁的男生低声道："龙力，宫泽静是不是对魏子健有点意思？"

龙力微微冷笑。

魏子健对旁边的男生道："你坐过去一个位子吧。"

那男生正要站起来，宫泽静却道："没有这个必要，谢谢。"

她侧身走了去，却从魏子健和几个男生身边走过，一直走到最后那几个位子。

这一排最里面的位置，只坐了两个人：林子晏和顾夜白。

和他们相挨，还有两个空位。

"子晏，好久不见了，别来无恙？"

宫泽静的声音娇柔清脆，众人却吃了一惊……这宫泽静和林子晏是旧识？

林子晏心里不无警惕，和顾夜白唐璜的日本之行，曾见识过她的手腕。

明明那正主在他旁边，怎么就来撩他了？他似笑非笑地回道："托你的福，我很好。"

宫泽静嗔怪地看了他一眼，又笑吟吟道："这许久不见，我想向你讨份见面礼，可以吗？"

众人更为惊讶，这两人不仅是旧识，关系还不浅。

老师笑道："你们认识？"

"林君和我有个共同的朋友。"宫泽静微微一笑。

本以为林子晏和这个神秘的交换生有什么猫腻，这下听得大家又是一愣。

林子晏正准备兵来将挡，好半天不见宫泽静说话，腹诽班导打岔，决定还是自己早死早超生："宫泽你说说看，我不知道能不能办到。"

立刻有男生起哄："林子晏，别小气。"

林子晏白了声音来源的方向一眼："难道她要我的命我也给她？"

这话引来哄堂大笑，宫泽静也笑了："子晏，我要你的命做什么？"

她越温柔，林子晏越不放心……他一直觉得顾夜白那时会和宫泽静投缘，是因为这两人性格相似，都够狠。他皮笑肉不笑道："你请说。"

"很简单，你往旁边挪个位子吧。"

林子晏道："我再挪，我旁边这位同学就得站过道了。"

班上又是一阵笑声，连两个老师都不禁莞尔一笑，已耽误了些上课时间，但念及宫泽静从日本初来乍到，与系上学生多些交流是好事，况且宫泽家背景雄厚，不好开罪，便没有多说什么。

这就是宫泽静要讨的见面礼？

林子晏一边空着，一边是顾夜白，林子晏开玩笑说要往顾夜白那边挪去，让顾夜白站在过道，但宫泽静分明是让他往空位挪，她要坐的是他的位子。宫泽静虽然没有明说，但整个阶梯室数百人，没有一个不清楚，这个新来的美丽的交换生要和顾夜白坐在一起。两人的关系顿时变得扑朔迷离起来。

魏子健不动声色看了龙力一眼，果见后者神色难看。

龙力这人家世好，掠夺心强，女人也换得快。柔道赛败在顾夜白手上，以其骄傲的性格，定认为是奇耻大辱，顾夜白越得意，他只会越不忿，只要稍加利用，以后会是对付顾夜白的一颗好棋子。

宫泽静又笑问一句："可以吗？"

林子晏干笑几声，向顾夜白使了个眼色，屁股往旁边一粘。

无人不等着看顾夜白的反应，事情变得有趣，这个让所有人跌破眼镜、让人畏惧敬佩的男生，因为女朋友路悠言而参赛，现在他和宫泽静——

"あなた。"

轻轻的一声，那是宫泽静进来后对顾夜白说的第一句话。

外语系。

悠言等得有些焦急，一般下课后他都会过来等她，今天她等他半天还不见他来，人都走光了。

Susan 识趣地不刷存在感，早早就走了。

"悠言，等人吗？"

几个女生走过，有意揶揄她。

悠言笑笑朝她们挥手。她掏出手机，才发现不知什么时候竟关了机，她翻出顾夜白的号码打了过去。

"言。"

他很快就接了电话。

"你还不过来，我肚子饿了。"她指控道。

"我有点事，晚点到，给你打了几次却关机了，我现在过来。"

她忙道："还是我过去吧，你在哪儿？"

"那行，我在食堂。"

"好，就是今天拿不到你喜欢的菜了。"

"没关系。"他声音里透出一丝笑意。

"那我挂了。"

"嗯，一会儿介绍个朋友给你认识。"

那端，顾夜白稍顿了一下，悠言突然生出丝莫名的不安。

*

悠言赶到食堂的时候，顾夜白、林子晏已和一个女孩坐在一起。林子晏坐一边，顾夜白和那女孩坐在另一边，那女孩似乎在和他说什么，他正认真听着。

这个漂亮得像洋娃娃的姑娘就是他要介绍给她的人？她有些好奇，又有丝酸溜溜的感觉。

他看见她，淡淡一笑。

悠言和林子晏打了声招呼，又看向那女孩："你好。"

对方一笑示意。

"想吃什么？"摸摸她的发，顾夜白道，"我帮你买。"

悠言正想回答，却看到那女孩轻瞥了她一眼。

顾夜白又问了一声，悠言收起疑虑，调皮地道："吃你的。"

顾夜白没说什么，拿起自己的餐盘就放到她面前。

林子晏道："有朋自远方来，兄弟，不给宫泽同学介绍一下我的学妹吗？"

顾夜白点头："是我疏忽了。宫泽，她叫路悠言，是我的女朋友。"

"女朋友。"宫泽静低声重复了一句，眉眼间似乎有丝困惑。

"わたしのこいびと（我的恋人）。"顾夜白淡淡地解释道。

宫泽静又看了悠言一眼，她其实早就知道。可听他亲口说出来，她还是微微一震，但他不是她靠哭泣吵闹便能赢回的男人，在情爱的世界里，硬和软都得有个度。

记得在日本同游，寺院开满樱花，雪霰一样的云堆雾染。她问，你喜欢和我在一起吗。他说，还好，和你一起不累。他的语气很淡。从那个时候她就知道，她不该爱上他，他不会是个深情的男人。

有关她的家族的记载，可以追溯到平安时代。即使到今天，她家族的势力也不容小觑。加上她自身的美貌智慧，臣服在她裙下的男人不计其数。

谈情说爱对她来说不过是一场游戏，可惜她偏偏遇上这个中国男人。东京街头，他和他的两个朋友向她问路，于是，她成了他们的临时导游。第二次在宫泽家见面，她才知道，他竟是父亲从前一名得力助手的徒弟，受师父邀请，来东京游玩。她开始相信这是上天赐给她的缘分。

后来他要回国。她说，我真想和你一起走。他说，那一起走吧。还是那间寺院，樱花已经凋谢，樱花的花期很短。

他说话的时候，唇上挂着一丝薄笑，可她犹豫了，父亲是无论如何也不会允许他们在一起的，他父亲眼中的联姻对象一直是那些大财阀的儿子，二十年呼风唤雨、锦衣玉食的生活，她会犹豫不过是人之常情。但他却似早已料到她的迟疑，不然他不会那样笑，那丝早已看透一切的嘲弄不知道是给自己还是她。

那晚，她想把自己给他，他却推开了她。さようなら（再见）是他留给她最后的话。再见，再也不见？可她始终放不下他。终于，她决定舍下一切追过来，他身边却已经有了人。

顾夜白，你眼中的爱情真的掺不下一粒细沙吗？不过一个犹豫你已经转身，毫不迟疑，你真的爱你眼前这个姿色才智寻常的女生吗？

她配不上你，我也不允许。

他告诉对方，她是他的恋人。喜悦将悠言重重包裹。这女孩看来似乎不仅仅是他的同学，是日本的朋友吗？悠言迟疑道："日本人（にほんじん）ですか。"

"是的，我是日本人，与顾君是旧识。"宫泽静淡淡答道。

"小白，你还有日本的朋友啊。"悠言两眼微微放光，她想的是正好给她练练二外口语。

顾夜白揉了揉她的发："宫泽是我们去日本玩的时候认识的，现在恰巧来了我们学校当交换生。"

悠言点点头，问道："宫泽小姐，我能知道你的名字吗？"

"宫泽静。"宫泽静笑了笑，说得缓慢而清晰，一如她家族一丝不苟的作风。请好好记住这个名字，这个将把顾夜白从你身边夺走的人的名字。

两人又聊了几句，顾夜白道："我去买点吃的，言，你照顾一下新同学。"

悠言一笑答应了，宫泽静却道："顾君，晚上我想到你宿舍参观一下，可以吗？"

"对不起，我今天有约。"顾夜白离座前，如是说。

宫泽静一怔，随即笑道："那改天吧。"

他的有约，也就是约了自己。毕竟是远来的朋友，悠言没想到他会直接拒绝宫泽静。她微微张嘴，却收到顾夜白递来的目光，到嘴的话便没有出口。她原想说，她可以改天过去。

顾夜白正在掏钱付账，余光一瞥："你怎么过来了？"

林子晏走上前，微微皱眉："为什么把悠言叫过来吃饭？"

"我和她本来就一起吃饭。"顾夜白道，"今晚，我会把事情都告诉她。"

林子晏一副"你疯了"的表情，他忍不住道："你就不怕她知道了多想？"

"比她从宫泽静口中知道好。"

林子晏一怔："我倒没有想到这点。"

"悠言，是你和顾君今晚有约吗？"

宫泽静突然问话，悠言不大会说谎，她又是突然发问，闻言下意识地点了点头。

宫泽静轻轻"嗯"了一声。

悠言想说，你也一起过去玩吧。想起顾夜白那记警告的眼神，还是作罢。

"什么时候过去？"

她正想着，宫泽静的声音又轻轻传来。

她有些奇怪："你问这个做什么？"

随即意识到自己的回答不礼貌，吐了吐舌。

宫泽静笑了笑："你知道我初来乍到，下午想让顾君带着在校园内外转一圈，又怕耽误了你们约会的时间。"

"没事没事，你们逛完，让他给我打电话就行。"

"这不大好吧。你告诉我时间，总不要太打扰才好。"

悠言见她客气，还是将时间说了。

宫泽静谢了她，余光瞥到她餐盘，心里微微一动："你吃的是什么？"

"素椒小炒，小白爱吃的。"悠言笑道，她说着又压低声音，"其实味道并不怎样。"

宫泽静似被逗乐，笑出声来。

"顾君爱吃的？我想尝尝，可以吗？"

悠言听她语气好奇，便拿过她的筷子，从餐盘里拣了些碎椒给她。

顾夜白和林子晏回来的时候，只见悠言脸色微白，一脸焦急，他心下一沉"言？"

悠言看向宫泽静，这时，顾林二人才看到一旁的宫泽静秀眉紧蹙，神色痛苦。

宫泽静伸手握住顾夜白的手臂，低声道："顾夜白。"

顾夜白看了眼臂上女人的手："怎么回事？"

"悠言说你爱吃这个，让我尝了一下，我不想拂了她意。"宫泽静用日语说道。

"对不起，我不知道她不能吃辣。"悠言愧疚道。

"她不是不能吃辣，她对椒类敏感。"顾夜白微微拧眉，当即抱起宫泽静，又嘱咐道，"言，跟着。"

悠言正不知所措，责怪自己闯了祸，看到顾夜白将宫泽静抱在怀里，心里一颤。

食堂这时也起了大动静，不少人向他们看来。

"龙力，你说这顾夜白和宫泽静怎么回事啊？我看有些不明不白呀，这下可好玩了。"和龙力同桌的一个男生笑道。

龙力冷冷道："有人是不是想我把饭菜从他喉里直接塞进去？"

众人怕他找人撒气，一下谁也不敢再出声。

邻桌，魏子健眼中抹过一丝笑。

校医室。

门外，悠言垂着眸不吭声，模样就像个犯了错准备接受责备的小孩。

林子晏看她这副模样，忍不住道："学妹，你这是做什么？"

悠言想起方才顾夜白微厉的眉峰，她害他朋友生病，他生气了是吗？宫泽静对椒类敏感？她开始以为她只是不能吃辣。

他似乎很了解对方，甚至没有多说什么，就把她抱了过来。

她做错了事，还去猜度这些有的没的，不显得小气吗？可是，他们当真只是普通朋友吗……

他们在里面一段时间了。悠言走到门前，想瞧瞧屋里的情况。

门却突然开了，差点没撞上她的鼻子，悠言吃了一惊，忙不迭向后退去。

一只手按到她肩上。

那只手修长白皙，手上脉络淡蓝清湛，手的主人眸光微沉，似在责备她的冒失。

悠言连忙问："她还好吗？"

顾夜白淡淡道："她在里面休息。那辣椒吃得不多，没大碍。"

"我进去跟她道个歉。"

"不必了，她输了液，睡着了。"

没必要，是怕她打扰宫泽静吗？

他唇角抿成一线，语气也有些冷淡，悠言心里一酸，低声道："既然没必要那我走了。"

林子晏嘴贱，笑嘻嘻道："这是不是传说中的嫉妒？"

"路悠言，你就这么无理取闹？"

走了几步，顾夜白低沉的嗓音在背后响起，悠言一声不吭地走出校医室。

林子晏暗想这下闯祸了，正要让顾夜白追过去哄哄，却见对方早已没了影踪。他正要离开，又察觉背后有异，他心里一动，停下脚步，转头一瞥，果见宫泽静倚在门边，唇角含笑，若有所思。

林子晏淡淡开口："生病的人该在床上休息的，不是吗？"

"多谢关心。"

宫泽静轻轻一笑，答道。

美术系？

悠言看着前面的建筑物，心里一阵气苦，这慌不择路的，竟跑到这边来！

"不跑了？"

腰上骤然一紧，悠言一惊，咬牙看向圈在她腰间的手臂。

她想挣脱，但即使如龙力的彪悍，在这人手上也讨不了好去，何况她这种弱鸡，一阵挣扎，毫无用处，倒惹来顾夜白一记笑。

他把她拖进这栋美术系的教学楼。

温热的气息轻呵在她后颈上，引来她一阵不争气的战栗。

在他的角度里，在他锋利如鹰的眼睛里，想必已看到她脖子上冒起的小疙瘩——拜他所赐予的礼物。

"你疯了，这里午休也会有老师出入，让老师看见，我们还活不活！"

"求我。"

那疏狂的语气，无一不写着恶劣与可恶，悠言气结："明明是你不对，我才不会——"

她话还未完，一间办公室的门突然打开，几个老师低声交谈着走出来。"求你"两个字哽在舌尖，她心怦怦地跳，差点没把舌头咬破，一只手却适时地捂上她的嘴。

她被迅速抱离地面，迷迷糊糊中，她被他揽进最近的一间课室里。

中午的课室空荡荡的，他关上门，把她抵到门板上，他的呼吸落到她的鼻尖上。

她偏过头去，避开他的靠近。

"不喜欢？这样呢？"

他淡淡说着，狠狠吻上她的唇。

悠言捏拳便打，他任她打，双手扣住她肩膊，膝盖微微屈起，压在她双腿上，让她无处可逃，唇齿深深掠夺她的唇舌、津液，悠言气苦，一个发狠含上他的唇用力咬住。

顾夜白皱眉任她咬了一会儿，方才把她放开。他伸手捻去唇上的血，开口："路悠言，你真是个笨蛋。"

"顾夜白，你就只会凶我！"悠言擦擦湿润的眼睛，别过头去。

"我有说错你吗？"

"你哪里说对了？"他的指腹在她眼底搵拭而过，悠言抬手去掰，不让他碰。

顾夜白反问："不笨你为什么不反驳宫泽静的话？"

"……"悠言愣住，"你说什么？"

顾夜白眼睛黑沉沉看着她："东西是她要求吃的，对吗？哪怕是你出口邀请她在先，她明知自己过敏，为什么还吃？跟你有关系吗？你一副做贼心虚的表情不笨吗？"

悠言哑口无言。良久，她方才低吼出声："你全都知道，还凶我？"

他没有说话，只是托腮，好整以暇地看着她……敢情她越着急，他越高兴？搞半天悠言终于明白这打击人的事实，她气得心肝脾肺肾都疼，索性也不说话。

"这是什么表情？"

该死的他却不肯放过她。

这妖孽！悠言一跺脚："惹不起我躲总行了吧，放开，我回宿舍睡觉。"

"问题没有解决之前你哪里也别想去。"

稍稍平息的怒气，一下又涌上来。

"什么问题！你有本事把什么都看穿还来为难我，问题是你就只会为难我！"

"不，问题是，你什么时候才能学会戒备？"他淡淡说道，目光认真。

"那你什么时候才不再惹桃花？"她冲口而出，眼泪啪啪啪地一阵扫下来。

顾夜白心头肉仿佛被什么狠刺一下，他微叹一声，把她抱进怀中："别哭了，对不起。"

悠言愣住，他轻柔的一句，让她所有的委屈都变成了不知所措，她一下也忘记了哭，只傻傻地看着他。

他吻了吻她眼睑，又伸手替她擦拭起来。

悠言心里一酸："你方才跟我说什么？再说一遍。"

"嗯，我说咱们的问题还没解决，你不能走，但是，我也欠你一句对不起。"

这是这个冷傲的男人第一次跟她说对不起，话里透着丝哄慰的意味，悠言从没想到他也肯说这些，她怔了半晌，眼圈又是一红，不由自主地伸手回抱住他。

他的声音在她发心轻轻传来："言，我从前不知道会遇见你，如果我早知道会有你，当初在日本我不会跟宫泽静有任何交集。"

悠言只觉四周突然变得安静，委屈、难受什么都统统消失不见了，哪怕对方语气里藏着一丝生硬。

可是，如此一来，也说明他和宫泽静的关系果然不纯粹，她克制着心中颤意："你和她……"

不待顾夜白回答，她脱口而出："你是我的！顾夜白，你是我的。"

他搁在她头顶上的下颌微微一动，唇角慢慢上扬。

她以为他因为宫泽静的事生气，实际上校医室里的冷硬，不过是气她不会保护自己，明明不是她的错，她也傻傻领了。

只是，他为什么不立刻把事情挑明？

因为他喜欢看她为他嫉妒，喜欢看她为他闹脾气，喜欢她说"你是我的"，更喜欢她为他哭。他喜欢欺负她。

她和魏子健、迟濮折腾出的误会，也曾让他疯狂地嫉妒，他要把这份感觉也传给她。可失算的是，他的欺负无法持久，他忘记算上自己会心疼，哄她的话不觉便出了口。他陷得比她深。

"怎么不说话了，是不是后悔跟我道歉了？"她瞪着他。

"不悔。"

他轻轻吻上她的耳朵，跟她解释他生气的原因，她终于破涕为笑。

"谁让你当时抱起她就走？好像你对她有多在意。"悠言想想还是不爽。

"她过敏是真，迟了会危险。"

她迟疑了一下："那你和她……"

"以前，我和她有过短暂的交往。"

虽早有准备，听他说出来，悠言心里还是酸溜溜的。

"都过去了。"他淡淡补充道。

悠言心里还是堵得慌："那她为什么还要回来找你？"

"那是她的事，你别把有的没的往我身上安。"

悠言咬唇，良久，方才出声："顾夜白，你这人挺无情的。"

"对，所以，关于我和她之间，你可以拿掉所有不必要的想法了。"

来自他的保证，她相信，同时心底又悄悄升腾起一股新的恐惧。

"小白，会不会有一天我就是今天的宫泽静？"

"什么意思？"

顾夜白眉眼沉沉，把她下巴捏紧。

悠言忍住疼："有一天，当你再遇到一个人，也许你会发现，你有更好的选择。"

顾夜白仿佛被人扇了一巴掌。他向她提出约定，他想和她一起去意大利，她却还存了这种疑虑，他冷声反问："路悠言，你以为人一生之中会遇到多少个认为适合的人？"

悠言害怕。即使在校医室最心酸的时候，她也没有像此刻不安和害怕。

她突然明白一点，她方才并不太害怕，是因为她那时其实也隐约察觉他并没有真正生气，而现在他确实动怒了，而且，她在害怕自己的推测。

她自卑。

他和她本来就像两条平行线，永不该相交，宫泽静的出现，动摇了她的坚定，让她想到怀安，想到更多的未知因素。

她下颌吃疼，他捏着她下颌，逼迫她往窗外看去。

那处花树正茂，花瓣不时飘落，像场美丽的粉雨。

"我和宫泽静，就像个骨朵，不曾开放，也没有开放的可能，当年我根本不在意。但对于你，是我催耕施肥，强迫它开的。"他声音沉沉，眼中的嘲弄不曾掩饰。

悠言浑身一个激灵，她喃喃向他道歉，他并不理睬，他扣紧她下巴，让她无法自由咬合，唇齿噙到她的唇上。

她瞬间被吞噬，唯有哑然回应，但他唇离开来到她脖子上，她舌尖腥甜，双唇嫣红如血，她有些艰难地找回自己的声音："别用力，吻……吻痕，别人会看出来的。"

"那是你的事情，与我无关。"

锋利冷硬的声音从她脖颈处传来，她双手被他单手擒住压到她头顶上方，双腿被他腿脚强横切入，T恤被撩高至锁骨位置，露出大片肌肤和羞人的内衣。

午后的空气沉闷，他如炙的唇瓣、粗糙的大手如同一场暴风烈雨，她昏昏沉沉地承受着，脚指头颤抖蜷起，她燥热难熬得差点哭叫出声。

扣子随之被解开……她颤得脚下一软。

突然，她听到他低闷的笑声。

"你笑什么？"她又羞又急，声音沙哑得不像话。

"图案很有趣。"

悠言大窘，连忙把衣服给拨下来，颤抖着扣上纽扣……今天她穿了卡通图案。

她低叫一声，搂住他脖颈，狠狠咬上去。

轻微的疼痛传来，他由着她去，也借此平缓自己的欲望，她低低在他唇上吞吐声音："还在生气？"

"你不是说我会找别人去吗？我尽管试试。"他唇舌不饶人。

悠言惶恐，拼命摇头，轻轻去舔他被咬破的地方。

一个爆栗敲到她脑门上："再有一次被我听到，那么你自己给我走。"

冷冽到极点的语气，悠言却不敢反驳，又听得他沉声道："路悠言，我可以确定地告诉你，再有一次，我是真的不会再要你。"

悠言知道，他一向说到做到，眼眶顿时红了。

顾夜白瞥眼自己垂下的双手，始终没有去抱她。

他就这么不配得到她的信任？他要她和他一样坚定！不得不严厉，否则，这个女人永远记不住！

悠言惶恐地自己先跑了上去。

"……"学生的声音从窗外传了进来。

悠言心里如火燎，却不得不放开："上课了，咱们得走了。"

他不置可否地"嗯"了声，脚步没动。

"晚上你还要我过去吗？"她涩声问。

"我有说让你别来吗？"他轻声反问。

她愣了一下，随即大叫一声，喜狂又酸疼。

但他始终没有抱她……她咬了咬唇，依依不舍地转身。

才踏出一步，手臂教人狠狠拽住！

她被迅速扯回去，脸被他双手捧起。

在越来越清晰的脚步声中，两人激烈地接吻、纠缠。

终于，他低喘着将她拉开，在她唇上轻轻一啄，结束了这个深吻。

悠言在他怀中，哭得快透不过气来。

"宫泽静跟我说，下午放学想让你带她四下走走，说怕打扰到我们，问我什么时候去找你……总之，我晚上过去做饭给你吃，你和她别逛太晚。"

他摸着她脑门，轻轻"嗯"了一声。刚才在校医室，宫泽静确实和他提出了这个请求，只是，为什么要问这家伙时间？他微微皱眉，却没有在她面前点破。

第　七　章

爱并不顾忌

傍晚。

悠言依言赴约。

她买了很多菜，将手中的大袋小袋放到地上，乘机喘口气。

这多人份的食物，把阿珊、迟大哥、成媛姐都叫过来也是够的。

许晴还没见过那个人，校园祭比赛许晴有事回家了，今晚可以一起约过来。

这么多人，想必热闹。

顾夜白和迟濮虽有过误会，但误会解除后大家曾一起聚过餐，席间两人相谈甚

欢，倒有点惺惺相惜之意。

她嘴角翘起一丝笑，他们都是她生命中最重要的人。

她突然想起一个人来。

暑假快到了，在和顾夜白一起去庐山前，也许该回家一趟看看这个人。

她正胡思乱想着，一对男女迎面走下，她连忙往旁让了让。

楼道昏暗，看不清面目，那两人挨得极近，似乎是相识。

"小姑娘。"擦身而过一瞬，那男的唤住她。

她迟疑了一下，停住脚步："请问……是叫我吗？"

"是的，请问你的手机能借我用一用吗？"那个年轻男人礼貌地问。

悠言微觉奇怪，现在哪有人出门不带手机的，而且两个都不带？

那女人似乎也看出她的疑惑，连忙给她解释："我们住八楼，新搬来的，研三的学生，刚清了堆垃圾，方才出门扔东西的时候，门不小心关上了，现在只好去附近找锁匠了。我们想跟同学要下具体地址。"

她说着歉意笑笑，见二人长相斯文，又是一身家居服，这里是顾夜白的地方，也不至于出什么岔儿，能帮自然帮，连忙从背包掏出手机，递给男人。

男人感激地冲她点了点头，女人连声道谢。

男人在讲电话，悠言便在一旁等，那女人看她大包小包地拎一堆，不由得笑道："过来给男朋友做饭吧？"

"他是我学长。"悠言脸上一热。

听到她蹩脚的说辞，女人轻声笑了："几楼的？"

悠言正要回答，女人又压低声音道："别去九楼就行了。"

悠言一愣，那个"九"字立刻吞了回去："为什么？"

女人顿了一下，楼道昏暗，她欲言又止的神色还是隐约可见。

九楼的住户只有顾夜白一个，悠言生怕出什么事，一下急了："请给我说一下好吗？"

"我们方才听到九楼有声响，"女子指了指那个还在低声打电话的男人，"本来寻思着上去借电话，才走到楼梯口，就看到九楼门口一对男女……"

"一对男女？"悠言微微一怔，还有谁在？

那女人低声道："嗯，在接吻，火辣辣的，我们也不好意思开口了。"

她往下还说了什么，悠言已经全然听不进去，她眼前发黑，两耳嗡嗡作响，跌跌撞撞往楼上跑去。

"小姐，你的手机！"

那两个人见她情绪激动，男人也顾不得打电话了，三步两步上前，把手机塞回给她。

到了八楼，悠言脚步又下意识顿住，脑里只反复想着会是他吗，他在和谁亲吻，和宫泽静？

不，不会的！

　　但她终究还是放轻脚步，慢慢走了上去。

　　如果现在有一面镜子，那么她会看到自己的瞳孔不断放大，充满恐惧。

　　购物袋的提手把手指勒得通红，她却全然不觉。

　　九楼门口，果然有人。

　　女人身段曼妙，虽背面而立，她还是一下认出，那确确实实是宫泽静；而对面，那抹顾长挺拔的身形，那深邃得让人沉沦的眼睛，也确确实实是他，那个中午还把她紧锁在怀里的男人，现在他怀里抱着的却是别的女人。

　　眸光在电光石火间碰撞上，她泪流满面看到的是他重瞳一瞬的收缩。

　　"言。"

　　他沉邃的声音快速打破了楼道里昏暗的窒静。

　　寒意从脚底蹿上，悠言想告诉自己，这不过是个误会，可谁又能逼顾夜白做他不愿意的事情？

　　吃力地将那几人份的大袋小袋再次提起，她默默转身，狂奔下楼。

　　他的声音从背后沉沉传来，她试图分辨他声音中的情绪，泪水却像断了线的珠子……

　　顾夜白收住脚步，冷冷侧身。那只扣在他臂上的手，凝脂般滑腻。

　　黑色手环挂在腕上，随着主人动作轻轻摇曳，更衬得肤色如雪，诱人至极。

　　顾夜白唇角浮起一丝笑意："你问了她时间，算是高明的设计，但手法不嫌有些拙劣？"

　　"白，"宫泽静放柔了声音，"我知道你能看出来。我只是想让你看看，她根本就不相信你，这样的她怎么配得上你？而我，我把一切都放弃了，只是想和你在一起。"

　　顾夜白没有说话，修长的手指慢慢搭到那只手臂上面，也没见他如何动作，她的手转瞬已被他扯开，那只黑亮妖娆的手环也随之跌宕在半空中。

　　宫泽静看着男人的背影，胸脯急促起伏。

　　顾夜白走了两步，忽而停下。

　　颤抖的喜悦汹涌而出，他挺峻的侧脸让她屏住了呼吸。

　　"从一开始，我就只怕自己配不上她。"

他没有回头，只有淡漠的声音在楼道间响起。

手里的沉重，提醒着悠言自己的傻气。哪有人在这种情况下还能提着大包肉菜跑路的？

她几次差点撞上人和车，不敢再走大街，转进了一条寂静的小巷。

这个巷子尽头，开着一家甜品屋。这家小店选了个"好"位置，生意却不差。舌头都是苦的，她想去吃点甜品。

刚进巷口，她就愣住。

今天黄历肯定写着忌出行。

黑暗的墙角，凌乱的杂物旁，一个娇小的女生被按在墙上，一个身形高大的男人将头埋在她的脖子上。

她正想离去，那女孩微微侧过脸来，她的心脏差点停止了跳动。

她跑上前去，怒叫出声："你为什么要欺负她？"

男人略略一震，转过身来。女孩双眼湿润而迷茫，悠言怒极，手上东西一股脑地掷过去，打到男人脸上。

其中一瓶酱油碎裂，汁液和鲜血登时从男人额上流下来。

这一打照面，悠言也惊惧得浑身发颤。

对方因疼痛而倾斜了眉眼，英俊的面目透出丝丝狰狞，这人不是魏子健是谁？

悠言虽惧，仍是把那女生拉到自己背后："小虫别怕，我不会让这混蛋欺负你。"

靳小虫的身形从她背后慢慢探出来，灯光把她单薄的身影拉长，显得有丝惨淡。

"言，他没有欺负我。"她缓缓说道。

悠言一震转身："你说什么？"

"她的意思是……多管闲事的人都不会有好下场。"

阴沉的声音在背后响起，强烈的痛楚从后脑传来，悠言闷哼一声，身子已软软倒在靳小虫身上。

"言！"靳小虫尖叫一声，惊恐地望向魏子健。

男人鲜血遮目，模样说不出的阴鸷残忍，将方才从杂物堆里捡起的木棍，扔到地上。

"今晚不把你玩烂我就是王八。"

那狠辣的语气令靳小虫心惊，她拼命摇头，扶着悠言软绵绵的身子吃力地一步一步往后退："子健，你想做什么？"

"她和顾夜白给我带来的耻辱你不知道吗？"

魏子健彻底被挑起了邪火，他慢慢逼上前，声音阴冷："靳小虫，把她给我！"

靳小虫只是摇头："我求求你，她是我的朋友，在这个学校里，她对我最好，不要伤害她，我求你了，你想要……我今晚可以……"

"你以为自己是什么东西？学校里喜欢我的女生多的是。"

"可卑微地爱着你的只有我一个。"靳小虫怔怔发笑，"你不愿意被束缚，你说不公开，我就偷偷做你的情人，你让我什么时候来，我就什么时候来，这样还不行吗，你还想我怎么样？"

远处有声息传来，巷口似乎有人走过，魏子健警惕地环顾四周，压低声音道："我被她打伤了，你就不伤心吗？"

靳小虫咬唇，在他的注视下，她终于搀着悠言慢慢上前："让我看看你伤口。"

"嗯。"魏子健放柔声音，也慢慢迎上前去，在二人只有一步之遥的时候，他往巷口扫了眼，忽然变了色。

靳小虫一惊，随他看去，却没有发现丝毫异样，手上陡然一轻，人已被魏子健劈手夺过。

靳小虫愣愣看着自己的手，满手滑腻……那是路悠言的血！她的脑勺被魏子健砸破了！

自己做了什么……

她失神地望着那具被男人抱着的身子。

路悠言脸色苍白，紧闭着双眼，鲜血还在流，一滴一滴地掉到地上。

"要么你让我把她带走，要么你喊人过来，这事若被捅出去，我就此玩完，你就这么想我死？"看着女人脸上表情的变化，把那一闪而过的痛苦收进眼里，魏子健声音更柔了几分，"你乖乖的，甚至，我还可以公开我们在交往。"

"我们可以走在阳光下？"靳小虫喃喃道，"你不是喜欢周怀安吗？"

魏子健目光微微闪烁："我是喜欢她，但你真心爱我，我愿意给你机会，怎么，你不要？"

"我要……我要……"靳小虫拼命点头，泪水污了一脸。

林子晏和唐璜对望一眼，均从对方眼里看到诧色。

校道上与他们擦身而过的这个人，浑身散发着一股寒意，他甚至并没有察觉到他们走过。

林子晏捅了捅唐璜，后者听到宫泽静的消息，今天从医学院溜过来看热闹，不想还没到顾夜白宿舍，就先在这里遇到他。

两人快步追上去，林子晏开涮："哥们，你是把我们还是你自己当透明人？"

顾夜白身形一顿，眉峰依旧凌厉地拧起。

这下，林唐二人确定，他方才是真没有发现他们，这还是平日那个锋锐无比的顾夜白？

唐璜情知必定有事，正要开口，顾夜白已先出声："她不见了。"

林唐二人吃了一惊，有本事让顾夜白黯然失色的，这个她还能是谁？林子晏不敢再嘴贱："怎么回事？"

顾夜白看了他一眼："先找到人再说。"

林子晏点头："你怕宫泽静对她不利？"

顾夜白"嗯"了声："她关了机，我问过 Susan，也没有回去。校内她常去的地方我都找过了，你们再仔细找找，我到学校外面找去。"

旅馆。

将人扔到床上，魏子健掏了支烟出来，开始吞云吐雾。

看到床上洁白的床单渗出一圈红色，他心里一慌，狠狠吸了一口，将烟捻了。

他拨了客房服务电话。

"给我拿把剪刀过来。"

"剪刀？"电话那端的老头迟疑了一下。

"少啰唆，是不是要加钱？多少？我给。"

很快，敲门声响起。

魏子健瞟了悠言一眼，抖开被子，把她的头脸盖住。

"请问您要剪刀有什么用吗？"门口，年轻的女人微微皱眉，眼角往房里探去。

"这个和你没有关系吧？"魏子健淡淡地说道，"我女朋友喝醉了，也许你有兴趣进来照顾她一下？"

"那不打扰了，剪刀我过会儿来拿。"女人回了一笑，同样冰冷。

关上门后，他剪下几片床单，将悠言扶起来，探了探她后脑，一手湿腻，他厌恶地在床上揩去血迹，用布片使劲按压住她头上破损的地方，这当即引出她细碎而痛苦的呻吟。

他面无表情地看着，得替这女人止血，人还没玩到就挂掉不划算，再说，这女人死了，他麻烦也大，玩一玩却不同，他有的是办法让顾夜白不敢吱声。

草草包扎完后，他又伸手在她伤处用力一戳，她痛得低叫出声。

橘黄的灯光打在女孩苍白的脸上，下巴尖尖，眉睫弯弯，虽算不上貌美，却也清秀怡人。

他眯眸朝她脸颊摸去，触手腻滑，他心神微微一荡，把她衣领拉开。

她脖颈莹白的肌肤上，落着几抹拇指大小的殷红，他自然清楚这是什么。

冷笑染上眼眸："骚货。"

"你和顾夜白是怎么玩的？"那红嫩的痕迹刺激了他，他喉咙一紧，把那单薄的恤衫掀至脖颈之上。

她会到甜品屋去吗？

顾夜白微微凝眸，目光尽头是那间她带他去过几回的甜品屋。

他不爱甜，通常是她吃他看。她常说，这家店能"抗战"到现在，是个奇迹。他告诉她，酒香不怕巷子深。

那昏暗的地面上有什么微微闪烁着。

他走近一看，几个购物袋旁，是一只打破了的玻璃樽，四周还有几片碎屑。

她含泪离开的模样一直在他脑里回旋，这会是她方才提在手上的东西吗？

中午他说了些重话，她还是认命地过来做饭给他吃。

其实，当她无意中告诉他宫泽静问了她晚上过来的时间，他便嗅到某种危险气味，是他大意了。下午带宫泽静逛完校园，他回了宿舍，宫泽静突然过来找他，他该换个地点才对。

他蹲下来，想多找一些线索，忽然，玻璃旁边的一根烂木棍引起了他的注意。上面黏着血迹。

洁白的手，和那抹红成了鲜明的对比，可以负重千钧的手，此刻，也微微颤抖着。

如果，这是她的血……

突然，一记拳风在他背后砸下，他不假思索反手一拨，将力道消掉，手指如灵活的蛇爬上偷袭者的肘节，眼看便要把对方摔落，那人大叫一声，他眉头一皱，松开手。

旁边的唐璜看了林子晏一眼，冷声道："活该。"

林子晏悻悻地退到一边，原想逗他开心，可这时的顾夜白就像枚一触即爆的炸弹。

顾夜白半蹲在地上，紧握着一截木棍，上面血迹斑斑，林子晏看清后又吃了一惊，唐璜同样面有异色。尖刺把那只几乎抠陷进木棍的白皙手掌刺破，木棍上的鲜红又浓了几分。

唐璜忍不住，想将人拉起来，顾夜白却突然扔了木板，向前狂奔过去。

唐璜和林子晏一惊之下，紧跟而去。

头脑昏昏沉沉，靳小虫一直在街上来回游荡着，像找不着归程的幽灵。魏子健说，他愿意公开他们的关系，她不需要再做他的地下情人，也再不是连情书也要找别人代送的可怜虫。她该高兴的，可是，心里的狂喜却一点一点褪去，她突然觉得自己对悠言残忍。

明知道悠言也暗恋魏子健，却让她替自己送情书。魏子健故意把情书公开，悠言什么都没说，替自己背了这黑锅。

甚至，她脑勺上的伤也是因自己而起，自己却让那个男人把她带走。

她捂住脸小声抽泣……直到一双有力的手狠狠握住她的肩。

床上女孩已近乎赤裸，裤子被拉到膝盖，外衣被撩高，雪白紧致的肌肤泛着珍珠一般的光泽。

魏子健的欲望迅速被勾起。

捏了捏刚放回口袋里的东西，魏子健邪邪一笑，摸上她肚腹，那柔腻舒服得让他一叹，手指猛地攥上她内衣，便要撕剥开来。

"你走开。"随着孱弱无力的声音，一只冰凉的手覆上他的手。

魏子健冷笑，即将到来的危险让她苏醒过来。

床上，悠言艰难地撑坐起身，那双充满恐惧却倔强的大眼里，写满了对他的不屑与仇恨。

魏子健握住她手腕用力一扭，悠言痛叫一声，额头冷汗涔涔。

"乖乖的，可以少吃点苦。"他毫不留情地又施了些力道，悠言脸色惨白，这次却咬紧牙关，不喊也不叫。

"这么倔？"魏子健啧啧笑道，突然起身上前，整个覆到她身上。

悠言抬脚踢去，却被膝上裤子绊住，魏子健佞笑，身子一沉，把她的腿脚压住。

"你不是暗恋我吗？早就想和我玩了吧？今晚成全你不正好，何必还惺惺作态？"他将她的双手扣住，另一只手捏紧她的下巴。

对即将可能遭遇到的事的恐惧，让她泪流满面。

她痛得脑袋微微后仰，心里却告诫自己决不能示弱。

"我见鬼了才会喜欢你，你就是一畜生。"她一字一字地说道。

"我是畜生，那顾夜白是什么？他干你的时候不也是畜生吗？"

"别玷污了他的名字，你不配！"

"我不配是吧？"魏子健心中一股子邪火升腾上来，拽住了她的头发。

头皮火烧般疼痛，悠言只觉头昏目眩，失血带来的晕眩，让她视线也变得模糊起来……恐惧、绝望，占据了每一寸血肉，真好笑，她当初竟喜欢这披着人皮的畜生。

男人的唇舌已经滑上她的颈项，那恶心的感觉，胃里的酸液一下涌了上来。她只能接受顾夜白一个人的碰触。

想到顾夜白，不知哪里来的力气，她全然不顾手臂会被他折断的危险和疼痛，用尽所有力气扭动挣扎。

魏子健低咒一声，伸手扯过床单，将她手脚束缚起来。

"嘶"的一声，那是内衣撕裂的声音。悠言紧紧闭上眼睛，眼眶里滑下的每一滴泪水，似乎都印着那个人的名字。

顾夜白，你到底在哪里？

"有没有见过她？"

昏暗的街灯打到众人身上，男人高大的身影似乎要把女子淹没。

唐璜声音微沉："白，冷静点，你弄痛她了。"

顾夜白咬紧牙，手慢慢从靳小虫身上移开。

靳小虫神志已陷入迷茫，睁着一双无神的眸子，喃喃道："言她……"

唐璜和林子晏一怔，顾夜白迅速反应过来，大掌再次紧紧握上靳小虫的双肩。

"你见过她，你一定见过她，告诉我，她在哪里？"

靳小虫骤然受惊，尖叫道："她头破了个洞。"

众人闻言大骇，顾夜白浑身一震，眸色暗得像一泓黑色漩涡，狠戾得似要把人撕碎。

"她到底在哪里？"

"我不能说，我说了，子健就永远不会理我了。"靳小虫痛苦地抱住脑袋。

"你这女人是不是疯了！你朋友出事了，你还说这样莫名其妙的话！"

林子晏大怒，如果不是被唐璜死死拉着，他也已冲上前去。

手缓缓从靳小虫肩上滑落，顾夜白的声音，深寒得像来自地狱。

"魏子健把她捉走了是不是？你不说也无妨，我找，我一寸一寸地找，即使她死了，我也要把她找回来。"

"她不会有事的，我不要她有事，她是我最好的朋友，她还帮我送过情书。"靳小虫抱住脑袋，拼命摇头。

林子晏失声道："原来那封该死的情书是你的？"

"情书是我的，是我的啊。"靳小虫呆呆地点头，眼尾余光掠过一处，两颊肌肉微微绷起来。

顾夜白是有意用话刺激她，她脸上任何一丝细微的表情他都没有放过，当看到她的目光落在某处，重瞳划过一丝寒芒。

待林唐二人反应过来，他身形已在数丈以外，两人知道他肯定看出什么端倪，也连忙飞奔过去。

走到一处，林子晏想到什么，心里陡沉，他一把抓住顾夜白的手臂："你最好有心理准备，但愿我们千万别来晚了。"

"说！"

衣襟随即被凌厉的力道抓住，林子晏苦笑："那边有家旅馆，悠言她很可能被……"

男人的唇碰上了她的锁骨。悠言绝望地看着半空，为什么那该死的心脏病还没有发作？后脑的疼痛反而让她更清晰地感受到他在她身上的动作。此刻，她宁愿死掉。

颈上的肌肤开始被他含进嘴里吸吮，她却什么都不能做，手脚被缚，只能眼睁睁地看着对方充满着欲望的目光在她身上搜刮着。

从没有过的恨意就这样滋生出来。

这辈子，她从没真正意义上恨过一个人，可是，现在她有了恨的人，侮辱她的魏子健，骗了她的靳小虫，还有……和宫泽静抱在一起的他。

顾夜白……一想到这个名字，他就心疼得无法呼吸。

魏子健的唇，已来到她胸前。泪水滚烫，悠言缓缓闭上眼睛。

那污秽的嘴巴却没有再碰到她的肌肤。

随着一声响，门被撞开，一阵脚步声紧跟而入。

她身上的沉重顷刻被拔去，一张被单随即覆上她凌乱不堪的身体。

紧闭的眼睛猛地打开，却撞上一抹浓黑。

男人紧紧凝视着她。

那是她最熟悉最喜欢的瞳，那双眼睛里，此刻只充满着沉痛和狂绪，浓烈的火似要在他眼里喷薄出来。

头发被重重一抚，她怔怔看着男人迅速移开了身形。

他从唐璜和林子晏手上将人捞起，魏子健被他掼摔出去，拳头击入骨骼的声音，沉闷而清晰。

灯光下，血沫飞溅。刚才还在侮辱她的畜生，此刻就像一块破败的抹布，被殴打得毫无招架之力。他眉眼狰狞，痛苦地抱住顾夜白的腿求饶："放过我。我还替她包扎了，我什么也没做……"

泪水沿颊滑下，那满心的恨意好像消淡了一丝，又好像还深刻浓烈着。

听到她的声音，林子晏和唐璜看过去，又很快别开视线。她能看到他们眼中的忧戚愤怒，也明白这两个打进门起就不敢看她的男生的心意。

求饶的声音渐渐弱了，那个人却仍然没有住手的意思，一拳把要挣扎爬起的男人打翻。林唐二人冷冷看着，更没有丝毫劝阻的意思。

她看见那人碎黑的发丝轻轻飞舞，俊美的脸颊也微微扭曲起来，这时，他更像来自炼狱的修罗。她第一次看见他这般深刻的恨意。可是，只要她的心还会疼，她还是不能不为他考虑，哪怕她自己也还在颤抖。

"别打了。"他会把魏子健打死的。

顾夜白却置若罔闻，拳脚仍然狠狠砸落到对方身上，连冷静的唐璜也没有出言制止。

是啊，连顾夜白也失却了冷静，还有谁能保持自若？悠言用被单裹紧身子，咬牙下床，她眼前发黑，脚步一浮，却摔倒在地。

唐璜一惊："白，先去看悠言。"

悠言正要挣扎起来，那个人已来到她身侧，一把将她抱起，轻轻放到床上。

她清楚地看到，他眼中的黑色深得好似要溢出来。她还恨着他，心却疼了。

"我不想再看到那个人。"她垂眸说道。

顾夜白紧着眉，目光凌厉，好一会儿，方才朝林子晏和唐璜点了点头。

林子晏冷冷道："那到我了。姓魏的，哪怕老子会被赶出 G 大也要赏你几拳，你这狗娘养的杂种！"

唐璜一扯林子晏，指指门口，林子晏会意，两人把满头满脸鲜血的魏子健挟了出去，将空间留给屋里的两个人。

一声轻响，门被关上了。

她终于安全了。悠言一直强忍住的眼泪也终于掉了下来。

身子连着被单被人抱起，安放进一具温暖的胸膛里。他的吻，凌乱地落到她发上、脸上。即使隔着被单，她还是能清楚感觉到，他的手在剧烈颤抖着。

"对不起……对不起……我来晚了，让你受惊了。"

他吻上她，深沉沙哑的声音，一遍一遍地在给她道歉。

可是，她恨他。

从他怀里抬头，她看着他，一字一字说道："我不想看到魏子健，也不想看到你。

"因为，我也恨你。"

她没忘记，他和宫泽静抱在一起的情景。

巷子里，意识模糊中，她听到小虫和魏子健的对话。不多，却足以让她知道，她对小虫的付出，终究抵不上小虫对魏子健的执念。

被朋友背叛。

被情人背叛。

顾夜白浑身一震。

当看到她满脸泪水、双目痛苦紧闭，几近赤裸地被束缚在床上，魏子健埋头在她身上恣意那一刻，顾夜白感觉就像当年看到哥哥尸体的时候一样。

有多少年再也没有尝过这样撕心裂肺的痛了？

有一瞬，他想的是，即使把自己赔上，他也要将魏子健杀死！

她恨他。轻轻一句话，从她苍白的嘴唇里吐出，就像从他心口处硬生生扯下一块肉来。记忆中她没有恨过谁，现在，她说她恨他。

"你再说一遍。"

重瞳瞬刻褪成灰苍，他把她轻轻放下，慢慢站起来。

悠言突然觉得自己残忍。

突然明白当日他看到她和迟濮在一起时的痛和苦。但那是场误会，他和宫泽静之间也会是吗？

她嘴唇嚅动，想开口问他，却又不敢，又想，如果他不在乎她，又怎会及时赶来，又怎会这样愤怒。

可越猜测，越害怕，怕他终究会舍了她。

他抱着宫泽静的手，就像深水里的海草，把她的脖颈也紧紧勒住。如果她不曾看到那一幕，便不会离开遇上魏子健，也不会有现在的遭遇，都说恨不知所终，颠沛流离，原来是这种滋味。

他起来，是要走吗？

他这般在乎，宁愿把自己也赔上，等来的却是这样的答案？顾夜白心里又冷又痛，等着被她再刺伤一遍，也许日后还能抽身，转眼却见她泪水满面。

"要恨就恨吧。可若要我走，我办不到。"他眼睛沉沉看着她，话出口，自己却是一惊，他根本无法从她身边走开，也许终有一天她会将他所有的骄傲统统折断。

悠言眼泪夺眶而出。

"小白。"

她挣扎着起来，本来垂落在身侧的大手，像有了感应一样立即抱了过去。

"我很害怕，我方才宁愿死掉……"她说得急，哽咽着猛地咳起来。

"我不会放过他。言，我一定不会放过他。"将怀里的人紧紧抱住，手在她背上轻抚替她顺气，失而复得的狂喜之中，顾夜白眸里划过一丝残戾。

悠言知道，他会办到，他的承诺，同时也点燃了她的委屈和害怕。

"够了，你别去报仇，你不能为这人赔上自己。你方才去抱宫泽静，我心里疼，我在街上乱走，后来被他捉住，他的嘴唇，他的舌头……我恨死了他……"

胸前的湿润，让他也疼得倒抽了一口气，深深吻住她的眉眼，顾夜白眼里所有意气和骄傲都褪去，他低声问："所以你恨我对不对？"

悠言胡乱地点点头，又红着眼摇头："可我恨不起来，他们说你吻了她……"

她满脸涨红，顾夜白恨不得把她揉进自己身体里，让她去看他的心。情不知所起，一往而深。

"言，你信不信我？"

她哭着点头："不要骗我。你若是想起她，觉得还是她好，你告诉我，我会离你远远的。"

她说离你远远的，那些拳头仿佛不是落在魏子健身上，而是他身上。他疼得闷哼，只是没有告诉她。

"没有骗你。"捧起她的脸，他一字一字道，"我没有吻过她。"

即便是从前。

"可他们说——"悠言满脸迷茫。

"他们是谁？"顾夜白微微一凛。

"住在八楼的男人。他们门关了没带钥匙，问我借手机，那个女人说，他们听到九楼声响，本来想上去问人借手机，可是看到你和宫泽静在亲热——"

她的话凌乱不堪，顾夜白还是很快抓住了什么。

"原来是这样。"他嘴角浮起抹冷笑。

悠言眼前有些昏黑，却不愿闭眼休息，只攥紧顾夜白的衣服，追问道："你说。"

"他们是宫泽静的人，一定是。那个电话就是打给宫泽静的。问你借电话，有两个用处，一、由其中一个人通知宫泽静，你已经到了；二、由另一个人借空透露一些并不存在的信息给你听。

"当时，我和宫泽静在一起，她确实接过一个来电。"

悠言半晌说不出话来，良久，方才闷闷道："可你们抱在一起。"

"笨蛋，她当时脚下不稳，我只是扶了她一下，当然，她是假装。"顾夜白揸了揸她的鼻翼。

悠言却打了个寒战，这才算对宫泽静的城府和心计有了一点省悟。

微细的动作，顾夜白仍是一下捕捉到了，他轻轻抚上她的脊背："我不会让她再伤害到你。"

"对不起，对不起，是我笨。"她哑声诉说着歉意，仰起脸，轻轻去吻他的眼。

顾夜白将她拥紧，投向窗外的眸光却慢慢掺进一丝深寒。

魏子健，宫泽静。

像今夜的痛，她差点便被人凌辱的痛，他怎能再忍受一回！

怀里的人突然缄默了声息。顾夜白一惊，一看之下只见她双目紧闭，脸色苍白骇人，该死的！她的伤口只被布片胡乱包扎过。她受了伤强忍着，他也像个傻瓜一样，去和她分辩那些该死的问题。

掀开她身上的床单，却见她颈上青紫一片，他目光沉沉，替她把衣服穿好，抱起她夺门而出。

一丝光亮打到眼皮上，微微地痒。

悠言慢慢睁开眼睛，入眼就是窗前的身影，长身玉立，神情专注，不知道正在思考着什么。

摸摸头上那个被绷带缠个结实的伤口，她蹑手蹑脚地下床，从背后轻轻伸手环上男人的腰。

顾夜白反手把她抱住，余光看到她赤着脚，轻斥出声："小脏猫。"

斥归斥，他还是小心翼翼把她抱起来，放回床上。悠言顺势偎进他怀里，他把她搂紧。

"怎么来私家病房？很贵。"她看看四周，小声道。

"那是不是随便找个地方把你塞进去就行？"他挑眉。

"成啊。"看到他眼里的血丝，她心疼了，"你也不回去睡一下。"

顾夜白抚了抚她的发。他怎么敢让她一个人待在医院，不放心也舍不得。昨晚的事，给了她极大打击，睡梦中的她还在害怕地流着眼泪，他就这样痴痴看了她一夜。倦，却了无睡意。

两人正想说话，手机铃声响起。

顾夜白拿出手机，是个陌生来电。

悠言本来舒适地靠在他怀里，但他面色一凝，摸了摸她的头，就开门出去。悠言奇怪，有什么是不能让她知道的吗？她闷闷地捞起被子把头盖住。

"你到底想说什么？"走廊里，顾夜白冷冷出声。

那头声音透着一丝氤氲不清的刺耳。

"你以为昨天的事情算完了吗，顾夜白？"

"快点。"走廊另一端，女人眼眶红红，飞奔而来。

林子晏低声嘀咕："早知道就不告诉你。"

"林子晏，如果你敢瞒我，我记你一辈子。"女人狠狠道。

"我乍一听，还以为是小两口在拌嘴。"唐璜笑道。

看到顾夜白正在病房门口，行色匆匆的三人收住脚步，林子晏正想和顾夜白打招呼，唐璜示意顾夜白在通话，做了个噤声的动作。

通话结束，顾夜白脸色铁青。

唐璜问道："什么事？"

原本正准备推门进去的 Susan 也顿了顿。

"没什么，"顾夜白看 Susan 一眼，"你也来了。"

Susan 苦笑："我怎能不来？"

她满脸恨意："魏子健那个贱人，我一定不会放过他！"

顾夜白淡淡地道："你去陪陪她，她心里还是害怕。"

"我出去一下。"他对林唐二人道。

"到底怎么回事？我们是兄弟。"向来大大咧咧的林子晏察觉到不妥，声音微微沉下来。

唐璜："不多说，同问。"

重瞳寒光乍现。

"他手上有言的裸照，昨晚在我们过来之前，用手机拍了下来。"

Susan 紧紧捂住嘴巴，才不至于叫出来，她咬牙道："我杀了他。"

"说他是畜生，还侮辱了畜生。"林子晏一拳擂到墙上。

唐璜拉住他："动作小点，别让悠言发现。都怪我们，像这种小人，昨晚就该搜他身。"

"这事你一定不能告诉她，我一定会让魏子健把东西交出来。"顾夜白看向 Susan，连说了两个"一定"。

Susan 胸口急剧起伏，半晌咬牙点头。

"他要你现在去赴约？"林子晏问道。

顾夜白颔首。

"我们一起去。"唐璜道，"你昨天伤了他，谁也不敢担保他会出什么阴损手段。"

顾夜白："谢了。但你们不能动他，照片还在他手里，我不能出一点差池。"

他声音里透出的寒意，Susan 知道，若让顾夜白把照片取回，魏子健便离死不远了。

废置的仓库，就在 G 大近郊。

身上缠着厚重绷带的男人冷冷笑着，眯眯看向来人。

"还带了人过来？不要紧。这点容人之量我还有。"

"乌龟王八蛋，老子今天不把你打得满地找牙，老子就不姓林。"林子晏一怒，就要冲上去。

唐璜一把把他拉住："听白的指示。如果悠言的照片因你而有什么闪失，别说白，我第一个不放过你。"

"把手机交出来。"顾夜白冷冷地说道。

魏子健挑眉，却触动眼角的伤口，他拧眉冷笑："交出来？你当我有毛病，我恨不得把它公之于世，让所有人都看看——"

他说着，缓缓指向对方："看看你顾夜白女人衣不蔽体的时候是怎么一个样儿。"

"老子杀了你。"林子晏怒火腾起，猛地挣脱了唐璜。

顾夜白格挡在他面前："说你想怎样。"

魏子健眼中闪过一丝阴鸷，没有立刻出声。顾夜白："开出你的价码。"

"我发到你手机的照片，你该看得清清楚楚了吧？"魏子健重重吐出"清清楚楚"几个字，嘴角微微勾起。

顾夜白垂眸，裤侧白皙双手微微弯动起来。

林子晏和唐璜对望一眼，知道这个男人的怒火已到了极点。

"生气了是吧？可我想我有必要提醒你一句，发给你的照片只是最保守的一张，我手上还有更火爆精彩的，如果将这些照片放上 G 大论坛，想必能引起比你获封冠军更大的反应吧，你说是吗？"

魏子健忽然收住笑意，轻声反问："还记得昨天你是怎么对我动的手吗？"

顾夜白倨傲一笑："出来吧。"

魏子健："不愧是红白带。"

他唇角斜勾，重重击掌。

仓库后门顿时敞开，十数人手拿棍棒，来势汹汹。魏子健家世雄厚，要调动几名打手并非难事。

前面的几个人，顾夜白并不认识，但走在最后的却是黑带龙力。

也只有他手上没有武器，不屑于拿武器。

林子晏"呸"的一声："龙力，你竟然和这卑鄙小人混一起，枉费顾夜白从前还说你是个骄傲的人，不会暗中使绊。"

龙力看了顾夜白一眼："当日之耻，今日偿还。"

"价码！"顾夜白并没有看他，只是冷冷地盯着魏子健。

为他气势所慑，几个持着木棍的男子不由得往后踉跄了一步。

"既然迫不及待想尝尝皮肉之苦，我只好成全了。昨天晚上我被你打了多久？你对我不仁，我还是念同学之情的。"魏子健蓦然一顿，笑道，"30分钟以内，我这班朋友会好好招呼你，当然，你不能还手，你若还手，也别怪我手抖，按下发送键。"

"30分钟以后又如何？"顾夜白沉声问。

"顾夜白，你疯了，你不可能挨过30分钟的！"林子晏大惊，一把捉住他手臂。唐璜也重重摇头。

"害怕了？那你尽管走，你这么厉害，龙力也拦不下你的。"魏子健哂笑。

"姓魏的，你说什么！"龙力喝道。

"卑鄙小人，只会用这种低劣的激将法吗？"唐璜冷笑。

"把话说完。"

顾夜白两手圈握，青筋微进，但没有丝毫迟疑，他走上前去。

魏子健厉声道："30分钟以后，如果你还能站起来，我就把照片删除。"

"好。如果你违背承诺，你记住，我一定杀了你。"

俊美的脸庞恢复了一贯的冷漠平静。

他曾跟着师父接受过最严格的格斗训练。从呼吸、步履和动作，他判断这些人并不是专业的打手。

不能还手，唯有闪避。只是，人数一多，要避就难，偏偏这里还有一个强手，他虽胜出龙力一筹，但龙力和十多个人一起围攻，情势将变得凶险。唯一值得庆幸的是，他们手中没有锋利的武器。魏子健应当也不想立刻就要了他的命。他要留着玩。

脑里映过她的模样，她软软叫着他的名字的娇憨模样。他知道，这30分钟里，他绝不能倒下。这一场，他要为她熬过。

"如果你们把我当作朋友，就谁都不要插手。"他侧身对两个兄弟道。

林子晏早气红了眼，握紧拳把头偏开，唐璜咬牙点头。

人，瞬间将他包围起来。

"龙力，你不是恨他吗？怎么不过去？怎么，你害怕了？"魏子健阴沉地看着那抹置身事外的高大身影。

龙力冷淡地开口："你是怎么让他甘心挨打的我不知道，也没兴趣知道，对于不还手的人，我同样没有任何兴趣。我来是为比试，不是殴斗。"

魏子健啐了一口，手猛地一挥。

身形交错间，顾夜白闪身避开那击落到胸腹的拳棍，手、肩受了数下，他微微眯眸，只要重要的部位不受伤过重，他便可以撑过。

纷乱的人影，乱棍、飞溅而来的血沫，男子偶尔闷哼的声音。

林子晏和唐璜低下头，不忍再看，再看，必定忍不住下场，即使身手再不济，也不能眼睁睁看着自己最好的朋友受重伤。

魏子健心底滑过报复后的嗜血快感。

今晚，游戏将会变得更好玩，他还给 Susan 发了一条彩信。

"唐璜，避开。"

顾夜白喝道。

汗血把他的恤衫打湿染红，他的呼吸越来越急促，但与生俱来犀利的灵敏仍让他对四周环境所产生的变化立刻有了察觉。

唐璜一愣，林子晏已低吼一声，把他往前一拉避过来自背后的偷袭。他练过击剑，身手虽远不及顾夜白，但比一般人敏捷许多。

不知从哪里突然冒出的四个男人挥棍朝他们二人劈来。

"魏子健，你这卑鄙小人！"林子晏怒斥，和唐璜背靠背，与来者对峙。

魏子健抚着下巴，恻恻笑道："怎能落下你们？"

"唐璜，你能打吗？"林子晏低声问道。

唐璜扬眉一笑："打不能，但自问挨打还行。"

情势凶险，和刚才判断的一样。顾夜白眉头紧蹙，他身上棍伤越来越重，身形和脚步开始不稳，现在却还得分心在林、唐二人身上。

他们的情况比他稍好，但很快就支撑不住，如果林子晏手上有剑还好。

心思一涣散，胸腹处又硬生生受了两棍，眸光一闪，他吐掉口中血水，哑声喊道："子晏，你的剑就在敌人手里，夺棍！"

医院。

"珊，小白到哪儿去了？"

悠言突然的发问让 Susan 吃了一惊，忙道："他回去上课了。"

悠言唇角一绷："你能不能找个靠谱点儿的理由，今天是星期天好不好？"

这下，Susan 自己也微微抽了。

"你们是不是有什么瞒着我？"悠言慢慢坐起身来。否则这种时候顾夜白不可能不在她身边。

"我们能有什么瞒着你？"Susan 心里叫苦，这货平日里迷糊不堪，遇事却非常敏锐。

"你快睡觉，别胡思乱想的，他说出去买点东西，估计就是给你买吃的，顾夜白就差没把你当娘娘伺候了。"

悠言哈哈大笑，末了，小声道："我想他了。"

Susan 佯嗔："你老这样黏着他，小心他有一天厌烦了你。"

"你就笑吧，我就是想他，想得厉害，"悠言老实道，"我心里总有些不踏实。"

Susan 心里滑过莫名的不安。才想着，淡淡的管弦旋律从包里传来，她掏出手机一看，却是一条彩信。

她打开彩信，随即吃了一惊，整个人从床上弹了起来，悠言被她一吓，头磕到床板，恼道："苏珊！"

Susan 扯了个笑，脸上却一片可疑的红潮，似隐隐夹集着巨大的愤怒。

悠言心里一个咯噔："信息说了什么？"

Susan 踱开几步，笑道："就是那些无聊信息，不是买房就是买保险。"

"珊，你在说谎。"悠言看了她一眼，凝声道，"我们一起长大，我还不知道你？我再笨，也晓得出大事了，你眼睛虚得厉害。"

Susan 苦笑。从前在所有人都轻视悠言绘画天分的时候，迟筝就说，悠言的触觉实际比平常人敏锐，这一点上，悠言的父亲路泓易也很赞同。他们都深深爱着他们的女儿。

奇怪的是，后来突然两人之间就出现了一道无形的裂痕。

最后，悠言的母亲猝死庐山，悠言的父亲续了弦。但 Susan 总有种感觉，路泓易和迟筝，那个似乎永远都风度翩翩的男子和那个永远都微笑的神秘女人，他们之间必定有过爱情。

"珊。"悠言从床上爬起来，一步一步向她逼近。

思绪一瞬烟消云散，她把手机紧紧捂在手里，放到背后。

"信息到底说了什么？我们是最好的朋友，不是吗？"悠言越走越近，她轻易不严肃，此时的审慎压得她透不过气来。

Susan 咬唇，双手握得更紧。

如果方才只是猜测，那么现在，悠言几乎可以完全肯定，Susan 有事情瞒着她，并且，不会是什么好事。

"让我看。"她忽地扑上前。

Susan 比她高，有身形优势，但顾及她头上伤势，不敢用力，悠言又是一赖皮的主，平日顾夜白惯着她，早把她惯得无法无天。她看准 Susan 对自己的忌惮，索性拿脑袋去拱，Susan 投鼠忌器，一来二去，手机"啪"的一声掉到地上。

她嘿嘿一笑，脚丫一踢，将机子踢出数步远。

Susan 怒叫，悠言却已一溜烟赶到先把手机捡起来。

悠言随即脸色煞白。

Susan 一惊，上来夺过手机。

悠言攥紧好友手臂："将事情原原本本告诉我，还有，今晚你若敢去赴这个约，我们绝交。"

手机屏幕里，一个女孩紧闭着眼，仰面躺在床上，身上衣不蔽体。

图片下附着文字。

"今晚出来喝一杯，我们可以商讨一下你好朋友的照片该如何处理。"

"他居然将主意打到你头上来了。"悠言喃喃道，"是他拍的，对不对？"

"像他这种龌龊的人，什么事不能做。"Susan 咬牙，很快，又担忧地放柔声音安抚她，"照片的事，你不用担心。"

悠言一字一字地道："告诉我，小白他到底去了哪里？"

面对她的质问，Susan 哪敢多说，不消说，他现在的情况一定不乐观。

"告诉我，他是不是找魏子健去了？"悠言一动不动把她看着，"我不能任由他被人威胁，你是没有看到昨晚的情况，魏子健恨不得他死。你是我最好的朋友，我求你，告诉我。我不要有任何后悔和遗憾，我有权知道。"

Susan 怔怔看着她头上厚厚的绷带和异常坚定炙热的眉眼，喉咙一涩。

仓库。

魏子健冷眼看着场中，脸上的伤痕将整个脸部轮廓勾勒得更为狰狞。

林子晏和唐璜拼死把木棍抢到手，情况立时得到扭转，尽管无法击退对手，但仗着林子晏进退有度的攻防，唐璜又拼了命，已能自保。

龙力的目光却始终锁在顾夜白身上，眼中是一晃而过的震撼和复杂。顾夜白的格斗技无疑十分强悍，若换作他人，早已倒下。这个男人满身鲜血，仍岿立如初，傲视敌人。

但他也知道，顾夜白现已是强弩之末。时间却还有十多分钟。胸、背、手脚以外，顾夜白头部也受了伤，鲜血汩汩而下，一片炽红。

"还手。"

随着声音淡淡而至，仓库门口现出两道身影，逆光中，看不太分明。

顾夜白浑身一震，不顾发间倏然而下的汗血，目光一转，看了过去。

那个总是能轻易把一双眉眼笑弯的女人，正向着他的方向狂奔而来。

"顾夜白，你为什么不还手？还手，还手啊！"

"言，不要过来！"

侧身险险避过头顶和前胸的棍棒，一双眼睛只在对方身上，心情激荡之下，顾夜白肩背、腿脚又受了两棍。

他一声闷哼，喝道："如果你想我死你就过来。"

Susan 也焦急得大叫："言回来，你这样会让他分心。"

脚步被逼停下，目光到处是那抹被众多男人围殴的身影，悠言喃喃道："顾夜白，你为什么不还手？"

林子晏红了眼："他不能还手，他一旦动手，那个杂碎就会把你的图片发到学校论坛上。"

向来坚强的 Susan 的眼圈也忍不住红了。

悠言反而没有一丝情绪，她只是死死地盯着那个站在高处趾高气扬的丑陋男人。

魏子健挑眉："模样不怎么样，身材还挺正的。"

他就任由她这样给人欺侮了去？唯有紧紧握拳，顾夜白才勉强压抑住冲上去把那杂种杀死的强烈欲望。除去那剥夺去他哥哥性命的异母大哥，平生第二次，他有想把一个人杀掉的冲动。

她是他的。这个人却妄图染指她，她的身体，她最私密的地方被他窥遍。这个人让她受伤，让她痛苦，让她哭。他从来不舍得对她做的，这个人却全做了。魏子健，你怎么敢？

悠言知道，顾夜白也在看着她，哪怕尚在惨烈的打斗中。

因为惮忌图片被发到网上，所以，你宁愿被他们打吗？你的头脑一向聪明，身手这么好。我不知道，红白带代表了什么，但我知道，那是让你能绝不受伤的力量。傻子，你却任他们这般欺凌，仅为一个微末的希望。我怎么值得你如此对待？那是性命攸关。

够了，你为我做的，已经够了。

"顾夜白，我们分手吧。"她含泪笑道。

顾夜白目光倏然暗了下来。

Susan、林子晏和唐璜都大吃一惊。

魏子健扬眉看戏，龙力神色复杂，目光缓缓落到悠言身上。

"小白，即使你不还手，这人也未必会兑现他的承诺。"悠言凄凉一笑，掏出手机。

"魏子健，谢谢你的卑鄙，如果你不曾打阿珊的主意，我也不会有这个。

"顾夜白，如果你再不还手，那么就由我自己把这照片发出去。"她说，她双眼出奇地亮，给人一种近乎决绝的感觉。

没有人料到悠言会说这种话，即使聪睿如顾夜白。

一个女孩的名声，有时比生死更重。这图片，一旦公布到学校论坛上，悠言便会彻底被毁掉。谁想到悠言这样倔强和决绝？

"言你疯了。"Susan 拼命摇头，想抢上前去制止，但当看到对方眼神，她便明白，她阻止不了，脚下再也使不出任何力量。

魏子健低咒一声，便要冲上前去，然而很快动弹不得，一个人走到他面前缓缓站定。

"龙力，你要做什么？"他心下震动，不意这人竟在此刻反他。

龙力冷冷开口："你怎么无耻，怎么对待他们我不管，但那只是个女人。"

"给我抢回来！"魏子健厉声下令，围攻顾夜白的人，立刻有几个向悠言跑去。

他们没有成功。

那个被他们围殴到重伤的男人，在顷刻间便把要离开的人全数截下、打翻。

顾夜白怎能容忍有人在他眼皮下去伤害路悠言？

悠言紧握着手机，一步一步退到墙边，唇边却出乎意料地浮着一丝笑意。在魏子健或他的人过来前，她一定会把照片先发出去。

如果她爱他，她绝不会让人伤害他，即使赔上她自己。这是爸爸自小就教过的勇气和承担。

尽管消耗了大部分力气来抵御攻击和伤口的疼痛，顾夜白还是很快又夺过一个男人的棍棒。酣斗中，他忽然扫龙力一眼，继而施展更凌厉的攻击，将又一拨涌过去的人截下，决不让任何一个人接近她。

此时的打斗，比的再不是力量，而是技巧和招式。她破釜沉舟的决定，让他再也没有半分顾忌。

魏子健神色阴沉，掏出手机便要将照片发出去，一阵剧痛陡然从手臂传来。

他愕然地看着自己臂上的手："龙力，你背叛我？"

龙力冷笑一声，不耐开口："背叛？你是不是有毛病？我什么时候跟你站一起过了？你自己卑劣就好，别侮辱了我。"

"那你为什么帮顾夜白？"魏子健声音沉沉地问。

"我没有帮他，只是他刚刚拜托了我。他是我真正的对手，被对手请求帮忙，是一种荣耀，你到底懂不懂？"

说到这里，龙力索性闭嘴，懒得和他废话。

林子晏一棍把一个冲上前来的打手打倒，朝旁边左蹦又跳、正狼狈地躲避敌人攻击的唐医生做了个鬼脸，两人不由得都笑了，没想到龙力竟是这样的龙力，为人狂放骄傲，却又磊落光明。

剩下的打斗没有维持太久。

把跟林、唐还在纠缠的几个人也撂倒，顾夜白脚步踉跄了一下，随即挺身站直，朝身子紧贴墙身的女人一步一步走去。

悠言大叫一声，方才生怕让他分心，这时哪还等他过来，她像头矫健的小鹿，朝他狂奔过去，一头扎进他的怀里。

两人紧紧拥在一起，他身上的汗血将她的衣衫迅速染红。

"笨小白，很痛是不是？"

他身上的伤口，吓到了她。好不容易聚集起来的坚强，在他的气息里一一崩塌，她颤抖地朝他身上血迹斑驳的地方摸去，却又丝毫不敢用力，泪水哗啦哗啦地流。

顾夜白微微皱眉，指腹往她眼底一抹："丑。"

他语气里藏着的宠溺，却让她更为心疼，想到他方才所遭受的灾难，她哭得噎了一声，乱七八糟中，只听得他语气不善地道："别指望用金豆子过关，回去再和你算这笔账。"

算账？悠言一怔，他把她放开，朝魏子健的方向走去。她突然明白他指的什么。她方才说要和他分手，情非得已，她已做好将照片发出去的准备，一旦成真，她怎么还能和他一起，让他成为别人指点的对象？

他语气里的暗沉的怒意，让她心虚、害怕。她独自胆战心惊，众人的目光却都在顾夜白身上。

林子晏朝魏子健做了个无声口型：你等着瞧……怎么死吧。

魏子健强忍住颤意，低吼出声："都起来啊。"

被打翻在地的人没有起来，即使还能挣扎起来的，也为顾夜白的气势所慑，谁还会傻到再去蹚这浑水？

"你以为把我手机拿走就行了吗？我早已做好备份。"魏子健忽而阴鸷地笑了起来。

一记重拳狠狠击到他脸上。

魏子健吃痛，恨意之外，目中终透出一丝惧色。

顾夜白说道："Susan，带言出去，谢谢。"

Susan 不明所以，点了点头，悠言担忧："小白，咱们先去医院好不好？你流

第七章·爱并不顾忌　203

了很多血，会死掉的。"

低沉的笑声在幽闭的仓库响起。

龙力勾着唇角说："哦，顾夜白，你要死掉了。"

悠言知道龙力笑她傻气，却顾不上理会，上前拽住顾夜白的手臂。

顾夜白摸摸她脑门："言，你先跟 Susan 出去，我很快就来。"

Susan 明白顾夜白是要将照片的事彻底解决掉了，她当即拉过悠言："别添乱，跟我走。"

悠言心念顾夜白的伤，照片的事一时都抛到脑后了，她知顾夜白的脾气，深深看他一眼，随 Susan 离开。

顾夜白看着魏子健，唇上慢慢浮上一丝笑意。

魏子健暗自心惊，这人越是笑，眼角眉梢越见冽意，那仿如云罩雾笼的巨大压迫感，似要把他吞噬殆尽。

咽了口唾沫，他复又说道："我做了许多备份。"

"是我愚蠢了。"顾夜白缓缓开口。

他失去了一贯的冷静。事情涉及她，他像疯了一般。但她方才的举动却"提醒"了他，魏子健既要鱼死网破，他便"成全"他。

"谢谢。能把他交给我吗？"他往龙力看去。

龙力微微挑眉："只要你记住，你我之间还有一战。"

顾夜白点头，手朝对方打开。

龙力微哼一声，二人击掌，定下男人之间的承诺。

"是时候清算我们的了。"他对魏子健说。

魏子健惊疑不定，握拳以迎，顾夜白在他眼前站定……看清顾夜白动作，林子晏哈哈大笑，唐璜赞："对极了。"

龙力已走到门口，听得背后声响，不由得返身多看一眼，随即也笑了。

北二栋宿舍楼。

唐璜打架不行，专业却是精湛。悠言虽看不懂，也对他漂亮利索的手法肃然起敬。也不知他从哪里搞来的工具，从清理伤口到输液一手包办。

及后，几个男人在阳台谈了些什么，林子晏和唐璜两人告辞离去，Susan 笑嘻嘻地也要跟着走。

顾夜白忽然淡淡开口："子晏。"

林子晏点点头，两人迅速交换了个眼色。

悠言看得糊涂，猜得辛苦，眼见 Susan 要走，连忙跟上去。Susan 妩媚一笑，玉指一摇："No！"

几个人鱼贯而出，动作默契，速度飞快，林子晏关门的时候差点没把门板摔到悠言鼻子上。

悠言被堵在屋里，心忖这下要完蛋，顾夜白的话她可没有忘记。她心虚地看过去，对方坐在沙发上，双腿优雅地交叠着，手上拿着一本美术杂志，看得颇为专注，似乎全然没有注意到她。

悠言想了想，蹑手蹑脚地往卧室走去，眼看便要成功，一只手却横了过来，撑在门缝上。悠言哀叫一声，往床上冲去，想拿被子将自己盖个严实，屁股还没粘上床沿，已教人捞了起来。

"我要睡觉了，心累。"悠言伸手捂住眼睛，露出一道缝隙。

"行，先把账结完。"顾夜白把人挟住，慢条斯理地坐下来。

悠言一脸生无可恋，他手掌"啪"的一下已落到她屁股上。

她"嗷"叫了一下，真打呀？！

顾夜白心里却是真怒。她在仓库里说分手的用意，他明白。

为她受伤，他甘心情愿，从没想过要她回报。如果不愿，他根本不会为她扛打，既是愿意，他又怎么舍得她用这样的方式来回报？

这个笨蛋。如果她真把照片发出去，他该怎么办？然而，好像也没有犹豫过。他想的更多的反而是她该怎么办。

他还是他，不会因为这样就不要她，只会更爱，他我行我素惯了，从不惧人言可畏。她却跟他提分手，她怎敢如此轻易就说那两个字！

手上的力道微微重了。

这回，她很乖巧，没有叫，更没有挣扎，只由得他责罚。

顾夜白一时竟下不去手。

"你要打快打。"

她反手握住他定在半空中的手。

顾夜白轻声问："知道错了？"

"傻子，挨打你愿不愿意？"她在他膝上挪了挪，换了个舒服的姿势，又重新趴好。

顾夜白第一次有种无处可着力的感觉。他咬了咬牙，终究还是打不下去，不由得硬声道："真不闹还是假不闹？"

悠言低哼："我就算闹你也不会放过我，你这人铁石心肠。"

她声音委屈："何况现在也不能闹。"

顾夜白捏捏她的脸颊："为什么？"

悠言却从他腿上跳下来："喏，不打，我就去洗澡睡觉了。"

"把话说完。"才走几步，就让人给捞了回来，男人的气息冷硬地喷打在她的颈项上。

"反悔了？"悠言一脸"我就知道你"的不忿表情，但依旧不吵不闹，"轻点儿。"

顾夜白眉心皱紧。

悠言伸手去揉他的眉："皱什么眉，打的又不是你，你以为我不想吵？可是，"她轻轻撩起他的衣服，摸住他身上被白纱紧紧缠住的伤口，那上面还渗着血水，"我不敢胡来，怕碰到你的伤口。"

"顾夜白，我心疼，我心疼死了。"她声音低得快要听不清。

顾夜白只觉得胸腔里有什么猛地一撞。他捧起她的脸，深深吻住她的眼睛。

他的温柔惊了她，怔愣良久，她才翘起丝笑，胆子也开始大了起来："小白，你们到底对魏子健做了什么？刚才你和学长他们在阳台说了什么？"

"不告诉你。"

"……"

"为什么不问照片的事？"他忽道。

"因为你比我更紧张，我有什么可担心的？"

这下轮到顾夜白沉默了。她相信他，就像相信自己一样。

悠言见他不说话，猛地抱住他脖子，在他脸上乱啃一气。

顾夜白扬眉："还反了。"

某人被摔到床上。

这一夜就在某人细碎的呻吟声音中过去。

顾夜白没有再和她提起过裸照的事，悠言却有种感觉，那件事已经过去了。

后来一个月里，又发生了一些事情。

悠言收到一封信，信来自靳小虫。信里说，魏子健在外面租了套公寓，照片备份都在里面。她把备份全部毁掉了，并办了转学，永不再回 G 城，最后，她请求她的原谅。

在她收到信的翌日，魏子健在外驾车出事，一只眼睛瞎了，一条手臂毁掉，成了半个残废。他很快也办了退学手续。

事情来得蹊跷，悠言几次想问顾夜白，但她终究没有开口，顾夜白也没有说。她想，她能被他深深眷宠着，这已足够，真相是什么，不重要。

后来，还是 Susan 好奇找了林子晏。林子晏告诉 Susan，顾夜白做了三件事。

一、那天，作为回报，顾夜白也在仓库里给魏子健拍了些"照片"。

二、顾夜白私下找了靳小虫。

悠言和 Susan 这才明白，给魏子健拍照，是要那卑劣小人不敢妄动，在确保她的照片被悉数毁掉后，他方才出手毁了魏子健，这才是他的目的。

第三件事却是宫泽静突然结束了她的交换生生活。在悠言猜测她还会闹点事情之前，顾夜白不知用了什么办法让她悄无声息地离开了，正如她来时一样安静。

悠言开始明白顾夜白的手段。

同时，这一年的假期，她和顾夜白的庐山之行不得不取消，她要回老家。爸爸的续弦夫人王璐瑶病了，病情不轻。她心疼母亲迟筝，但晚辈该有的礼貌还是要有。

第 八 章

当时明月在

两年后。

女生宿舍。

"悠言,你买了车票没有?"许晴随手叠了件衣服,丢进行李箱。

"她没有。"Susan从上铺探头下来,一头长发,飘逸美丽。

许晴奇怪:"为什么?"

悠言笑道:"晴,我不回去了。"

"啊?"

Susan笑:"她都怨念了三个学期啦。大二假期,她回了老家,大三两个假期,顾夜白被顾老爷子点名,跟在身边学习管理企业的东西。"

时间过去两年,这是悠言大四第一个学期末。

G城,没有哪个人不知道顾家的艺询社,这家全国有名的企业集团,名下主营拍卖、画廊、广告传媒等众多产业。自打顾夜白在G大扬名,出色的画技便引起顾家老爷子顾澜的注意,亲自找到了这顾家在外的私生子。

顾夜白把自身的所有锋芒收敛起来,为的就是避开与顾家的纠葛。但让林子晏和唐璜惊奇的是,后来他没有拒绝顾澜,甚至放弃了当交换生的机会。这个男生心思如晦,无人能猜。

许晴有些不明所以，但能猜出悠言应该是要和顾夜白去哪里。她也没有深究，只是淡淡出声："悠言，你毕业以后也不用为找工作发愁了，谁想到顾夜白不仅是潜藏的天才，还是艺讯社的首席继承人之一。"

悠言笑笑，慢慢垂下眸。

大三的暑假，她和顾夜白其实本来有机会一起待上几天。顾夜白不知用什么方法说服了顾澜，陪她一周，他把机票也订好了，偏偏出发前一天，她一直以来尚算稳定的病却突然发作了，虽吃药稳住了病情，但迟濮担心，还是连夜把她送回家里。

她正想着，有人进来，却是隔壁几个女生和怀安。

其中一个笑道："怀安有事情宣布。"

Susan 眨巴了一下眼睛："哎呀，周美人，劳驾了。"

怀安淡淡开口："不客气，你悠着点儿，从上面掉下来可不好玩。"

眼见 Susan 脸绿，悠言连忙接口："怀安你说。"

"系里这学期的活动经费还剩了些，过两天开始放假，大家看看是出去聚个餐还是有其他什么提议？"

许晴说："我随大流，我是本地人，不急。"

"我也随意，悠言嘛，就不必把她算进去了。"Susan 笑吟吟道。

"为什么？"女生们好奇了。

悠言脸上一红，正要回答，"咚""咚"两记敲门声把她打断。

"请问，路悠言在吗？"门外人缓缓地问道。

这声音……悠言颊边红晕顿深。

"顾夜白，我们正说起你家悠言，你就来了。"门口，几个女生红着脸，却不忘嘻哈取笑。

顾夜白颔首，算是打了个招呼。

怀安不由自主地望过去。

每见一次，便觉得这人的清俊和稳重又添一分。

今天他穿着一身笔挺的银灰色西装。穿着正装的他，多了几分成熟，又隐隐透着一丝慵懒，那股与生俱来的清贵之气，是她在校里其他男生身上没有看到的，明明他出身的另一半也并不高贵。

可是，这个男人眼里似乎永远只有路悠言。

碰触到她的视线，顾夜白礼貌地点点头，目光很快落到那还慵懒地趴坐在椅子上的女人身上。

怀安心里一疼，忽然看了许晴一眼……许晴，你又在看什么？那目光不嫌过热了吗？

"东西都收拾好没有？"

男人淡淡的声音，吓得某人差点从椅子上滚下来，慌乱中，脚丫狠狠踢在椅脚上，鞋子也很不给面子地滚了出去。

这硬生生一下，痛得悠言眼泪都快飙出来，她跌坐回椅中，委屈地瞪着顾夜白。

众人早笑得人仰马翻。

顾夜白脸色微变，快步走过去。

"你这是跟谁急？"他低斥。

悠言咬唇，脸上红扑扑的。

顾夜白半蹲下身子，把她的足踝抓放到自己膝上，细细察看趾上擦破的地方。

所有笑声一下消失。

顾夜白为人低调，这两年不仅风头不减，反有愈盛之势，人们都好奇他和路悠言之间的事情。从两年前的校园祭开始，所有人都知道顾夜白对路悠言的宠爱，但更具体的却一无所知。顾夜白是个少言的人，悠言也不说，平日里，相熟的女生只能从 Susan 口里探到些小八卦。

但谁都没想到，他竟是这般宠她，甚至在所有人面前，为她轻轻揉着脚趾。这种事，没有多少个男生愿意做，不屑也尴尬，但这个男人做起来却如此自然，不扭怩，不卑不亢。

将手中的意见调查表捏得死紧，怀安才克制住那要夺门而出的冲动。

许晴察言观色，不由得冷笑。和怀安一样，她也爱上了一个不该爱的人。

当日的校园祭，许晴有事回家，错过了他前面的比赛，但后来的赛程和颁奖礼她却看了……她是震撼的。但让她真正动心的是那个午后，当时，他抱着高烧昏迷的悠言回到女生宿舍。那天，她不舒服，没有去上课。他照顾她，给她喂药，替她擦汗，他坐在床侧凝望着悠言的模样，仿佛她是他的宝物，那深邃专注的眉眼，就这样刺穿了她的心门。

怀安，就一起沉沦吧，然后谁也得不到。

耳畔传来悠言的声音，他们要出门了。

他帮她提着行李，两人一起远去，许晴只觉眼睛也是涩的。

"Susan，顾夜白是要送悠言回家吗？"几个女生眉飞色舞，开始八卦起来。

怀安正走到门口，闻言顿住脚步。

"不是。"她听得 Susan 声音极轻，却透出一丝不易觉察的欢愉，"他们迟到了两年的约会，现在要去完成。"

*

谁在她耳朵上呵痒？悠言蹙眉，伸手去拍那拧在她耳朵上的手指。

"小懒猪，快到了。"

好听的声音，宛如清樟的气息，让她耳珠蒙上一层薄薄的热气。

"我再睡一下。"她在那个温暖的怀抱里蹭了蹭。

那个人似乎没有了动静。

未儿，什么夹住她鼻子，她呼吸开始困难，张开嘴巴，使劲呼吸了几下，但眼睛还是舍不得睁开。

一阵闷笑从某个方向传来，悠言困惑地眯了道缝，那是过道旁座位上的一对情侣。女孩容貌姣好，此刻正笑倒在自己男朋友的肩膀上。

都是一般年纪，两个女孩开始交谈起来。原来他们也是 G 城高校的学生，几个年轻人一下熟络起来。

那男孩叫杨志，老家就在庐山。趁着假期，把女朋友小雯带回家，游玩之外，也是过去见见杨志的父母。他们也大四了。找工作、结束一段感情或加深一段关系，都是毕业季的必修课。

小雯手上拿着一本法学书，悠言想到自己一上机就埋进顾夜白怀里呼呼大睡，心中羞愧，也不挨着顾夜白了，连忙直起身子。

顾夜白说道："所幸，猪也还是有一点羞耻之心的。"

悠言小声道："小雯，你不睡一下吗？"

小雯指控："悠言，你这是独丑丑不如众丑丑的心理。"

悠言被说中心事，悻悻地低头玩沉默，在小雯的笑声中，竖起耳朵听两个男人的交谈。

小雯却道："悠言，陪我上趟洗手间。"

杨志斥笑："你们女生真是，这种事情也要人陪。"

小雯嗔道："你也可以找顾夜白陪你。"

两个男人同时默了。

悠言乐得哈哈笑，小雯微哼一声，拉过她就走。

杨志苦笑："这货给我惯坏了，顾夜白，你女朋友真乖。"

他女朋友乖？顾夜白唇上一弯。

杨志问："你们找好旅馆没有？"

顾夜白道："在山上订了小舍。"

"我是想说，"杨志搔搔头，"如果你们还没有订旅馆，可以到我那儿小住，不过看你样子，就是有备而来的。"

"你家里有地方？"

杨志哈哈一笑："我家就是开旅馆的。"

顾夜白莞尔："原来是招揽生意来了。"

杨志笑："我们是朋友，我自然要包你住宿，被我爹娘唠叨就是了。"

"既然是朋友，我可不能让你爹娘唠叨你。"顾夜白把书放回随身背包，笑道，"山上，还是山下？"

"山上。"

"好。"

杨志诧异："怎么说？"

顾夜白说道："在山上就好办，我把原来的酒店退掉，到你家叨扰些天。只是，也事先说明，朋友的话，我是绝不能让你父母唠叨你的。该怎么算还是怎么算。"

杨志一拍他肩膀："顾夜白，你这人爽快，这朋友我交定了！冲你这话，我要收你钱，还不得给我爹娘骂死？"

顾夜白淡淡一笑，这杨志是个爽直人，他也就没有多说了。

杨志想了想，又压低声音道："只是，不瞒你说，我家旅馆死过人。"

"哦？"

杨志的语气带着一丝迷茫，眼神又透出几分古怪，顾夜白并非多事的人，这时也不免生出一两分好奇。

"说起来，那也是很多年前的事情了。"杨志眼里闪烁着光亮，像沉浸在某种回忆中，"那个时候我还小，就读小学的年纪，有一天……"

"说什么来着，听到广播没有，我们把东西收收，快到了。"

过道里，小雯的声音挤进来，透着一丝兴奋。两个女生回来了。

杨志朝顾夜白一笑："回头再说。"

他又看悠言一眼，促狭地道："晚上把你女朋友也带过来，我把这事跟你们三个说说，绝对震撼。"

顾夜白勾唇："我看你是恶趣味，想吓吓两个姑娘吧。"

悠言好奇："吓？吓什么？"

小雯啐道："阿志，鬼故事吗？老娘可是打小被吓唬大的。"

杨志摇头，目光里难得浮现出几分复杂："凑巧的话，我们也许还能看到一个神秘的客人。"

没有听到始末，悠言不解，一双眼睛乌溜溜地望着顾夜白。顾夜白抚抚她的发，正要和她解释几句，机舱里一阵骚动，原来已经到达南昌机场。

江西不比G城，G城是南方城市，冬天气温再低也有个限度。这边刚下过几场雪，现在温度虽有所回升，但还是冷冽冻人。

下了飞机，顾夜白一手提着两个人的行李，一手揽住悠言，把她裹进自己的大衣里。

小雯见状，使劲拧杨志手臂，将自己的行李丢给他，要他效法。

杨志捏着眉心对顾夜白道："伙计，你似乎比我还要变本加厉。"

飞机上，杨志便说过小雯被自己惯坏，顾夜白一笑，也不分辩。

有杨志这么个老油条在，顾夜白正好省心。机场大厅里，两个女孩凑在一起说话，杨志便和顾夜白商量起乘车路线来。

无论是哪种方法，都必须中转，机场大巴、公交、长途巴士，几趟车下来也是颇为折腾。顾夜白看了眼正和小雯说着什么的女人，她眉间淌着一层浅浅的疲惫。目光扫过杨志，见他也正凝着小雯，他心里一动，笑道："如果是我们两个还好办。"

杨志点点头，试探着开口："顾夜白，要不我们打出租直接过去？"

杨志这话正中顾夜白心思。只有他一个人，怎么坐车都无所谓，但有悠言在，他舍不得让她受累。早在出游前，他便计划好从机场直接打出租到庐山。

当然，如此一来费用翻倍不止，现在毕竟是四人行，他本想由他来支付这个车资，但考虑到杨志未必愿意占这便宜，可又不知他经济状况如何，如今由他提出正好。

等到达目的地，天已全黑下来。

两个男人分摊了车费。

杨志笑道："我家就在前面，这点钱，就不让司机赚了，这段就走过去吧。都说不识庐山真面目，大家正好欣赏一下庐山的夜景。"

"阿志，这是哪里？那边的湖好美。"小雯挽住杨志的胳膊，惊叹连连。

悠言为一雪飞机上前耻，在车上大家休息的时间里，东张西望，坚决不睡，最后一段路，当大家都养饱精神开始谈笑风生的时候，她却一头扎进顾夜白怀里昏睡起来，直到下车顾夜白把她抱出来。

小雯兴奋的声音感染了她，她懵懵懂懂地从男人怀里抬起头来，只见山峦寂静，灯光散落四周，丛丛叠叠，灯光到处就是人家。林涛墨郁，连绵不绝，如烟如云，看似浩瀚缥缈，但人迹散布，宛然又有一种难言的温情。及目处，是一抹巨大澄净的湖，似乎转过几处山道，便能亲临其境。

山林翠嶂环绕里，湖边屋舍灯光暖昧的颜色似要晕开在水里，把倒映在其中的山林民舍，渲染成神秘的宫殿，朦胧不清之间，如梦幻泡影一触即碎。

悠言眼中现出几分怔忡："这里是如琴湖。"

杨志正要解说，闻言掐住小雯的脸笑道："悠言做了功课，哪像你？"

小雯哼笑："难得让你数家珍，你这厮还不好好珍惜。"

"你对，你对，得了吧？这如琴湖，因形如小提琴而得名，小雯你看，它像还是不像？"

"这黑压压的，哪看得清形状？它看我像小提琴还差不多。"小雯和他抬杠，两人嘴拌得不亦乐乎。

顾夜白却微微皱眉，大手扳过悠言的脸。

顾夜白为人深沉，但大多时候，他的情绪变化，悠言还是能一下察觉出来，尽管不知他在想什么，但他是喜是怒，她却十分笃定。同样，悠言此刻的恍惚，顾夜白也第一时间便能感知。几近两年的相处，两人默契已深。

"言。"

悠言摇摇头："我没事。"

杨志和小雯说说笑笑，走在前面，与两人拉开一段距离。

顾夜白也不勉强她，只道："对于我家小猪为何心心念念要到这里来，我似乎还蒙在鼓里。"

悠言明白他对自己的在意，低道："我爸妈就是在这里相识的，如琴湖。"

悠言说了谎。

路泓易和迟筝并非相识在如琴湖，他们的初见是在庐山牯岭脊上的月照松林。一条土路，把松林划分成两两相对，松涛绵绵，一路延伸。

多年前的那个夜晚，月色温润如水，辉芒倾洒在松尖地面，曾照出尘世美好。路泓易和众多同僚谈笑同游，迟筝支开画架在月下画画，一场偶遇美丽得不可思议。

那是小时候悠言曾央求奶奶说了无数遍的故事。可惜，那不是个童话故事，所以，后来故事里有人去了天国，有人有了新的陪伴。以爱开始，以殇结束。

一段时间里，悠言疯狂绘画那片松间月色，仅按自己的想象，不索凭依。

但她和顾夜白说的，也并非全假。如琴湖，迟筝便殇在这附近的一家小旅馆里。只是，她怎么敢跟他说太多，她怕他猜出事情始末，还有，她的病。

她父母的事，她很少提及，顾夜白只知道，她父亲不爱她母亲，正如他父亲一样。他很少问起，但看到她眉间那抹苍白的恸郁，他会痛。

原来这里是她父母的相识之处，当然，他还听出了她话里的一丝隐瞒。他选择把她抱紧，而非追问。每个人，不管她有多快乐，心里都会有一丝痛，仅属于一个人的痛。无法言说。

"小白，听说月照松林也很美，明天晚上我们去看，好吗？然后，你给我画一幅画，不对，是画那里，不是画我，好不好？"

她的话有些七零八落的凌乱，顾夜白却拥住她，低声道："好。"

"等你成名了，我就把你的画卖个天价，做个小富婆。"

顾夜白斥道："快走，不然就把你留在这里。"

他想抱着她，让她好好睡一觉。如果这个旅程注定是沉湎，那些终究无法释怀的悲伤，他不打算深掘，他会一直守着她，陪她平复，等她能跟他说那一天。

一行人说说笑笑，杨志道："唯我庐山，春如梦，夏如滴，秋如醉，冬如玉。"

小雯笑骂："你别把酸溜溜的广告词也甩出来。"

杨志反驳："你说我老家不美吗？你这女人，这里以后也是你的故乡。"

小雯红了脸，捏拳揍他。

顾夜白和悠言相视一笑。在他们打闹的间隙里，她的笑靥，让他忍不住轻轻吻上她的眉。

"路"从今夜白，月是"顾"乡明。悠言悄悄伸手捂住心口……就像杨志对小雯说的，有你的地方，就是我之所在。只是，她又还能陪他多久？

走到一处，杨志忽然收住脚步："队员们，到了。"

夜色苍郁，一家小旅馆从绿荫中露出片片檐瓦。走近，可以看到门楣上挂着一个檀木牌匾，以篆体书写着"杨柳旅馆"几个字。

他先拉着小雯走进去，很快又回头冲二人招呼："进来。"

顾夜白此时心下却是一个咯噔。悠言的身躯在微微发颤。

他扔下行李，双手捧起她的脸，锐利的眼睛迅速在她脸上巡视一遍。

"小白，这就是阿志家的旅馆？"悠言一双眼睛兀自盯着牌匾。

"他姓杨，如琴湖，杨柳旅馆，我早该想到的。"她喃喃道。

顾夜白沉了声音："你知道这家旅馆？你到底隐瞒了我什么？"

悠言咬唇："小白，我今晚不住这里。"

"这家旅馆死过人。"半晌，她垂眸说道。

杨志见二人没有跟上，正好迎出来，听到悠言的话，他不由得有些难堪，顿住脚步，一时没有说话。

顾夜白说道："阿志，你别放在心上，女孩子胆小，她不是那个意思。"

小雯也走了出来，见众人神色奇怪，问道："怎么了？"

悠言暗骂自己，看顾夜白要开口，知他必定会如自己所愿，并把事情扛到身上，连忙说道："阿志，对不起，我不会说话，只是我从小就怕这些……"

她的声音越来越小，脸涨得通红。

杨志见状，反倒过意不去，连连摆手道："没事没事，这里死过人是事实。也不早了，我这就叫车，把你们送到原来的旅馆去。"

"谢谢。"顾夜白拍拍他肩膀，"如果明天我们还想麻烦你做导游，会不会不够意思？"

杨志大笑："你不找我才没有意思。"

"行，大家意思意思。"

杨志和小雯被顾夜白一本正经的胡说八道逗乐，小雯甚至还开玩笑道："我可不可以跟你们一块儿过去？我也怕。"

杨志低哼一声，伸手把她揽进怀里。

所有尴尬一下散去。

悠言还是不安，顾夜白轻声道："没事，阿志是豁达的人。"

悠言这才放下心来，杨志很靠谱，车五分钟就到了。四人约好翌日行程，顾夜白告辞离去。

"阿志，你的朋友呢？"

一个瘦高个男人从里面走出来，两鬓微白，上了年纪。

杨志道："爸，他们在那边，车来了。"

前方十多米开外，顾夜白正在后车厢捯饬行李，悠言站在一旁等他。

杨父责备道："家里能腾出地方，怎么能让朋友外宿去？你这孩子不懂事。"

杨志搔搔头，一旁的小雯吐吐舌，忙道："叔叔，他们之前订的旅馆……不给退。"

杨志向小雯使了个眼色，小雯偷偷做了个"V"的手势。

杨父皱眉："也是民宿吗？叫什么？谁家旅馆这么霸道？"

"老杨，你这是在急什么？"

一听那声音，杨父忙道："阿志，易先生来了，你还不快过来打个招呼？"

杨志拉拉小雯，望向朝他们走来的男人。

这个人高大英俊，一双眼睛漆黑锐利，目光炯炯。明明身上是一套再普通不过的休闲衣裤，却掩不住一身气派。他似乎已有一定年纪，却又似乎还年轻。这是个叫人看不出岁月的男人。

小雯暗暗扯了扯杨志的衣服，低道："这人是什么来头？"

杨志捏捏小雯的手，唤了那男人一声，却见他目光烁烁，正落在前方那双男女身上。

杨父也察觉到易先生的视线，笑道："那是阿志的朋友，两个大学生，趁着假期来庐山游玩。"

出租车旁，男孩替女孩搬行李，又替她挡住头，让她进去，姿态十分亲密，易先生最后扫了眼绝尘而去的车子，方才淡淡出声："小志，他们是什么关系？"

杨志不疑地爽快道："他们是情侣，都是G大的学生。"

小雯补充道："听说交往两年了。"

杨父有些奇怪："您怎么对两个小辈感兴趣起来？"

易先生淡淡一笑："老杨，我女儿也是这个年纪，看到她，就想起我女儿来了。"

小雯"哎呀"一声："您女儿是悠言这个年纪，骗人吧，还是说易先生您早婚？"

杨志扑哧一笑："易叔叔您别见怪，她大大咧咧口无遮拦惯了。"

易先生道："小姑娘讨人喜欢，老杨，这是你儿子的福分。"

杨父笑笑点头："茶也沏好了，咱们进去喝一杯吧，让小辈们自己热闹去。阿志，好好招呼小雯。"

眼见两人走远，小雯掐住杨志，好奇道："这易先生到底什么人啊？气场太强了。"

杨志搂着她亲了一口，小雯抬脚往他腿上招呼去："滚，姐问你话呢。"

杨志收起戏谑，难得正经地微吁了口气："一个神秘的客人。"

"神秘的客人？"

两人回到杨志的卧室，小雯接过杨志递过来的水，在阳台的一张小藤椅上坐下。

"每一年，他都会到庐山来，在我们这里住些日子。"

"阿志，你又在打广告，"小雯嗔道，"不过，庐山确实美，景色似乎永远也看不尽。"

　　屋外是扑面而来的缥缈群山，烟雾氤氲，看不清面相，杨志摇头道："这里再美，也不可能十年如一日，他会来，是因为一个人。"

　　小雯讶然："多少年？"

　　"多少年我也记不清了，总有十多年了吧。"

　　"他来见一个人？"小雯两眼放光，已开始联想起一百个言情小说里的片段。

　　"嗯，易叔叔在我们这里订了一个房间，时限是 50 年。早在第一年，他就付清了 50 年的房租。"

　　"50 年的房租？"小雯低呼，眼里盛满不可思议。

　　杨志轻轻一笑。

　　小雯突然觉得他的笑意透着几分凄凉。如果在别人的故事里凄凉了自己，那会是怎么一个情节？小雯想，那个看起来好像永远也不会老去的易先生，来这里见的一定是一个女人。

　　"我不懂……他们是每年见一回？那岂不是牛郎织女？"

　　小雯说着，自己也笑了，末了，又有一丝难言的不安："阿志，那个女人呢？"

　　杨志微微奇怪："你怎么知道是个女人？"

　　她白他一眼："男人简直是跟浪漫有仇，意会。"

　　杨志闻言喷了，好一会儿，才道："蚊子，他要等的人，永远也不会出现了。那个女人死了，就死在这里，死在易先生付了 50 年房租的那个房间里。"

　　杨志以为小雯会惊叫，甚至连小雯自己也这么想，然而她什么反应也没有，太过震撼，反而说不出话来。良久，她方才幽幽问道："阿志，为什么是 50 年？"

　　杨志低声道："因为 50 年以后，他再也走不动了，又或许已经去了寻她。"

　　小雯忽而伸手抱住杨志……幸好，那个人还在自己身边。

　　"那个女人是他的情人？"小雯问得小心翼翼。

　　"他的妻子。"

　　小雯喉头仿佛堵着一颗石子，直到听到杨志答案那块石子儿方才消失。在她心里，这种感情就该给妻子，而不是别的什么人。

"对了，阿志，有件事很奇怪，可我一直想不出奇怪的地方在哪里。"

杨志也好奇了："你说。"

"我和悠言年纪相仿，对不对？"

杨志点头。

"那为什么易先生却独独那么留意悠言？"她缓缓问道。

小雯和杨志都不知道，易先生其实不姓易，他的名字是路泓易。只是，很多年前，有一个人总喜欢叫他阿易，在那个人身故的地方，他便随了她的喜好，自称易先生。

时间苍茫，这些年，这家小旅馆也几经装潢，只有这个房间还保留了原貌。路泓易端坐在床上，打量着房中每一处摆设。

床榻对面，是一台老旧的电视机，旁边的小茶几上，是老式的热水瓶和杯子，窗帘褪了色，只余下斑驳的花纹图案，已看不出原来的颜色。可如果他的妻子和女儿在这里，他想，她们能辨别出这原来的美丽。

他的妻子叫迟筝。

在嫁给他之前，她是国内最负盛名的天才画家。一朝放下画笔，为他洗手做羹汤。

窗户开了丝缝隙，风把窗帘吹起，窗外是莽莽的山。这个房间风景独好，能看得见如琴湖。那一泓净水，像极了一池子眼泪。

十多年前，她是否也坐在相同的位置，远眺过外面的景色，然后勾勒出一幅幅画稿，去铭记岁月如白驹过隙？

他的眼角慢慢有些湿润。

出身名门，担任过外交官，玩的是文字游戏，求的是字字如珠玑，衣香鬓影，谈笑风生，不形于色是最基本的本领。可不管时间过了多久，只要想到她，他还是会心疼，干涸的眼睛还能流出眼泪。

他起身熄灯，任回忆把他扯入深海。

距月照松林并不太远的地方，有家庐山影院。影院一直播放着一个片子，影片叫《庐山恋》。这场电影，不知道还会播放多久。

月光静美，影院门前，他吻上她的唇，向她求婚。

画艺再高，那一年的她还是像个平常少女那样，眼里水光潋滟。她颤声说，阿易，我不该答应你，可是……

她没有说出的可是，他明白。他拥紧她，不管那藏在眉间眼梢的珍惜，她能不能读懂。他说，筝，我不在乎你的时间长短，我希望我的妻子是你，一年是一年，一天是一天。

"请原谅我的自私。"迟筝哭了。

那是他第一次看到她的泪。

其实，自私的是他。她本来就是翩然在这世间的一只蝴蝶，她天生的缺陷，让她美得更为极致。因为短暂，所以美。可他捕捉了她，又不懂珍惜。

那时，他在外交场上，她在画坛里，都是最瞩目的星，对于爱情来说，也许他们都太年轻。

记得那天，那是他们婚后第一次吵架，也是最后一次，此生唯一一次。他把信狠狠掷到她的脸上："为什么瞒我？"

迟筝沉默着俯身把信捡起。

"你刚才说什么？"她脸上没有任何表情。

他冷笑："何必明知故问，这是从你抽屉里拿出来的，王璐瑶当时给我写的信，你把它藏了起来。"

她轻声问："你认为迟筝是那样的人？"

他嘲弄一笑。

"阿易，她给你写这封信的时候，我们已经是谈得来的朋友。"迟筝轻轻地笑，笑意里透着几分凄凉。

是的，当时他还没有辞职，还没有回到老家。家中富渥，在繁华的都市里，有着数套价值不菲的房子，他却只在单位提供的公寓里居住，虽不及自己物业奢华，却也舒适雅致。那时，他和迟筝也还没有正式交往，但月照松林一见，两人十分投契，交谈之下，发现二人同在一个城市工作，更促进了这份情谊。从庐山回来，二人经常见面，成了很好的朋友。

迟筝是个古怪的人，她的画用来卖钱，但她身上的钱却永远不多。她把钱都捐了出去，给那些天生残缺的人，自己只在外面租了个小房间过日子，埋头画她的画。

记得第一次到她家，那地方几乎可以用家徒四壁来形容。吃惊过后，他打趣道：

"迟筝，你不是怕我对你这天才画家有什么宵小之念吧？把好东西都藏了起来。"

那时，他还只是叫她迟筝。

迟筝红了脸，轻轻垂下头，返身给他倒了一杯水。

他接的时候，手指不经意碰上她的，微微的战栗在他心头划过。那是他一度以为死寂的感觉，自从那个叫王璐瑶的女人离他而去以后。

王璐瑶是真正的千金小姐。如果说路家不俗，那么，王家财力不啻路家十倍。这意味着，王家家长不会轻易答允他们二人的恋情。

王璐瑶是他的初恋，他深爱着她，王璐瑶却为了成全父母，和一个财力比王家又强大十倍的人订了婚。

会心动，也许因为她不是别人，而是迟筝，这样一个简单而美好的人。

他经常出国公干，闲暇时也多有应酬，他心疼她在外面的生活，甚至给了她自己房子的钥匙，告诉她可以任意使用他家里的东西。

她对自己的事情迷糊随意，却替他把家里打理得井井有条。他有时回来，她已经不在，但房子里处处氤氲着她的气息。他们还没开始交往，有什么已在他心里萌了芽。

终于，在后来再次同游庐山的时候，在庐山影院前，他情不自禁吻了她，并向她求婚。

结婚以后，他毅然辞职，携她回了老家。她身体不好，他们之间经不起太多的聚少离多。他攒下的钱财加上他本来的家业，足够他们衣食无忧。

只是，他万没有想到，在结婚前那段温馨的日子里，她竟私藏了王璐瑶写给他的信。

信的内容很简单。

泓易：

我后悔了，不愿意再做我父亲的棋子。我虽然跟那个人订了婚，但我不会嫁给他。我父亲禁锢了我，但我会等你来找我，一直到我等不动为止。

瑶

她不算美，但一双眉如月新弯。她此刻眉间的沧桑，没来由惹得他心里一疼。

过去的已经过去，过往就像烟尘，该让它随风而散，然而他是骄傲的人，她的欺骗还是惹火了他，伤人的话就此出口。

"迟筝，我看错了你。那时我们还没有开始交往，如果你没有做这卑鄙的事，也许我今天的妻子并不是你。"

迟筝脸色刹时变得苍白，她没有说话。

她的眼睛怎还能如此纯净清澈？他冷笑，眼里是熊熊怒火。

信纸，在掷向她的时候，从信封里跌出。

迟筝眼圈通红，颤抖着把信纸装回去，洁白的指抖得厉害。

他冷眼看着她的动作，此刻何必还要矫揉造作。

她走到他面前，仰起脸，凝视着这个比她高大许多、英俊而冷漠的男人，她的丈夫。她轻轻执起他抓握成拳的手掌。一根一根，想掰开他紧屈着的手指。

纠缠间，血沫溢出，不知是他的还是她的。

终于把信塞回他手里，她低声道："阿易，把信收好，别再遗失了。"

门口，传来一丝动静，一个小脑袋怯怯地探进来。

"奶奶让我来问，你们在说什么，怪吵的。"

"猪宝乖。"迟筝抬手擦擦眼睛，俯低身子，朝女孩张开双手。

抱着猪宝宝的小女孩张嘴笑了笑，矮矮的身子从门缝钻进来，扑进妈妈的怀里。

那是他们的独生女儿，悠言。

"妈妈，你去看看我画的画吧。"

"好。"

"咦，妈妈你哭了吗？"

"言看错了，没有。"

悠言搂上她的脖子，小声道："我看见了，爸爸好凶，咱们不理他。"

"好，咱们不理他。"迟筝一笑，抱起女儿。

他脸色一沉，将悠言从她怀里夺过："言，什么是放羊的小孩你知道吗？"

"说谎，坏孩子。"悠言被父亲勒得生痛，有些委屈地答道。

"言以后要做光明磊落的人，明白了吗？"他对女儿道。

悠言却没顾得上理会父亲的话，一双乌黑的眼睛只映着妈妈的脸。她的妈妈微微笑着，微笑着落泪，但并没有打断作为父亲的教育。

"爸爸，我不要你抱，我要妈妈抱。"悠言扭动着身子。

看着那双和妻子相若的眼睛，他微微一怔。

终于，迟筝轻声道："女儿给我。"

他放开手。

悠言立刻跑过去，依偎进迟筝怀里，抬起胖嘟嘟的手去给她擦眼泪。

"言，以后你最好遇见一个他第一个喜欢的就是你的人，这样你也许能少吃些苦。"迟筝亲亲女儿的脸颊，低声道。

他声音沉哑："你很苦吗？"

迟筝没有回答，只是看着女儿。

"第一个？"悠言嘟嘟嘴，"我怎么知道他喜不喜欢我？妈妈，你帮我看吧。"

"有一天，当你遇见他就知道了。"迟筝迟疑了一下，笑道，"妈妈加油，争取到时能帮猪宝看。"

"为什么要加油？"悠言不懂。

小小的孩子哪里知道，这世上非人力能为的，除了感情，还有生死。

迟筝哽咽着，再也无法说出话来，把女儿往丈夫怀里轻轻一放，出去了。

看着女儿稚嫩的小脸，他满腔的怒火，突然变得萎靡无力。

他们相敬如宾地过了一段日子。

说不清是什么使然，他联系上了王璐瑶，这个已刻意没有联系多年的女人。那时，她已经结婚，又已离婚。她说，她一直在等他，直到后来绝望。可婚后，她念念不忘的还是他，最后，她选择了离婚。他的心，更加凌乱。

有一天，只有他和悠言的时候，女儿爬上他的膝盖，悄悄问他："爸爸，你是不是不喜欢妈妈了？她常常哭。"

连女儿也知道她常常哭，可是他却不知道，他居然不知道他的妻子一直在他背后流泪。如果她不那么倔强，哪怕轻描淡写地跟他说声"对不起"，他想，他一定会原谅她。

那一晚，二人同床，他却连衣角也小心翼翼，不肯沾对方的身。他没有一丝一毫的睡意，她辗转反侧了几次，他一次不漏，听得清清楚楚。

睡到半夜，他听到她悄悄坐起。他虽闭着眼睛，但他知道，她正深深凝视着他。终于，她手指轻抚过他的额、他的眉眼。突然，唇上一软，却是她轻轻吻住他的唇，伴随着的还有落进颈侧的一抹凉意。

那是她的泪吗？

他突然想，与其说是他陪她走过了这些年月，不如说是她陪伴了他。是她给了他宁静幸福的生活，是她给他孕育了一个可爱的孩子，不是王璐瑶。人喜欢与命运抗衡，命运却每每颠覆着人的历程，给了他和她缘分。被子下，他的手在挣扎。

如果，那晚他不那么倔强自负，伸手把她搂进怀中，那么后来的结局是否已悉数被改写？那晚以后，终其一生，他再也没能看见她的笑，抑或是泪。

第二天，她离开了，只留下一张字条。

阿易：

我去庐山写生，少时就回。请照顾好我们的猪宝。

当她猝死的噩耗传来的时候，他似乎有丝意料之中，又似乎全无所觉，仿佛那报讯的人，不过在撒一个寂寞的谎。梦醒以后，他还能看到她。看她对他微微地笑，就像许多年前，在她那个简陋的家中，她红着脸垂着眸对他笑那样。

人生若只如初见，初见，总是美好的。

寂静过后，他打电话给当地机关的朋友，嘱咐不要让任何人碰她的尸身。

他和她唯一的女儿躲在奶奶怀中，乌黑的眸，恐惧地看他像疯子一样把家里的东西尽数砸碎。

邻居苏家的小女孩跑了过来，和他的女儿偎在一起，惊慌地看着他。后来，他的老丈人、她的姐夫和她姐夫收养的孩子迟濮也过来了。

她母亲和她姐姐都已经过世，和她一样，猝死于心脏病。那是她家族的遗传病。很难想象，她姐姐和姐夫居然还收养了一个也是心脏有恶疾的孩子迟濮。

他们在他耳边不停说话，焦虑又忧伤，可说了什么，他全然听不见，最终让他安静下来的是他和她唯一的女儿。那双黑亮清澈得像不掺一丝杂质的眼睛，那双酷似她的眼睛。

终于，在庐山那个叫杨柳的小旅馆，他看到了她。

她轻伏在窗前的木桌上，窗外是如琴湖。满室凌乱的画稿，每一幅都相同。折了翅的蝴蝶，丑陋的躯干，横卧在一泓秋水前，望眼欲穿，却永永远远无法飞渡过去。

断翅的蝴蝶，死是最好的归宿，否则还能有什么？如琴湖在那边，迟筝在这边。沧海在那边，蝴蝶在这边。蝴蝶注定飞不过沧海。

望着如琴湖那一池子泪，她的眼睛没有合上，仿佛在等待一个答案，又或许永远也不会有答案。最爱的人的心，她也许曾经笃定，但离开前，她是困苦迷惘的。

在场的人都掩着脸不敢看，旅馆老板的孩子杨志惊恐地躲到父母的怀中。

她的死相可怖吗？

并不。恰在冬季，尸身并未腐败，她的一双眸睁得大大的，一如当初的清澈。

他突然不敢细看她的眼，怕在里面看到怨恨，怕她带着对他入骨的恨堕入轮回。

小小的房间，这时挤满了人，只有她是在寂静和寂寞中死去。死的时候，没有一个人在身边。他的妻。

还记得那天他对她说，我希望我的妻子是你。

呵呵，如今是他亲手将她逼死。

他颤抖着将她搂进怀里，像当初做过的千百遍一样，只是，这一次，她再也不会叫他一声"阿易"。永远也不会了。他们之间，也早已没有了永远。

目光跌坠在那张小木桌上，那上面的宣纸仍是丑陋的蝴蝶，他突然怔住……纸上有字。炭笔写成，歪歪斜斜。

当时，她手里只有这支削短的炭笔。有人说过，她的画是鬼斧神工，她的字却并不漂亮。弥留前，她用尽最后一滴力气写的，看去那么难看。

"沈拓，帮我……"

后面蜿蜒着炭屑，那是未完的话，却无关他或是他们的女儿。痛苦和悔意以外，满腔的怒火，让他对她如切肤剐骨地痛恨起来。

迟筝，你是用这个方法逼我去恨你，一生一世记住你吗，还是说，你心里最爱的其实是另一个人？

沈拓，这个男人他知道。她的事情，从不瞒他。那是在她和他相识之前，追求过她的男人。商人之子，家境殷实。她曾对他说过，那个男人很好。

他笑问：为什么她最后还是选了自己。

她只是笑，"易先生，让迟筝保留一个小小的秘密吧。"

这个秘密就是她嫁了他，心里其实是另一个人？

把她的丧事办完以后，他把自己困在她的画室里。

与其说是画室，不如说是教室，婚后的她，已经很少画画。

她把心力花在他身上，他和她的女儿身上。他虽然隐退，但交游广泛，早年官场商场上朋友众多，也非泛泛之交，平日多有来往。

她是最出色的画者，却过于羞涩，更不擅交际，只会埋头画画，不像王璐瑶。她跟在他后面，静静看，慢慢学，帮他招呼朋友，到后来帮他操持一个家。

悠言似乎很笨拙，没有继承父亲的智慧，也没有母亲的天赋。朋友来玩，都大叹可惜。她却执拗地陪着她的小女儿一笔一笔地去画。从最简单的临摹，到最繁复的抽象。

她的好，在他脑里一点一点清晰起来。

他疼和悔，同时对她愈加痛恨起来。她用尽最后一丝力气写下的不是他的名，如果是他们女儿的名字，他还会好过一些。

她死前对他的疑问，此刻似乎也变成了他的疑问，迟筝，你心里的人到底是谁？

最终，他做了一件最疯狂的事。他把王璐瑶接了过来。不知是因为他恨迟筝，抑或是他真的那么爱王璐瑶。那时，距离她的忌辰还不足一年。没有仪式，只是全家人一顿简单的晚饭。

王璐瑶说："泓易，我已满足。"

王璐瑶的笑，让他突然想起迟筝笑弯的一双眉眼，细细柔柔地叫他"阿易"的模样。

饭桌上，他的老丈人自然没有出现。他的父亲已经故去，他的母亲，悠言的奶奶，那个温婉了一生的大家闺秀，一言不发摔了碗筷，离席而去。那是她这辈子发过的唯一一次脾气。

她的姐夫微叹一声，拍了拍他的肩。

他望向自己女儿，他只想看看她。悠言躲在比她大不了多少的表哥迟濮怀里，睁大眼睛看着他，嘴唇抿得紧紧的。

他伸手想把女儿抱进怀中，悠言却只往迟濮怀里钻。

她似乎还不太懂得死亡是什么，可是，她知道妈妈不回来了，有一个女人将代替妈妈和他们一起生活。

"猪宝。"他涩声说着，再次伸手去搂她。

悠言低声道："爸爸，我不喜欢你这样叫我。"

手僵在空中，他心头发怵，他的女儿再也不愿意当他的宝贝了吗？

良久，他柔声问："你讨厌爸爸和王阿姨吗？"

悠言飞快地摇了摇头，哭道："妈妈以前就说了，有一天，她会来的，她来了也不要讨厌她。"

女儿的话有些含糊，他却听明白了，他浑身一震，直直看着女儿红了眼眶奔出大厅。

那一晚，他和王璐瑶迟来多年的新婚之夜，他没有碰她。那时，他们还很年轻。

王璐瑶低声道："泓易，我等。我等了你这么久，还可以一直等下去。"

他突然想反驳她："你不是等不及嫁人了吗？"

又或许，他该把她搂进怀里细语温存，毕竟这是他的初恋情人，他的执恋。偏偏满眼是迟筝对他微笑的样子。

他一直没有碰她，这样的日子持续到迟筝一周年的忌辰。

如果，迟筝忌辰那天，那个男人没有出现的话，他想，他会慢慢接受王璐瑶。可是，没有如果。世上的人和事不过是老天的棋盘，该到那一步，不会有半点差错。

那是一个清晨，家里设了个小灵堂，让彼此的亲属好友前来拜祭。

来的大都是他的亲朋好友。他的老丈人没有过来，老人家恨透了他。姐夫和迟濮也来了。还有少数几个画家，却并非迟筝的挚友，只是纯粹喜欢这位画者。

他突然发现，他妻子的朋友很少。她的生活重心，嫁他之前，就在那个简陋的小屋子里，嫁他以后，是他，他们的女儿。他心里的恨突然减了几分，像画布上的斑斓色彩风干后黯淡了。

王璐瑶捏捏他的掌心，走过去把迟筝的画像挂到灵堂那白色布幔的中央。

气氛沉寂得让人堵得慌，他悲伤又锐利的眼，四处搜索，悠言不知道跑哪里玩耍去了。

悠言的奶奶，两鬓花白的老者安静地从内堂走了出来。

仪式准备开始。

一个矮矮的身影，飞快地穿过人群，她怀里抱着什么东西，在沉默肃静的众多身影里穿梭着，偏着头，皱着眉，似乎在寻找什么。

"言，不许失礼！到爸爸身边来，今天是你妈妈的忌日。"他低斥了一声突然闯进的女儿。

悠言幽幽看他一眼，脚步最后停驻在迟濮的父亲面前，那个同样英俊温柔的男人爱怜地摸摸她的头。

"姨父，你抱我。"她仰起小脑袋，央求道。

男人慈爱一笑，把她抱了起来。

"去那边。"

小手直直指向灵堂中央，惊诧了所有人。

他心底窝火，不由得喝斥道："猪宝，你在胡闹什么！"

他恼怒地走过来。姐夫轻轻摇头，并没有把女儿交还给他。他苦涩一笑，也许，这个男人也从没认可过他把王璐瑶接回家的做法。

出乎所有人意料之外，姐夫把悠言径直抱到灵堂中央，有人倒抽了口气，这不是胡闹是什么！

在姨父的怀抱里，悠言凝视着妈妈的画像，伸手把它拿了下来。她年岁小，身量小，原本够不着。

画像跌在供桌上，那细碎的响声让王璐瑶微微变了脸色，那是她亲手所挂。

他想，他该伸手搂住身边这个女人，让她不至于如此难堪。

手，却始终无法动弹半分。那跌落在供桌上迟筝的画像，她的眼睛在淡淡地看着他。

这时，他的目光突然触到母亲眼里的泪意，还有四周突然响起的声音，那夹集着无数惊叹的声音。

他看过去，也瞬间震住。

悠言伸手够去，想把她手中皱褶的画纸放到原来画像所在的地方。

展现在所有人面前的，是一幅炭笔素描。清秀的眉，清澈的眸，温柔而羞涩的笑。那是悠言的妈妈，他的妻子。

被封存在这张画纸里的她，像极了五月最绚烂的鸢尾，一瞬绽放出一世的美丽夺目。原来，长相只属清秀的她，也可以这么美。原本的画像，一下逊色。

十年磨一剑，迟筝的画，不是绝笔，她教会了她笨拙的女儿。

他忽然想起前年那个夏夜，那个七夕之夜。一家三口到路家郊外的别墅去看星，看星光璀璨，河汉渺渺。

悠言在迟筝的怀里埋头画着什么，迟筝依偎在他怀里。他的怀抱里，有她，还有他们可爱的女儿。

悠言画着画着，突然鼻子一皱，把纸揉成团，扔得老远。

"妈妈，我明明已经可以不用画工笔了，为什么你还要我画？"她委屈地道。

迟筝轻轻一笑，答道："工笔白描既简单也最难。就像最厉害的厨师，即使只是一道寻常的水煮豆腐，他也能做出比任何一款昂贵食材更美味的食物来。"

悠言似懂非懂地点点头。

他一怔，眉眼也被慢慢点亮。

"照你这么说，有一天，工笔也能胜写意？"他嘴角的笑意透着几分慵懒。

迟筝却没有被他问倒，她的眸，流光溢彩。

"易先生，无所谓哪个胜哪个，功夫到，即使是最简单的工笔白描，也能胜过写意。画艺高低，从不看表达方法，只看人。"

"那迟大画家你做到了吗？"

他唇上溢笑，眼里映满她的颜容，目中怜爱更是毫不掩饰。他最爱逗她，然后看她眸光灼灼的自信模样，她只有在说起画的时候方能如此。

即使成为他的妻子多年，果然，这一刻，迟筝还是羞涩地低下头。

他的笑声更为放肆："为什么要拿吃的作譬喻？"

迟筝微嗔："因为你的宝贝女儿比较爱听这个。"

他一愣，声音笑得微微哑了。

"言，去把你乱扔的垃圾给捡回来。"他敲敲女儿的小脑袋。

悠言嘀咕一声，不情不愿地从妈妈的怀里钻出，兴冲冲地跑到前方矮矮的草丛中去。

"我的女儿不也是你的吗？"

他低声说着，俯身把他的妻深深吻住。

原来，他们也有过这么多平淡而幸福的时光。原来，和她一起的日子，他一直都那么快乐。心里的恨，突然像飘散的絮，大多不知去处。

"可是，姨父，我没有这个。"悠言有些难过，眼珠骨碌碌地把跌落在桌上的画像瞅着。

她声音清亮，众人随她看过去，随即明白她所指——相框。原来她方才就是在找这个。

"小言，叔叔给你买，好不好？"

他皱了眉头，望向门口那个忽然到来的不速之客。这人一身笔挺的玄色西装，面貌俊朗，眉宇间浸蕴着一丝淡淡的书卷气息，但他眸光过于清冷，让他整个人看去冷峻异常。

他很快排开人群走进来。

"请问先生是？"管家上前问道。

男子嘴角噙着一丝冷笑："路先生，鄙人沈拓。"

他心里像是被什么狠砸了一下，他大步上前："沈先生是不是走错地方了？"

灵堂中间，两个男人，一个气势显赫，一个冷傲卓绝，然而，他们要争的人，却已经不在。

"如果这里是迟筝的灵堂，沈拓就没有走错。"沈拓冷冷一笑，"路先生，听说迟筝临死前留下了我的名字。我难道没有资格来拜祭她？还是说，那个自诩深爱着她却又另娶他人的人更有资格？"

在场熟知迟筝死因的人，都齐刷刷地看了过来。

迟筝的姐夫微微蹙眉，抱紧一脸好奇、正圆着眸张望的悠言。

"今天是我妻子的忌辰，请不要滋事，否则别怪路某不谙待客之道。"他沉声警告，声音透出几分狠戾。

沈拓扬眉而笑："妻子，多么冠冕而好笑的措辞。"

面对这个迟筝临死还惦记着的男人，他其实早已怒火透顶，是良好的教养和多年官场打滚的习惯，让他才压抑住。

"把这位来历不明的沈先生请出去。"他冷冷地对佣人们下令。

沈拓嘲弄地勾起唇角："走？说完我想说的话，我自然是会走的。如果这里不是迟筝的灵堂，我一刻也不想留。"

王璐瑶走过来挽住他手臂，担忧地看向他。他安抚地拍拍她的手，又把她的手轻轻放下。沈拓唇角的那抹讥诮更深一分。

这时，一直沉默着的母亲，走了过来。

"请问沈先生是来拜祭我媳妇？"

老人语气平和，风范卓然。

沈拓微微敛眉，对着老太太弯腰一躬，态度却是十分谦谨。

老太太点点头，轻声说道："请沈先生随老太婆过来上炷香吧。"

母亲又看他一眼："过门就是客，今天是迟筝的忌辰。"

他对侍立在一旁的管家使了个眼色，管家立刻上前把老太太搀扶起来。

母亲厉声道："泓易，你这是要做什么？不让我插手这事？"

他冷冷一笑："来人，把沈先生请出去。"

几个佣人走过来，沈拓神色不变，只轻轻击了下手掌。

一个同样穿着正装的男人从外而进，手上拎着一大只黑色塑料袋。

"路泓易，当日你对迟筝做的，今天，我来替她讨回。"

沈拓接过手下递来的袋子，猛地扯开，从袋子里抓出把什么，往空中奋力一扬。

瞬时，空中扬起无数信封，色彩斑斓，有一些狠狠掷落到他脸上。在场的人，无不惊骇莫名，不知沈拓何意。

他怒极反笑，伸手抓住其中一个信封。今天这场架，势在必行！他如此痛恨眼前这个男人，这个迟筝死前还念着的男人。

只是，当目光触到手上的信封时，他神色一变，脚下竟踉跄了一步。

阿易收。

封面是迟筝的字，信封右下角还有一个小小的数字：49。都是他妻子的字迹，他怎会不认得？

他再也无法伪装，上前一把揪住沈拓的衣领："怎么回事？"

沈拓讥讽道："路先生，你也识字，何必来问我？难道你不会自己看看迟筝给你写了什么吗？"

他咬紧牙，良久，挥开了沈拓。

手，颤抖着撕开封口。脑里闪过的却是当日迟筝颤抖着的手，把王璐瑶写给他的信重新装入信封的情景。他心里的不安，像被什么忽然捅破，一点一点浮了上来。

"慢着。"沈拓突然止住他，微微一笑，道，"在看迟筝的信之前，有一件事，我想告诉你。"

他猛地抬头，冷笑道："沈先生，还有什么关子没有卖，请全部端出来，这样藏藏掖掖不觉得好笑吗？"

沈拓轻嗤一声，目光灼灼，转向悠言手中捏皱的画像。

打从这男人进来伊始，众人看到的大多是他一副玩世不恭的模样，现在只见他眉目深凝，眼里充满悲伤，都不由得愣住。

"迟筝，对不起，我终究还是辜负了你的嘱托。"沈拓轻笑出声，随后，低低说道，"百年之后，沈拓亲自向你请罪。"

这人说着突然看过来，一字一字道："路泓易，当日，把信私藏起来的人并非迟筝。"

他浑身一震，身子晃动："不是她是谁？"

"你怎会知道这件事？"他厉喝出声。

沈拓放声大笑，众人听在耳里，只觉那声音嘶哑难忍至极。

沈拓却慢慢走到老太太面前，温声说道："阿姨，您记不记得您曾交给迟筝一封信，那是多年前，王璐瑶写给您儿子的。"

老太太蹙起眉，又轻轻点了下头："那封信怎么了？"

"妈，那封信是您交给迟筝的？"

他以为他再也说不出一句话来，但他却听到自己询问母亲，声音出奇地镇静，不起一丝波澜。

母亲叹了口气："是，是我交给她的，说起来就是你们吵架的那天。"她忽然想到什么，颤声道，"难道你们是因为这封信而起的争执？"

他咬紧牙关，问道："当年是您藏起的信？"

　　老太太点点头，看了脸色惨白的王璐瑶一眼。

　　"那一年，我过去看你，你恰好出国办事，我便替你收了信，后来，我看到了迟筝，她过来帮你收拾房子。

　　"说实话，刚开始我并不喜欢她。这孩子不大会说话，也不大会做家务。但她这人做事仔细，我从没看过这样认真的女孩。那天，她给我做了一顿饭，手艺算不上好，她似乎也不敢和我同桌吃饭，给我做了顿丰盛的晚餐就逃也似的走了。"

　　那是有关他母亲和迟筝的回忆，老人说话的时候嘴角还含着笑。

　　很快，她语锋一转，冷了声音："我把信收起来没错。泓易，迟筝配你足够有余，我只承认她这个媳妇，而绝不是那个摇摆不定的富家之女。"

　　王璐瑶双目早已蓄满泪水，闻言咬牙偏过头。

　　"你们婚后，我看你对她爱惜有加，你们后来又有了悠言，这信收着已经没有意义，毁掉，我又不屑为之。这到底是我的一桩心事，权量之下，我把它交给迟筝，让她来处置。要毁要转交，在她。她不是别人，她是你路泓易的妻子，她有这个权利。"

　　他的母亲还说了什么，他已经听不进去。仿佛被一只无形的手狠狠推了一把，他摔得鲜血淋漓，却痛得连哭也哭不出来。

　　"你认为迟筝是那样的人？"

　　她苍凉的诘问在他脑里反复回荡，他嘶吼着痛苦地抚住头。那天，她眼底的苦，无处诉说的悲凉，被爱人质疑的疼，现在也一下一下凌迟着他，把他切剥得体无完肤。

　　是呵，信，是他在抽屉里发现的，那是他们二人共同的抽屉，秘密无处可藏。她如果要瞒他，为什么还要把信放在那么扎眼的地方？也许，那封信，她本来就要交给他。

　　当日，他却狠狠把信掷到她脸上，任怒火遮蔽了眼睛，他甚至想也不想，就全盘否定了她的人格。他还说，如果你不曾做出那样卑鄙的事情，我的妻子可能不是你。

　　迟筝，为什么你不争辩，就那样静静承受了？

　　血红的眼睛，惊骇了所有人，有些人甚至后退了数步，沈拓冷眼旁观，似在嘲笑他的可怜可悲。

　　他跌撞上前，紧紧揪住沈拓的领子："我是她的丈夫，为什么所有这一切，她不跟我说，而选择告诉你？"

"说？"男人满脸悲凉讥诮，"她怎么跟你说？你想也不想就否定了她，难道让她同你说那是你母亲所为，让你歇斯底里地去对待自己的母亲？"

"再说，说了又有什么意义？"沈拓一字一顿，语气里带着无尽恨意。

"没有意义！路泓易，如果你足够爱她，你根本不会怀疑她。你一旦质疑了，这些年她的付出，从那一刻起，也便没有了意义。别忘记，迟筝再以你为天，也还有一丝属于自己的可怜自尊。

"她是最出色的画家，你知道她的画挽回过多少人的性命吗？可她也是一个女人，你有想过吗？她的苦能和谁说？她那风烛残年的老父？你的母亲？还是你们无辜的小女儿？她没有朋友，我是她唯一的朋友。"

他凄凉一笑，松了手，心仿佛被彻底掏空，什么也不剩。迟筝，原来温柔如你，性子也能如此刚烈。

他喃喃道："她只要和我说一句……"

王璐瑶上来扶他，他低吼一声，狠狠挥开了她。她怔怔看着他，美丽的眼睛盛满哀怨。仿佛知道，这辈子，她再也无法等到他了。

错过就是错过。她错过了他，而他，错过了迟筝。

"你说，只要她和你说一句，"沈拓冷冷笑道，"她没有说，但她一直在等，等你发现，等你相信，可是，她等到的是什么，是你去联系你的旧情人。

"知道为什么是庐山吗？那是你们第一次见面的地方。我也是在她去了庐山后才收到信，得知事情始末。依照她的性子，不到万分悲痛，断不会写信告诉我这些事。她信里说，她在等你去找她。

"路泓易，我这生最错误的决定就是尊重了她的选择。她知道自己活不长，当初没有答应我的追求。但是她说，遇上你，她有了不顾一切的勇气。"

他曾问她，她为何最后选了他。她说，易先生，让迟筝保留一个小小的秘密吧。

他的心被掏空，但那透骨的疼痛，却还吞噬着他的每一根神经。永远风度优雅的他，在所有人复杂的目光中，痛苦地弯下身子，再也没有了往日一分一毫的气度和洒脱。狠心拖欠了她一年的泪，现在统统归还。

杨柳旅馆里，嫉妒、痛恨，让他放弃了好好看她最后一眼的机会。如果时间能够重来，他一定好好看看她的眼睛，看看那双眼睛里，除了痛苦，是不是对他还残留着一点点情分，在他那样伤了她以后。

直到这时，他才算真正读懂他的妻，在明白原来他所谓的爱其实有多么浅薄和愚蠢以后，重新深深爱恋上她。

可惜，迟了。就像她的名，迟筝。永远地迟了。

他突然想起宣纸上，她未完成的字句。

"沈拓，帮我……"

他踉跄着上前，颤声问："沈拓，她临死前写下你的名字，要你帮她做一件事情，她还有什么遗愿没有完成？求求你，告诉我，我一定会帮她完成！我一定要帮她达成！"

沈拓鄙夷地看了他一眼："如果她要你的命呢？"

他笑了："如果她要，我心甘情愿。"

沈拓扬声大笑："她要你的命做什么！她要我做的事，沈拓违背了她的遗愿，以别的方式替她完成。"

看着散落一地的信封，沈拓轻声说道："那是她写给你和小言的信，100封，时间是50年，她让我每年给你们寄一封。

"她在庐山把信全部寄了给我，到死，她还惦记着这事，她知道，一旦她的死讯传出，我一定会替她办到。她知道，自己活不长久了。"

时间为50年的信？因为怕他和女儿伤心？每一封都标记了时间，像他手上的这一封：49。

阿易。耳畔，仿佛划过她浅浅的笑声。他颤抖着，迫不及待地要将手里的信打开，沈拓却从怀里掏出一封信，递了过来。

沈拓冷冷道："这单独的一封，是她写给你和小言的。"

十多年过去，那天灵堂上的情景还清晰得叫人心悸。

路泓易走到窗前那小木桌边上，手抚了上去，她的气息似乎还缭绕在这桌子上。那封写给他和女儿的信，这么多年来，他早已一字不漏记了下来。

阿易：

　　我是一个天生有残缺的人，从没想到过这一生会有一个家。在遇见你之前，我只是想，在我有限的时间里画多些画，不怕你笑，我的画能卖一点钱。把画卖出去，我就有钱可以帮助一些人。我有过怨恨，可是仔细一想，上天虽然剥夺了我的时间，却给了我画画的能力。

　　我有时会想，如果我的画多了，会不会不值钱了，都说孤品难得。不好笑是吧，我也这么觉得。易先生，赏脸笑一个吧。我最喜欢看你笑。

　　阿易，我知道我配不上你。我听你的朋友说过，王小姐很美，是真正的千金小姐。我知道，虽然你和我结婚，你的心里一直还有她。她是你的初恋情人，就像你之于我。

　　这个世界上，总有一个人对于另一个人，是特别的，独一无二的，就像我妈妈之于我爸爸，我姐姐之于我姐夫，王小姐之于你。

　　听说，她离婚了。如果有一天，我不在了，你就把她接过来吧。自己说出来也觉得好笑，我其实很嫉妒，但我希望有一个人能陪着你，能照顾言和你的母亲。

　　阿易，其实我一直想问你，在你心里，我是不是也有一个小小的位置？

言：

　　我的言，妈妈爱你。可是，很遗憾妈妈没能给你美丽的外貌和聪明的脑袋。

　　妈妈把画画的钱都捐出去了，也没有什么财富能留下给你，但妈妈教会了你画画。你很乖巧，有一副好性情。这两样是妈妈这一辈子最值得骄傲的事情。美貌，会随着时间褪色，过于聪明，则易于计较，自己难免纠结。

　　可是，技艺却是没有人能够拿走的。你可以倚仗它生活，用你善良的性子去遇见一个懂得欣赏你的人。

　　妈妈多么希望，将来你能遇到一个他第一个喜欢的就是你的人。你之于他，是唯一。这是妈妈对你最深也是最后的祝福。

妈妈：迟筝

泪，浇在桌上。十多年，他原以为早已干涸的泪，只要想到这封信，还是会流出来。

那年。

"沈拓，为什么挑这个时间来告诉我？"

灵堂上，他忽而上前，向那个邪魅的男子厉声逼问。如果他早一点知道，他绝不会再接纳王璐瑶。

沈拓笑了，声音沙哑却飞扬。

"因为我要你把你的旧情人娶回来，圆了心愿，却一辈子痛苦。路泓易，你配不上迟筝。"

那天以后，他再也没听到过那个男人的音讯。但他知道，那个男人若还活着，必定一生精彩。实际上，他比自己更配得上迟筝。

迟筝的忌辰之前，他没有碰过王璐瑶，那天以后，他更没有碰过她。王璐瑶等同守了一辈子的生寡。他当时曾让她离去，但她哭着求他，不惜以死相胁。他们便这样一起生活了多年。

前年，王璐瑶问了他那个问题。一个女人永远心心念念的问题。他告诉她，在他娶迟筝的时候，他以为他还爱着她，实际上，迟筝的死，让他明白，不管在迟筝生前还是死后，他心里只有迟筝。王璐瑶也因此病倒。

他没有告诉悠言他和王璐瑶之间名存实亡的关系。就让他的女儿一直恨着他吧，直到他死去。也让他在剩下的时间里，在无尽的后悔和疼痛中去追忆那曾经的似水流年吧。

早有预感会在这里看到悠言。庐山是她的心结，他知道，总有一天，他们会在这里相遇，却没想到她身边多了一个人。

原来，他的女儿已经长大到可以拥有一个情人的时间。但这些，她不会跟他说。

那个叫顾夜白的男孩眉眼太过清冷，一瞬，他还以为看到当年的沈拓。但顾夜白深爱着他的女儿，这点他可以笃定。

只是，看到他们亲密的样子，他心里还是有些异样，都说女儿是父亲前世的情人，他淡淡一笑，拿出手机，拨通了Susan的电话。

车里，顾夜白报了地址，悠言便安静地枕在他肩上，平日叽叽喳喳像小鸟似的话匣也收了起来。顾夜白没说什么，搂紧她，锐利的眸察操着窗外四周。

　　下了车，悠言仿佛吃了一惊，使劲揉揉眼睛。

　　他轻声提醒她的走神："刚才不是报了地址吗？"

　　悠言心里欢喜，告饶道："好嘛好嘛，我不敢了，接下来我会乖乖侍奉你，不再走神不再冷落你了。"

　　嗯，侍奉也出来了。顾夜白挑眉，嘴角却扬起丝笑。自踏进庐山，她就一直神志恍惚，如今，她眉间终于慢慢清朗起来，他还求什么？和她一起走过两年，不像龙力说的女人得随时换，保持新鲜，他对她似乎越陷越深。她开心，是让他也愉悦的事情。

　　她要侃，他奉陪就是，他淡声问："怎么个侍奉法？"

　　悠言脸色登时红了，男人却目光灼灼地盯着她看，憋了半天，她终于急了："色坯子，你想怎样？"

　　"我本来没想怎样，话可是你说的，还是说你想我怎样你？"

　　他的话透着些许邪气，悠言又羞又恼，但想到他的好，心里甜滋滋的，她往旁打量一眼，踮起脚，飞快地在他脸上亲了一下。

　　她唇上柔腻的触感，让顾夜白怦然心动，嘴角的笑意更深一分。忽然，有点想对她怎样了。

　　耳畔，她的声音却仍带着几分兴奋："月照松林，原来你之前订的就是这附近的旅馆。"

　　顾夜白道："有人把我的电脑都翻烂了，我能不领会意图吗？"

　　悠言笑得眼睛晶晶亮："怎么办，顾夜白，我又想亲你了。"

　　也许是她的眼睛太过明亮，淡淡的燥热划过顾夜白心头。他拥紧她，往前面的灯光走去。

第　九　章

永远的蝴蝶

月照松林。

这家小舍，因靠近那个闻名的景致，也取了一样的名字。别馆建在山腰矮处，林荫馥幽，在山石嶙峋枝藤绕蔓中，风景独好。

车子无法上去，两人要步行一段石阶小径。

"小白，行李重吗？"

"还好。"

"我帮你提些，两个人的份，哪能都让你提？"

"你提上你自己就行。"

"……"

数秒过后。

"真的不重？别死撑，我不笑话你。"

"……"

"如果不重，你能不能背我？"

"路悠言！"

两人说说笑笑，很快就到了旅馆。正要走进去，突然有人从旅馆跑了出来。那人跑得飞快，从悠言身边擦过，狠狠撞过悠言的肩胛。

悠言吃痛，手抚上肩膀。对方却并没有停下来道歉的意思，顾夜白的脸色顿时一沉，身形一闪，已拦在那人前面。

悠言走过去一看，那是个身量极高的男人，年纪和他们相去不远，长相虽不及顾夜白，也甚为英俊，衣着出众，只是眉宇间却布满狠戾之气。

男人看了顾夜白一眼，冷冷道："你什么意思？"

"道歉。"

顾夜白语气同样深冷。

男人冷笑："神经病！"

他扔了话，侧身便往前走。

"道歉。否则，这一下你得还回来。"

顾夜白身形更快，再次拦下他。

"好狗不挡道。"男人暴喝，伸手朝他推去。

悠言本想劝顾夜白放人，但看对方蛮横无理，甚至想出手伤人，心里一恼，话到嘴边又咽了回去。

顾夜白左手拿着行李，他右手往前一送，悠言只觉眼前一花，也没见他怎么动作，已把对方掼了出去。

实际上，这男人的体形比顾夜白还要更高壮一些。顾夜白的身手在这两年里又长进了许多。有一次，几个人一起喝酒，龙力说过。仓库一战后，顾龙二人成了朋友，大出当日所有人意料之外。

悠言只觉解气，上前挽住顾夜白手臂。

男人从地上起来，瞪着二人，狠狠啐了一口。

顾夜白看也不看他，揽住悠言径自前行。

背后一股冲力陡然冲撞而来，饶是性情冷漠，这一下，顾夜白也动了怒，他伸手轻轻推开悠言，返身冷冷把人看住。

那男人刚在他手下吃了大亏，被他的气势一慑，不由自主收了脚步，身体却收势不及，往后一踉跄才稳住身形，显得十分狼狈。然而，他眼里一派暴戾凶狠之色，鼻中微微喷气的模样，叫人不舒服至极。

悠言紧蹙了眉，心想这人真是无礼到极点。这一趟她是为悼念母亲而来的，不想生事，正要劝下顾夜白，一道身影飞快向他们走来："峰，发生什么事了？"

对方容貌清丽，身段高挑，是个姑娘。

男人冷哼一声，突然甩手就给了女孩一记耳光，他目光森森地扫过顾夜白，扭头离去。

悠言吃了一惊，顾夜白对她一向宠溺，别说动手，哪怕把他惹毛，他也舍不得多加责骂，最多就是板个冰山脸，对她冷漠一阵子，她几时见过这幅情景！

女孩望着男人的背影，愣怔了好一会儿，嘴角浮出丝悲凉笑意。

悠言怒极，快步上前，想将那个男人截下来。

顾夜白对别人的事情向来不萦于心，但自己女朋友，却决不能容别人欺负了去，眉头一拧，已走到她身旁。

男人已握起拳头，本想给悠言一点教训，但一看顾夜白，心中忌惮，不敢轻易动手，一时惊怒交集，却又动弹不得。

那姑娘走上来，朝悠言感激一笑，双手却飞快按到顾夜白手臂上，朝他摇头。顾夜白目光微微一动。

二人对对方爱逾生命，情人间心意相通，顾夜白目光虽淡，悠言还是察觉到他眼里一闪而过的复杂。她正感奇怪，顾夜白已住了手。男人狠狠看他们一眼，默不作声返身就走。

悠言朝脸上比画了一下，有些担忧道："还好吗？"

那姑娘摸摸肿高的脸，自嘲笑笑："不碍事，谢谢。我男朋友方才开罪的地方，我代他向你们道歉，对不起。"

悠言摇头："没事，倒是你的脸……要不你跟我们一块儿进去吧，我行李箱里有药油，我帮你搽。"

她说着突然想到什么，失声道："你说他是你男朋友？"

那女孩神色尴尬，低声道："我叫周冰娜，他是我男朋友吕峰，吕峰这人脾气火暴……"

悠言忍不住道："那你还和他一起！"

顾夜白淡淡开口："言，晚了，进去吧。"

悠言明白顾夜白的意思，不想让她多管闲事，她只好点点头："冰娜，我叫路悠言，我们住在……住在……"

她求救地看向顾夜白。

顾夜白揉揉她的发，朗声说道："208。"

悠言："你有什么事，随时找我们。"

周冰娜微微一怔："那真是巧了，我们就在 207。"

和周冰娜告别后，两人进了旅馆。

踏进旅馆的一刹，悠言心里一颤，只觉得有什么在背后窥视，她转过头，狐疑地看了一眼。

顾夜白问："怎么了？"

"我觉得背后有东西。"

顾夜白往她额头掸了一下："你这胆小鬼。"

悠言吐吐舌，没有注意到顾夜白微暗了的眸色。

这一晚，两人没有外出游玩，悠言被顾夜白下了禁足令，她知他是心疼她累，心里甜滋滋的，没跟他争执，乖乖听话。

顾夜白冲洗出来，就见自己女朋友一脸愣怔地坐在床上，也不知道正在想什么，拖着一头湿发不擦，水珠把被单滴湿一大片。

他皱了皱眉，返身回浴室拿了块毛巾。

"头拿来。"

"好血腥的说法。"悠言吓了一跳，嗔怪地看了男人一眼，趴到他腿上，让他效劳。

"小白，你说冰娜为什么还要和那个什么峰在一起？"

"你这多事精。"

她哼了声，往他怀里钻去："我终于发现，你是很好很好的。"

末了，又补充一句："Very good！"

顾夜白嘴角一抽，大手往某人头上狠狠一按："别拿那男人跟我比。"

悠言扑哧一笑，伸手把他的脸拉下来，轻轻吻住他的唇。

开始，顾夜白还能保持自若，她吻他的，他擦她的，一来二去，他的气息也渐渐紊乱了。

悠言吻了一阵子，不见回应，有些恼怒，在男人唇上啃咬了两下，又在腿上寻了个舒适的位置，趴下来准备去看窗外的山林景色。

不防顾夜白的唇突然压下来。

接吻多次，每一次，悠言还是会紧张，因为对手是他。他的吻，越来越深，他的舌挑弄过她口腔内的每一寸肌肤，又轻轻推至她咽喉深处。她浑身燥热难受，想把他推开，却又舍不得。

昏昏沉沉之间，她浑身一凉，明明开了暖气，她还是微微打颤，她眼角一扫，睡衣已被他褪到臂上。她里面没有穿任何东西，洁白美丽的身体就这样呈现在他眼前。悠言脸如火烧，伸手想把浴袍拉上，却被他制止，他的双手分别抓住她双手。

灯光昏暗，气氛暧昧。终于，他把她抱起放到枕上，翻身覆上她的身子。

悠言闭上眼睛，感受着他渐渐变得激烈的爱抚。

这两年，他们非常亲密。她也打从心眼里知道，他爱她，深深爱着。可是，他一直没有将她变成他的。明明有几次，他差点失控，最后却仍能冷静自若地替她穿上衣服。

也许说出来会让人觉得不知羞耻，但她确实已经为他做好准备。是他，她就愿意。她知道，他想要她，却在压抑。有时，她很想问他为什么。可是，哪怕脸皮再厚，这种话她也问不出口。

她的身子在他的调弄下越来越热，他的手却突然从她的身体里撤出。

灯光熄灭。

他替她把衣服拢上，在她唇上一啄："睡觉，不然明天你又得赖床。"

这一次，他还是像往常一样，轻轻翻了个身，没有抱她。

脸贴上他宽厚的背，她咬紧唇："可以的。"

他浑身一震，翻身过来，把她搂进怀里。

"言，你等着。"

他的声音，又低又哑。

悠言懵懂："等什么？"

他却拍拍她脑袋，低声训斥："睡觉。"

她不太懂他话里的意思，但她知道他的怀抱是她这辈子最温暖的归宿。她安恬地合上眼。

妈妈，我把他带来了，你看到了吗？这个人对我很好。我不知道，我们以后能走多远，但我想为他坚持，好好地活下去。

听着怀中女人呼吸细细传来，顾夜白苦笑。

她只知道琢磨字面上的意思，却未曾听出他背后里的炙热。想将她变成自己的，很早就想了。他们相识在雨天，彼此确定关系也在雨天。说出来也许会把她吓坏，实际上早在那个雨夜里，他已经对她起了情欲，想将她据为己有。

他从来是个决断的人，爱就爱，不爱就不爱。因为爱，欲望并不可耻。可是，后来当他越来越确定自己的心，他想起他的妈妈，那个从前或以后都没有名分的女人。

和她走过的两年让他笃定，他以后的妻子是她，只会是她。他比她高一届，但刚好他是五年制，两人可以同时毕业。毕业后，他想立刻和她结婚。

照片的事是个意外，却也给了顾澜一个机会。魏家财力不小，他还只是个学生，但魏子健对她做的，这笔账他不能不去清算，他动手取回这笔拖欠，魏家不敢声张，因为他背后是顾家，顾澜看中了他的才华。考虑再三，他推掉了出国做交换生的机会，答应跟在顾澜身边学习。这就是他毁了魏子健的代价。

这件事也让他看清一个事实，有些事，不在他控制之内。他想给她安定和保护，想她生活在他的羽翼下一生无忧，他就必须要变强。

因为爱而产生欲望，却也因为爱，他格外想珍惜。他要从她身上拿走属于她的女孩身份，他想做她的男人，他就该用一些东西来换。

她不会知道，他等那一天，等得快疯了。可是，现在还不行。情欲以外，他的心她明白吗？其实，他并不需要她明白，她只要每天高高兴兴，笑得眉眼弯弯，对他来说，已经足够。

什么时候，像他这样的人，竟也有了开始期待幸福的心情？

顾夜白是个警醒的人，尤其出门在外，那声音虽小，他还是听见了。怀里的人，往他身上拱了拱，他知道她也醒了，摸摸她的脸颊："怎么不睡？"

"小白，你比较好打还是鬼比较好打？"她的声音，还透着几分惺忪，却显得不安。

他不由得失笑："哪里来的鬼？"

悠言的睡意消褪几分，低声问道："谁在哭？"

四周，山峦寂静，夜已深。

那微小的声音是低低的哭音，女人的，像指甲搔划过器皿表面，让人心里发寒。

顾夜白安抚地把她揽紧："睡你的。"

悠言心里那根弦还是绷得紧紧的："小白，声音从哪里传来，你知道吗？"

顾夜白淡淡答她："隔壁。"

"嗯嗯，隔壁，"悠言正打着呵欠，"什么，隔壁？"

她一下揪上他的发。

顾夜白斥道："路悠言，给我安分点。"

"可隔壁是……"悠言喃喃道，惺忪的睡意一下跑光。

"我们住208，隔壁就是207或209。"顾夜白轻轻道，"声音是从207室传来的。"

悠言猛地坐起来："那是冰娜在哭？"

"吕峰那混蛋又打她了，不行，我们得过去看看。"想起吕峰那狠辣的模样，她急了，脚丫往床下乱勾，"鞋子，鞋子。"

刚勾住鞋子，身子已给人捞回去。

"哪儿也不准去，睡——觉。"

"我知道你不爱多事，可冰娜被打，我不能不管。"她搂上他脖子，柔声道，"小白，帮帮她，当我求你好不好？"

没有顾夜白，她只能空口说白话，根本管不了。

被按进怀里，她听到他有力的心跳。

"207的事，你别去管，别去惹周冰娜。"

"你说反了，是别惹吕峰吧？"

"不，就是周冰娜。"

悠言疑虑顿生，旅馆门口，当周冰娜阻止他去动吕峰的时候，她无意中发现他眼中一闪而过的复杂，为什么？

"你认识周冰娜是不是？"她从他怀里抬起头，一字一顿地问。

良久不见他回答，她急了："桃花，说话！"

笑声浅浅从他喉间逸出。

"是不是我认识周冰娜，你就不去管他们？"

悠言气结："我咬死你，你果然认识她。"

她推开他，又用力扑到他身上，顾夜白只是轻轻笑，没有阻拦，任她把他扑压倒。

"这么着急投怀送抱？"他凉凉道。

悠言气愤，一时忘掉女人之谊，往他喉结狠狠咬去。

小野猫，醋劲不小。顾夜白闷哼，任她啃了会儿，又把她稍稍拉下，拥住："笨蛋。"

"怎么这种鸟不生蛋的地方你也有认识的人，还是个女人！你说！"悠言坐在他肚子上，闷闷道。

"对啊，这么偏远的地方，我居然还能碰到熟人，这确实是件神奇的事，所以……"

"所以什么？"她愤愤地瞪着他。

"所以，我不认识她。"

悠言愣了愣："你不认识她？"

"嗯。"

"那为什么当时你的表情这么古怪？"

顾夜白嘴角微扬，眸光灼亮，又慢慢变得深沉。哦，她留意到了。

"据说，有两个解释。"

还据说？忽悠她啊？悠言怒："你说。"

"一，你眼花了。"

"你……二呢？"

"你多心了。"

"……"

"言，你信不信我？"

"信。"

"我确实不认识周冰娜。"

"呃……那好吧。"

"那我们接着睡觉吧。"

"那我们现在过去吧。"

声音有致地一同响起。

顾夜白："宝贝，我很遗憾地发现我们的意见并不一致。"

悠言瀑布汗："吓死宝宝，这声宝贝把我叫得毛骨悚然。"

顾夜白笑得狡黠。

"小白，我强烈要求我们过——"去！悠言一顿，他带着暖意的手指竖到她唇上，耳边男人淡淡道，"听一听。"

悠言再次愣住，侧耳倾听，却什么声息也没有。

夜，还是静静的。

"你要我听什么？哪有什么声音？"悠言奇道。

"那就对了。"

"对什么？"悠言越发摸不着头脑。

"已经没有声音了，你过去做什么呢？"男人悠悠下结论，不紧不慢。

悠言愣怔半晌，叫："你故意拖延时间！"

顾夜白把她的头往臂上一压，微微沉了声："你再叫一声，一会儿就该是209过来看我们怎么回事，而不是我们过去了。"

顾夜白既然说他不认识周冰娜，那必定是不认识的，对她，他从没有过一丝一毫的欺骗。但悠言心里终究不踏实，怕周冰娜受到伤害，寻思着明天看能不能见周冰娜一面。

吹息细细落在颈侧，顾夜白将怀里人揽紧，随意把焦点放到屋中某处。

没有刻意瞒她，他确实不认识周冰娜。可是，旅馆外面，当周冰娜心急如焚地拦在吕峰前面的时候，他发现了一件相当有意思的事。

同时，她说背后有东西，他笑她胆小鬼。但实际上，他发现，他们背后确实有东西。

翌日，早饭在旅馆一楼的小餐厅里吃。

两人和杨志小雯约好在这里碰面，早饭后由杨志领队游玩。悠言还是习惯性地赖床，顾夜白把她拎起，她只好半睡半醒地随他出来。

所幸，顾夜白是个舍得为自己女人花钱的主，知道她心心念念月照松林，选了这里，这间小舍因为地理位置得宜，装潢档次不低，价格也自然不菲。但好处是贵，也就不像其他旅馆那么火爆。虽起晚了，还有几张空桌，否则，两人住在这里，却连位子也没拿到兼迟到，那真是丢脸至极。

不久，小情侣笑闹着冒泡。杨志戴了只硕大的帽子，那帽子之夸张，让人咋舌。

悠言的几分睡意在看到杨志后，彻底笑跑。

杨志："都是同行，被人家认出还以为我来刺探军情呢，你们懂不懂？"

小雯翻个白眼："我还以为你正愁着怎么引人注目。"

众人大笑，杨志默默把帽子摘了。

杨志点的菜，简单直接，庐山的特色风味三石一茶，石鸡、石鱼、石耳和云雾茶。

几人谈笑间，有人从二楼走下来。

悠言闻声看去，吃了一惊，桌下，顾夜白握住她的手，淡淡扫了眼。

走下来的人当中，有两个是他们认识的，吕峰和周冰娜。

只是，跟在吕峰后面的周冰娜，半边头脸被布带缠住，眼角青肿可见，手不知道被什么利器划破，一道血痕狰狞地蜿蜒在臂上，并没有包扎。

顾夜白微微皱眉，悠言按捺不住，走了过去。

吕峰神色阴霾扫过来，悠言心里有些忐忑，微微退了一步，没想到吕峰却忽然迅速移开脚步，和一道下楼的几个男女，拿了张桌子坐下来。

悠言回头望了顾夜白一眼，杨志正和他说着什么，他仔细倾听，眼睛却始终淡淡看着她。她顿时明白吕峰是因为他而对她有所忌惮，心里不禁一暖。

"悠言，你和你男朋友真好。"周冰娜自嘲地扯扯嘴角，牵动到脸上伤口，眼里登时现出一丝痛色。

这时，小雯也走了过来。

悠言低声道："是那混蛋打的吗？他不是人。"

周冰娜："不过是一个愿打一个愿挨。"

小雯气得直跺脚："他还算个男人吗？"

几个女孩走到外面说话。

外头空气更清郁些。云雾弥漫在树梢，翠霭盈空，袅袅如碧绿烟尘，丛山隐于云雾中，连绵缭绕，崭露头角，却又无法得窥全貌。一片天地，扑朔迷离。

悠言还没有来得及开口，小雯已先忍不住："这样的男人不甩了还留着过夜吗？"

她差点就要上前将对方摇晃一通，但见周冰娜浑身是伤，只得悻悻作罢。

"我爱他。"

周冰娜的声音非常平静。

悠言和小雯互望一眼，突然觉得有几分无力，惊震以外，一时都不知道说什么好。

小雯不知情，悠言却知道，吕峰昨天就打过她。也就是说，在这之前，周冰娜不知道已遭了多少回罪。

见她死心眼，小雯试探着问："你们怎么会走到一起？他以前就这样对你吗？还是你们发生了什么？"

悠言悄悄拉了拉她，摇摇头。

周冰娜眼尖，笑笑道："没事。"

"他在我最困难的时候帮过我，没有那笔钱治病，我弟弟已经死掉。然后，依照狗血的剧情发展，我就跟了他。"

她这一说，悠言和小雯都笑了。

悠言心下却难过，如果按照剧情走，他既能在她危难时出手，现在也该好好爱她，而非如此对待。爱情不该是赠予过后的偿还和予夺，而是相互爱惜。

"他最近正和他哥哥在争家里生意的继承权，所以脾气暴躁了点。"

那是离开前周冰娜告诉她们的小秘密。

回到餐厅，悠言看着顾夜白道："小白，你是很好很好的。"

小雯对杨志说："你也是 very good！"

两个男人嘴角一抽，再次缄默。

杨志是个好导游，一天下来，领着三人把庐山最美的几处风光游遍，晚上又游了月照松林，四人约好第二天再见。

回到旅馆，顾夜白洗澡，悠言坐在床上，神志有丝恍惚。

窗外，夜色如画，也突然变得压迫起来，黑洞洞的显得可怕。

是她多心了吗？还是因妈妈的事阴郁难安而产生的幻觉？

昨晚旅馆门口不安的感觉，这一天下来，更为强烈了，她第六感尤其敏锐，总觉得有双眼睛，在他们背后窥探着。问顾夜白，他却说她胡思乱想。

她沉浸在惶惶不安中，直到背脊一暖，男人矫健的身躯贴上她的。

她转过身，看他只随意套了条裤子，结实的胸膛上还布着薄薄的水珠子，脸微微红了，拿过毛巾替他擦拭起来。

才几下，他情动，她失控，他把她扯进怀里，深深浅浅地吻了起来。

她腹诽他肯定是故意不穿衣服来勾引她的，却又忍不住回应。

"啪"的一声，他长臂一探，把灯关了，大手也跟着探进她的衣服里。黑暗里，她咬紧唇，却仍抑制不住低低呻吟出来。

她明显感觉到他喷打在她颈上的气息也渐渐粗重急促起来，两人紧贴着，摸索着对方的身体，却突然听到一丝细碎的声音传来。

灯，再次亮了。

顾夜白已下了床。

那声音更响亮了些。这一次，悠言也听清楚了，是敲门声。

有人在敲门，会是谁？她探了眼桌上的小钟，已经是深夜一点多。

她还在发愣，纤长的指已帮她把内衣的扣子扣上，又将衣服拢好。

想起他刚才的爱抚，悠言的脸唰地红了，呆呆看着他走到衣橱拿了件衣服套上，走去开门。

一张脸从门外现了出来。

脸上绷带扎眼，是周冰娜？她似乎来得匆忙，一身睡衣，还微微喘着气。

悠言吃了一惊，连忙迎上前去。

顾夜白往门外随意一瞥，把门关上。

两个女孩坐到沙发上，悠言怒道："他又打你了？"

周冰娜欲言又止，悠言看她不安地瞧了顾夜白一下，柔声道："有什么你直说，我和他都会帮你的。"

周冰娜咬了咬唇："今晚，我可以在你们屋里过夜吗？我知道这有些强人所难……"

悠言一愣，周冰娜苦笑："没关系，我这就回去。"

悠言忙道："没问题的，我和你睡床上，他睡这里……呃。"

瞟了眼"娇小"的沙发，再看看那个身形高大的男人，悠言心虚了。

周冰娜摇摇头，站了起来。

悠言连忙把她拉住，眼巴巴地看着顾夜白。

顾夜白淡淡地开口："没事，你就在这里睡吧。"

悠言登时眉开眼笑。

"你受累了。要不你到我们屋里睡？你可以和吕峰挤一挤，床上躺着舒服些。"周冰娜试探着说道。

悠言直觉，周冰娜有点怕顾夜白，她又上上下下把顾夜白打量了好几眼，实在没觉得自己男朋友到底是哪里可怕，忽听得顾夜白道："我过去207睡吧。"

悠言半天才反应过来："你过去睡？那人估计连门也不会让你进吧。"

她说着意识到周冰娜就在一旁，吐了吐舌。

顾夜白伸手揉揉她的发："钥匙，你有吗？"

他的目光却看着周冰娜。

周冰娜点点头，从睡衣里掏出磁卡，放到顾夜白手上。

顾夜白淡淡道："聪明的女孩。"

周冰娜一怔，猛地抬头看了看顾夜白。

顾夜白嘴角勾了勾："只是觉得，你走得匆忙，还不忘把磁卡带在身上，是个稳妥的人。"

周冰娜的脸色突然有点灰败。

悠言看不明白，正胡乱琢磨着，顾夜白不知和周冰娜说了句什么，两人走到门口低声交谈了几句，他就离开了。

他和周冰娜真不认识吗？

躺在床上，悠言越想越奇怪。

不知过了多久，她望了眼窗外，天还是黑乎乎的，她的睡意依旧不浓，没有顾夜白在旁，她睡不安稳。

突然，旁边传来细微的响动。

她翻身看去，却见周冰娜腾地坐起身来。长发遮住女孩的脸庞，看不清她面容，她的身体似乎有些僵直，悠言心下怦然一跳。惊疑间，只见周冰娜下了床，套上鞋子，直直往门口方向走去。

悠言越发奇怪，转念一想，难道这姑娘有梦游症？

转眼间，周冰娜已开门出去。悠言心里虽怕，但生怕对方出事，连忙翻身下床，跟上前去。

夜色苍茫，如非远处透射而来的薄弱灯光，悠言甚至无法前行。白天美丽的景致，夜里仿佛变了样。四下是阴郁的松林，雾霭飘荡，似乎有人藏匿其间。旷野里似乎连自己的呼吸声也变得大起来。

悠言攥紧衣服，手心微微冒汗，白天那股不安，又从心底升腾而起，前面的影子却突然停住脚步。

在这荒山野岭中，悠言忽听到一股声音幽幽传来："跟累了吧？要不要歇歇？"

笑声浅浅，前方的女人慢慢扭过头来。悠言的目光正好落在她唇上，那唇色鲜红、潋滟。

她正想着周冰娜是不是犯病了，周冰娜声音忽厉："悠言，快过来！"

"哪里走？"

一声暴喝，一股劲风从她背脊擦过，她的手臂旋即被人擒住，那劲道极大，让她痛得小脸皱成一团。她扭头看去，捉住她的是个健壮的男人，后面还跟着另一个男人。

后头那男人喊道："距离两点还有十五分钟，快把她弄回去。"

擒住她的男人点头，把她拖着往回走。

她挣扎，男人抬手往她颈上劈来。悠言一惊，下意识闭上眼睛，然而手刀并没有落到她身上。

她睁眼一看，周冰娜不知道什么时候来到两人面前，目光沉冷，抬手便往男人的肘节处擒去，悠言甚至还没看清，身上的掣肘已然松开，她旋即被人轻轻推到背后。

周冰娜沉声道："你找个地方躲起来，这两个人我来对付。"

悠言只觉遇上平生最混乱的情况。这两天的古怪感觉，并非幻觉？这些是什么人？为何要把她捉走？他们方才说十五分钟，十五分钟以后怎么了？

而最让她吃惊的是，默默任人殴打的周冰娜，身手极好。细想起来，这姑娘甚至知道有人跟踪？！

207 室。

让顾夜白稍感意料的是，他没有用到磁卡，吕峰黑着脸给他开了门。

床上吕峰的呼吸声重了，似乎已睡着，除了悠言，顾夜白没有和人同床共枕的习惯，直接靠在沙发上休憩。

床头上的时钟显示，时间一分一秒过去。

门，突然被悄无声息地拉开再轻轻合上。屋里多了几抹呼吸的声音。

匕首的寒光在黑暗里闪过，扎落床上！

没有刀刃入肉的声音。刀，被人挟住又迅速打落，动作干净利落。

床上的人只惊叫一声，就跌撞着下来摸索墙上的电灯开关。

黑暗里传来拳脚相交的声音。人影交叠、分开、低吼、闷哼，俨然有重物落地。

当满室灯光流泻开来，吕峰惊恐看去，只见那名冷漠的男子站在房间中央，白色的毛衣染上淡淡的血迹，地上倒卧着几个男人。

"你受伤了？"吕峰神色复杂，颤声发问。

"这些人是你哥哥派来的？"顾夜白扫了眼身上的伤痕，这点小伤他不在意，就怕她看到伤心。

吕峰咬牙："一定是。"

他随即又警戒地问："你怎么知道？冰娜告诉你了？"

顾夜白唇角滑过一丝嘲弄："我对你家争权夺产的故事不感兴趣，但你的女人保护我的女人，我保护你，等价交换。"

吕峰疑惑："冰娜保护你女朋友？"

顾夜白哂笑，他果然不知道周冰娜会武。

吕峰这时又问："这些人怎么了？"

"只是暂时被击昏过去。"

"我们叫警察吧。"

"可以，但来不及了。"

"为什么？"吕峰激动地来回踱步，"他们想杀了我！"

"把灯关了。"顾夜白沉声道，"第二拨人很快就会过来。"

"我哥哥他……"吕峰颤声道。

"不是你哥哥，这次是我的仇家。他们一直在背后盯梢，我今晚过来，他们应当知道。"顾夜白淡声说着，拉开衣橱，"劳驾。"

吕峰怒道："你要我藏在里面？"

"如果你不想死的话。"顾夜白返身关了灯。

房间重回黑暗前，顾夜白瞥了眼床头的小钟，快两点了，可离天亮还有很长时间。这一夜注定不平静！

那天当周冰娜挡在吕峰面前，情急之下伸手格挡的时候，他便发现，这女人会武，尽管她没有再进一步的动作，但她出手一瞬快和准，宛然是柔道中的关节技，和其他格斗技混在一块儿。

实际上，吕峰和周冰娜两人之间，后者才是强者。所以，前晚哭声传来，他警戒他的小笨蛋别去招惹周冰娜，这姑娘有保护自己的能力。

第二天再见，周冰娜头脸都受了伤，他当时并非没有疑惑，周冰娜明明有反抗的能力，为何却听任吕峰施暴？

后来，她跟他说了周冰娜的事，告诉他周冰娜爱吕峰。因为爱所以隐忍？他觉得不尽然。

周冰娜今晚过来，提出要在他们屋里睡的请求，更让他觉得古怪，她从前既能如此忍让，今晚为何会一反常态？

不过，她来得正好。

这两天，他一直注意他和她背后的东西，估计就在这一两晚行动。搞不好就在今晚，否则，不会盯得如此之急，甚至，连他的小东西也发现不妥了。

一个大胆的主意迅速成形，他决定成全周冰娜，答应换房睡。然后，他看到对方眼里暗藏的窃喜。他故意问她要磁卡，她果然也拿了出来。她是有备而来的。

在悠言发愣的当口，他直截询问："你会武，为何还要过来？"

　　周冰娜吃了一惊，但她也是冷静利索的人，对他道出原委。

　　原来吕峰的哥哥派了人来，今晚就要动手。周冰娜虽然会武，但未必能干得过对手，她赌他不会见死不救。她想以换房为由，借顾夜白来保护吕峰。

　　他答应了她，并没有指出，周冰娜本来就是吕峰哥哥派在吕峰身边的人。否则，她断不可能对对方的行动如此了如指掌。可惜，这个过程中出了点小差错，周冰娜爱上了吕峰。这事若让他家小笨蛋知道，怕要大惊失色了，吕峰身上只有缺点，爱情有时果然奇怪。

　　底蕴一旦清楚就好办。答应周冰娜的同时，他也把他心爱的女人托付给她。他要她做一件事——把悠言引出这个旅馆。

　　跟在他们后面的人会伺机出手，但那不过是两个女孩，并且谁也不会想到悠言身边藏了个好手，被派去对付她的人绝不会多，更不会是强手。如此，这笨蛋就暂时脱离危险。她的安全，永远是他考虑的首要。而他心无旁骛，才能全力对付那个一直藏在背后的人。

　　空气中飘进来一些异样的气味。顾夜白屏住呼吸，微微勾唇，吕峰就要自求多福了。

　　很快，门再次被打开。从脚步声分辨，四到五个人。

　　"大家小心点，这边还有一个小子。"

　　有道粗犷的声音接口："他再厉害，也厉害不过迷药。"

　　有人朝沙发走来，也有人往微微鼓起的床上走去。突然，有人被绊跌，低声咒骂，随即惊恐："这地上的是什么？"

　　"是人。"顾夜白淡淡一笑，一跃而起，伸手擒住那只已递到面门的手，脚落地斜勾，踢翻沙发边上的另一个人，其余几个人大叫一声"不好"，朝他跑来。他迅速将手上的人绞晕，扔向来人。

　　顾夜白早已打过招呼，吕峰虽然惊慌，却也一直暗自留意。他既没睡熟，自然对迷药的气味有所觉察，他强忍了呼吸，虽不免吸入少许，却不至于被迷晕。微微晕眩间，只听得柜外拳脚相拼的声音越发凶狠。

　　他先前憎恨顾夜白，此时却希望顾夜白一定要打胜才好。一来，顾夜白救过他的命，二来，顾夜白若败，自己被发现，也必死无疑。警察这时还在路上。

恍惚中，他听到一道声音低吼："他好像被砍中了，大伙快把他拿下。"

他越发惊慌，将衣橱的门推开一道小缝，一瞬只觉得光芒刺眼，大惊之下，才发现那是灯光。胜负已分？顾夜白死了吗？

他浑身颤抖着，却听到顾夜白道："出来。"

推开橱门，吕峰才猛然发现自己的衣服早已汗湿一片。房中景象诡异，地上又多了几个男人，窗上帘帐微微荡起，可见一角暗黑无光的天，缥缈群山，混乱、迷离。

男人站在房中，身上多了抹殷红，似乎又负了一处伤。他反折着一个粗壮的男人双手，后者咬牙喘着粗气。

吕峰突然想，那杀手狼狈惊惶又凶狠的样子，自己和他不是有几分相像吗？

空气中，噼啪一声，清脆，却让人不寒而栗，那是骨头被折断的声音。吕峰惊颤看去，只见顾夜白眼里闪过一丝嗜血的暗芒。

"指使你们的人在哪里？麻烦带我走一趟。"

紧跟着入耳的是顾夜白轻淡的嗓音，像他单薄到几近透明的笑，还有男人痛苦应允的声音。

"警察来到，让他们保护我女朋友，拜托了。"

吕峰还在愣怔，顾夜白的声音已在门外。

所有人还在睡梦中，整间旅馆漆黑又寂静。

一楼小餐厅。

顾夜白站在门口，没有立刻进去，冷冷扫视着里面每一个角落。

"怎么不进来？"

沙哑的声音从角落的一张桌子后面传来。

果然是他！

往带路的男人颈上一劈，将那具迅速软下的身体扔到外面，顾夜白走进餐厅。

"是……你？你怎么就不死？"

餐厅里的人似乎察觉到什么，突然笑了，笑声在幽静的空间里越显狰狞。

"你不死，我怎么敢死？"

　　顾夜白循着声音，慢慢走过去，他辨认着呼吸和声音，餐厅里没有其他埋伏。蓦然，他听到一丝异动从外传来，返身之间，哐啷一声。背后，门已关上。对方还有手下埋伏在外面！

　　灯光也霎时亮起。

　　顾夜白索性不动，负手站在原地，淡淡看向前面背对他而立的人。

　　"你这个怪物，这么多人竟也弄不死你。"

　　那人缓缓转过身来，那眼中的寒光和怨毒，恨不得把他撕烂才好。

　　这个人，是个男人，还很年轻，只是，他是独目。一个眼眶空了，里面只剩下纤细的血红丝根，原本英俊的面貌变得丑陋不堪，一支手臂软软吊着，无可着力。顾夜白轻笑："魏同学，很久不见。"

　　这人正是交通意外后办了退学的魏子健。

　　他冷冷看来："顾夜白，为了一个女人，你把我变成这副人不人鬼不鬼的样子！"

　　"听说你开车的时候出了事。"顾夜白平静地道。

　　"开车？那你又在我的车里做了什么？"青筋，就像要把脸上的皮肤都撕破，撑裂出来，魏子健猛奔上前，捏拳嘶叫。

　　末了，他啧啧作声，笑声诡谲。

　　"你不会知道，我等这个机会等了多久！她是你的宝，是不是？我已经找了人去伺候她。"

　　"哦，不多，你放心，就两个男人。"他喃喃道，又猛地抬起头，死死盯上顾夜白。

　　"玩烂了的女人，你还要吗？不过你也没有这个机会了。"

　　"你笑什么？"

　　陡然看到顾夜白嘴角那抹刺眼的笑，伸手向他抓去。

　　"你疯了。"没有动手，顾夜白身子微微后倾，与他错开，走到那扇门后，却骤然怔住。

　　门缝处，翻卷过袅袅的烟尘。

　　他快步上前，揪上魏子健的领子，厉声道："这是深夜，会死很多人！你我之间的恩怨，你只管冲我来啊！"

　　"哈哈，顾夜白，看到你这副表情，我心里可是快活得很哪。"魏子健哈哈大笑，"会死很多人？死了最好！我恨不得全世界的人都死掉给我陪葬！"

他随即被狠狠打翻在地。

顾夜白伸手往衣服里摸去，随即低咒一声，手机在打斗的时候落下了！他迅速环顾四周，这鬼餐厅，竟然没有窗口！除非他能打开面前这扇铁门，否则，他出不去！

他深深吸了口气，凝目观察着四周。

魏子健在地上匍匐大笑："你急着出去救你的女人吗？别着急，等我手下的人把她玩完，就会把她绑死在你们的房间里，让她看着自己被活活烧死。

"火没这么快烧到这里，你和我就在这里一起等吧，我的人一会儿就来开门，只等到那个时候，你的女人也烧得不剩什么了。

"顾夜白，很有趣是不是？"

顾夜白握紧拳头，心里默念着那个名字。

这一场火，在他意料之外。如果，她看到这里起火了，她会回来找他吗？会吗？他突然发现自己陷入平生第一次最凌乱的纠结当中。他想她回来找他，却又绝不愿意她回来。

闭上眼睛，再睁开时重瞳已清亮如澈。言，无论如何，不要回来。

他不能死在这里！他一定要出去，他不要她在外面哭红了一双眼。他还没有问她讨要属于他的东西。

重瞳微眯，目光落到天花的吊灯时，心里快速一动。

灯托上有加固的铁丝架。

居高临下，冷睨着那两个委顿在地的男人，周冰娜轻嗤出声。

"冰娜，你好帅。"悠言拊掌。

周冰娜微微一笑抬头，却看到悠言的笑凝结在唇边。周冰娜一惊，顺着她视线看过去，只见那藏在半腰的旅舍火光冲天。

二人互望一眼，悠言喃喃出声："不行，我要回去找他。"

周冰娜心里恐慌，但还保持着一丝冷静，她穿着睡衣出来，什么也没带，悠言自然也比她好不到哪里去。

她一把将人拉住，想了想，俯身从那两个人衣服里搜出两部手机。

悠言打了几遍，都是无人接听的状态，她颓然掐断。

周冰娜拨了吕峰的号码，手心焦急得出了汗。

"峰，快接，快接。"

"峰！"她忽然低呼一声，她一直是个坚强的人，此刻听到对方的声音，泪水还是一下流了出来，"你出来了？那顾夜白呢？"

男人的声音中夹杂着杂乱的人声，她突然不敢看悠言。

"他没有出来，对不对？"悠言轻轻笑，"不要紧，我回去找他，我一定会找到他的。"

周冰娜眼角余光是悠言惨白的脸色，她也是急："顾夜白身手那么好，一定不会有事的，你听我说……"

他斜挑的眉，微扬的嘴角，冷漠骄傲的模样在她脑里闪过。悠言心膛一瞬变得雪亮，心中一些疑惑，也在那升腾而起的美丽烟火中慢慢清晰。

"身手再好，也是人，也会有失手的时候，里面还有想要置他死地的人，对不对？否则他怎么会让你把我带出来？"

周冰娜本想说点什么稳住她的情绪，陡然看到她瞳孔猛缩，她正奇怪，悠言已把她往旁狠狠一扯。

周冰娜吃了一惊，悠言这一下用尽力气，一个收势不住，自己反往前跌去，她痛苦的声音随之划过她耳畔，一条血痕迅速从悠言雪白的睡衣上拖曳出来。

她身体比意识反应更快，大惊之下，勾脚踢飞男人手上的匕首。她大怒，手腕一抬，绞上了对方颈项。她以为已把二人制服，没想到，其中一个狡猾，醒转后不动声色，趁她不备，暴起施袭。

悠言身上火辣辣地痛，但她心念顾夜白，却也忍耐了下来，幸好这一下没有扎到周冰娜身上，落到她身上时应消了好些力。她咬咬牙，瞥了眼和施袭者打斗在一起的周冰娜，心忖她应能应付，咬牙捂住伤口，朝旅馆方向回跑。

旅馆前，人们散落四周，惊恐地看着那熊熊火势。

屋檐、墙根都被燃点起来，四周多林木，松木上沾了火苗，满山雾霭悉数被火气熏成烟云，那极致的绚烂像极一只火鸟，在缭绕的烟云中，招展着翅，越飞越高，愈演愈烈，睨视着这渺小众生。

陆续有人从旅馆里奔出。

旅店老板一家早傻了眼，在一旁悲吁，看着心血尽毁，老板夫妇更是蹲跪在地上，脸色惨白，一动不动。

人们拥在一起，抱头而哭，为这突如其来的灾难，也为还能活着在一起。更有人嘶哑着厉声叫喊，却教人死死挽抱着，想是还有亲人和朋友在里面。这家旅馆不大，却也有六七层，住着百十人。

悠言在人群里翻转着，一个一个看去。她爱哭，此刻却一滴泪也没有。他不在身旁，她的泪水没有任何意义。

没有他，没有他，每个角落都没有……悠言突然睁大眼睛，按紧腹上的伤口，疾跑到一个男人前面。

吕峰乍见女人的狼狈和伤痕，吃了一惊，此前所有愤怒，今晚一席瓦解。

他来不及说话，悠言已先开口："他呢？"

她炯炯的目光让他心虚和羞愧，她的男人救了他，他却似乎什么也没做。

他做不了。

他再也不复日前的凶狠和戾气，给她解释。

"我哥哥派人来害我，他救了我，受了点伤，后来又来了批人，这回好像是他的仇家，他把那些人击倒，又让其中一个男人带他去找指使的人，后来就不见了踪影。我已经报了警，警察和消防员很快就到，你别担心。"

"他受伤了？他还在里面，对不对？"悠言的心一点一点凉了，虽然早有预感，但现在得到证实……她身子晃了晃。

果然，你把我使开了，然后自己去面对。谁说你聪明？你一点也不聪明。你身手再好又怎样？也会受伤。你一定会像我惦记你那样惦记在外面的我，你肯定会担心我害怕，你一定会第一个冲出来找我，让我放心。若非受了伤，你又怎么会还不出来？

其实，你也害怕，你害怕我担心，害怕我看不到你，害怕我哭。

没关系，你不出来，我就进去，我进去把你带出来。

"你别着急，警察和消防员马上就到了……"

她只看见吕峰的嘴一开一合，却仿佛听不清他在说什么，她脑里翻来覆去的只有那个人。

"无论如何，请对冰娜好一点。"她忽然道。

吕峰见她脸色越来越白，不由得道："我会的，其实，我知道她是……"

悠言想，他知道什么，都已和她无关。不管他们有着怎样的过往，现在，他们都在外面，明天不管分还是合，还有机会选择。而她的小白，此刻，就只能在里面等她，连选择的机会都没有。其实，不用选择的，答案从来只有一个：他在哪里，她就在哪里。

她一步一步倒退，朝那明艳的方向退去。

吕峰想上来抓住她，她用尽全身力气返身奔跑。奔跑中，她听到吕峰让她"再等等，再等等"的呼喊，可她没有停，不敢停。

劲风入腔，急遽生疼，她再次听到有人喝喊："小姑娘，别进去！"

人群依然凌乱，她脚步不停，到底抵达了旅馆大门。在她踏进旅馆一瞬，门楣上的牌匾在火焰中剥落砸下。

她听到人们拼命叫喊，想阻止她进去，但没有一个人跑到这里来，包括满怀歉疚的吕峰。他们不是她的谁，她也不是他们的谁，她只有他，而他也只有她。所以，他们要在一起，不管在外面，还是在火里。

旅馆里，楼梯已经着了火，木质的扶手，燃烧得分崩离析。

"小白，等我，我来和你一起。"

妈妈，请保佑我们。我想找到他，和他在一起。

到处是横蹿着的火苗，她很害怕，她拼命祈祷着。好在，她的心脏在这刻，不是很脆弱。

妈妈，求求您，一定要保佑我们，不管生死，只要保佑我们在一起就好。

原来她再孤勇，还是会害怕，心恐惧地往下坠。

炽烈的温度，硕大的烟尘，眼泪未及流出却已被烤干，喘息也越来越难。她捂住口鼻，咬牙上了二楼。

如果吕峰没有那么慌乱，或许来得及告诉她，顾夜白已不在二楼，又或许她多犹豫一会儿，她也许就不会进来……

当她的身影消失在楼梯间的时候，一楼小餐厅的铁门被打开。

魏子健不可置信地看着门口那个衣衫已教火苗蹿上了的男人，他竟凭借着吊灯托架上的铁丝将门锁打开。

他咬牙爬起来，奔扑到顾夜白身上，戾声厉叫："顾夜白，你怎么能够出去？"

顾夜白反手一拨，触上他的肩胛，把他摔了进去。"魏子健，你不是等着你的人来把你救出去吗？那你慢慢等吧。"

魏子健又扑了上来，把他死死抱住："我等，你也要陪我一起等。这场好戏，你不看，我演给谁？"

把手中的铁丝掷进火中，顾夜白眸色残冷，也不答话，双臂弯合，绞住魏子健的脖颈，用力收紧，魏子健大骇，却只来得及挣扎几下，便晕死过去。

顾夜白轻扫了眼大厅，火焰几乎把所有能燃烧的东西都变为灰烬。鲜艳的红色，死亡窒息的巨大压迫，产生出极致的华美。一股冰凉和心疼从心底，莫名冒出。

他蹙眉，又往四周巡察了一遍，方才跑了出去……现在，他什么也不想，只想尽快到她身边去。她在外面，找不着他，一定会害怕。虽然她平时总是张牙舞爪，但没有他在身边，她会害怕。没有哪一刻，他比现在更渴望拥她入怀，给她安慰。

警车、消防车的声音，充斥在这原本安静的山、漆黑的夜之中。

杂乱不堪的人群里，他看到两个人紧紧拥抱。那个把他女朋友打伤的男人，此刻，颤抖而用力地拥着他的情人。也许，这场火，会改变一些什么。

他摇头一笑，却很快震颤起来，她应该和周冰娜在一起的，周冰娜在这里，那她呢？

很快，他看到吕周二人惊慌、愧疚的双眸。他疾跑过去，风声在耳边嘶吼，一双手几乎陷进周冰娜的肩膀里，他咬牙问："她在哪里？"

周冰娜脸色惨白，回答的是吕峰："她进去找你了。"

他顺着对方手指颤抖的方向望去，是那艳如红莲所在。那只红色的妖孽，正肆意摇摆着自己的长舌，吞噬着一切美好，仿佛要将这天地化为尘埃。

冰冻的笑意滑过眉眼，这份沉痛也灼痛了吕峰和周冰娜。

他挥开周冰娜，再也不犹豫一分，往出来的路返身跑去。

"又有人进去了。"人群里，有人惊慌叫喊。

可是，没有人会过去阻止，更不会有人进去。这世上本没有谁是谁的谁，但唯有她是他的她。心底是无尽的冷寒，迎着烈焰，他跑进光芒里。

浓烟呛鼻，身上的衣服被火苗蹿上，尽管知道他可能已经不在 207 或 208 室，悠言还是捂着鼻子踉跄着走了过去。

行走间，隐约听到有声音从三楼的过道传来，是还没来得及逃生的高层旅客。

有人看到她，叫道："快走。"

她回头笑了笑："谢谢，你们快走。"

呼喊声犹在耳边，但脚步声已然远去。

两个房间在二楼最深处。

先到了 207 室，门洞开，她有点晕眩，也不管墙上的火烟，趴在墙侧，望了进去。随即，跌撞着向旁边的房间走去。

"小白，你在哪里？"顾不得浓烟，她大声喊。

一阵尘灰簌簌跌下，打在她的眼皮上，她下意识抬头去看，廊上天花的横梁带着耀眼的火光跌落。只来得及看，却无法避开了。她心里一阵悲痛，可是，这一瞬，她也不再害怕，脑里满满唯有他的模样。

她听到横梁坠地的声音，却感觉不到任何疼痛！

她被迅速抱起，然后是一阵粗重急促的呼吸声，一双手紧揽着她的腰腹，腹上伤口被压到，她咬牙忍住呻吟出声。

她颤抖着回头，终于在一伸手间摸到他的脸，跌进他深邃的黑瞳中。

那瞳里映着她，映着慌、怒还有痛。这神色，她只在那次被魏子健掳走欺侮时看到过。没有多话，她只是紧紧搂住他的头颈。

他闷哼一声，她一惊，往他背后看去，才发现那惨不忍睹的伤，还有火苗。

她这才恍悟，他身手再快，还是来不及带她避开，只能用自己的身体护住她。横梁从他身上狠狠擦过，方才坠落。

"你放开，让我看看。"她心疼至极，迭声道，挣着要下来。

"傻瓜。"他低斥道，悠言却听出他声音里的喜悦。

她愣愣看着他。他嘴角浅浅勾起，眼中流光濯耀飞扬。他受了伤，她快心疼死了，他还在高兴些什么？

她正想问，顾夜白却半点也不敢迟疑，飞快在她唇上啄了一下，把她抱起，立刻向楼梯口跑去。

后背剧痛几乎把他撕裂。如果这一下换了她来承受，她不懂借力卸力，小命早已没了。幸好，他赶上了。

她永不会知道，当他听到她彷徨地喊他的名字，看到那东西砸向她，她只怔怔站在那里，一脸悲痛的时候，他的心脏也差点停止了跳动。

他虽斥责她，心里其实早已欣喜若狂。从吕峰告诉他，她进去找他的那一刻起。疼痛，恐惧……但心底狂喜铺天盖地。原来，这世上还有那么一个人，能这样同他生死相依，不离不弃。

"放我下来，我自己能走。"

耳边是她焦灼和心疼的声音，他轻笑，不顾她的吵闹，不为所动。

悠言有一瞬再次愣住。

他抱着她，穿梭在满眼嫣红、火花艳糜中。

他的笑，比这场焰火还要眩目。

当再次回到人群里，周冰娜朝二人狂奔而来，悠言看见她满眼湿意。

她揽住周冰娜，轻声道："冰娜，他一定会知道你的好，你们会幸福的。"

周冰娜低声回道："悠言，吕峰的脾气很火暴没错，但其实……"

话还没有来得及听完，急救车呼啸而至，人群一阵骚乱。顾夜白眼疾手快，将悠言揽进怀里，避开挤迫，周冰娜和吕峰被人群冲散，所有人被紧急疏散到附近的酒店和旅馆。

人多杂乱，安排费时，顾夜白的钱夹带在身上，并没有在火灾中毁去，索性自行带悠言打车到最近的酒店去。

离开前，顾夜白的伤口已被医务人员快速清理和上了药，伤虽重，但幸好是外伤，悠言还是心疼不已，两人上了车，便把他拉到自己怀里，让他躺在她膝上休息。

她的怀抱柔软温暖，顾夜白正要合眼休息一会儿，眸光蓦然落到她血迹斑斑的衣服上。

他一惊，轻轻抚上她的肚腹，悠言随即呜咽出声，顾夜白心头一跳，掀开她的衣服，只见她雪白的肚子上一道伤痕鲜血淋漓。

他真是该死！她受了伤，他却到现在才发现！他怒火腾地一下上了来："路悠言，你受了伤为什么不告诉我？"

他对她一向宠爱，哪见过他发这么大脾气？悠言一时怔愣，呆呆答道："我忘了。"

顾夜白喉咙发涩，医务人员给他包扎的时候，她的一双眼睛就只凝在他身上……

悠言发现，顾夜白这次似乎是真生气了。

不，不是似乎，他确实是生气了。从在计程车上发现她的伤开始，他就黑了脸。到得邻近的酒店，他把她抱到床上，冷着一张脸摔门而出。

悠言还在懵懂状态，墙上有个挂钟，她看了一眼，四点不到，窗外天色也依然漆黑。两个多小时，在鬼门关兜走了一圈，生命的际遇有时委实奇妙。幸好，他们离开前得知，这次虽有人受伤，但所有人都救出来了。

精神松懈了，肚腹的疼痛也开始清晰起来，她掀起衣服，瞪着肚子上那道可恶的伤口。

过了一会儿，她正有些恹恹欲睡，顾夜白进来了。他手上拿了个药箱，目光落到她肚子上，一张俊脸更黑几分，他在她身旁坐下，带过一阵冷风。

她挪了挪，尝试往他挨近一些，一双眼睛带着几分讨好的意味。

重瞳在她脸上定了下，目光清冷。

她咽了口唾沫，又再靠近了些。

修长的指，落到她衣服的纽扣上，她的呼吸不由得微微紧了。

他的手指在她的衣服上灵活地动作着，她那件在火场里翻滚得邋邋狼狈的睡衣被迅速解开。他拿过遥控，调了调温度，将一床被子抖开盖到她身上。

清洗的时候，她疼得咬紧唇，趴到他宽阔的肩膀上。他瞥了她一眼，没有出声。

到一切完毕，他还是未发一言。

她边扣扣子边笑道："刚才前台那个服务员都被你吓到了。"

他转身把东西收进药箱里，依旧沉默。

虽经由他细细打理，肚子上的伤还是隐约生痛，她讨好，他也并不理睬。悠言心中委屈，低声道："我去洗澡。"

她趿着鞋子，刚走到浴室门口，身上一紧，已被人紧紧抱住。

"你知道我有多害怕吗！"

低沉而凌厉的声音从她的颈窝传来，炙热的呼吸喷打在她的肌肤上，她猛地一颤。她知道，他的怒气全为她的伤。

"我没事。"手，覆上他环在她腰上的大掌，轻轻摩挲着，"我也害怕，我怕再也找不着你了。"她转过身，望进他漆黑的眼眸里。

他的手抚上她的伤口，隔着衣衫，轻轻揉按。"很痛吧？"

埋进他怀中，她小声道："那你还痛吗？"

他拥紧她，在她耳边柔声道："我没事。"

这温蔼得不似他说的一句，她已经等了一晚，眼里也有了湿意。

"那我也没事。"她往他胸膛上轻轻碰了一下。

不过是平常一句，学了点他的语气，却不知哪里惹了他。当她的背脊被男人推抵在墙上，她脑里空白，只剩这个想法。唇被他的唇封堵住，她还想和他说几句什么，却发不出丝毫声音，双手却只能紧紧绞在他的衣服上，他的吻风暴一般卷过她的唇，延至她颈项。"啪"的一下，微小而清脆的声音，有什么跌坠到光滑的大理石地面上，慢慢滚到床脚。那是她领上的扣子。他狂暴地吸吮着她每一寸肌肤。内衣肩带斜落，她柔软而敏感的地方在他的手上，颤抖，盛放。

热流从疼痛的腹下溢起，漫过全身每一个毛孔。她只能悉数承受他的强势，在他身上喘息着。修长的指，挑起她柔黑的发丝，掬在掌心。她的发丝在他掌中铺陈，挺拔偾张的身躯紧压着她，她能感觉到他和她一样激烈的心跳。一向冷静的他，现在也像她一样，失了措。

她死死低头，不必凝望，她知道，他的目光温柔，却火热，充满欲望。他或深或浅吮吻着她的耳蜗，那难言的刺激和战栗，让她无助地呻吟，在她心跳如擂鼓中，终于，等来他沙哑的一句："言，可以吗？"

　　她羞涩至极，脸蛋热得几乎要被烧掉，眼眸也垂得不能再低。除了他，她还会和谁吗？喉咙紧涩，却发不出声音，即使只是一个像样的音符。

　　落在她头顶的目光越来越炽热，他坚硬的身体抵在她的上面，她明显感受到他为她起的情欲和隐忍。终于，她的手指颤抖着落到自己的衣服上。那上面，有一颗扣子让他扯掉了。一颗，一颗，把扣子解开。

　　她的脸被迅速勾起，她被迫跌入他的瞳里。她从没看到他的眸这样深暗过。

　　她被打横抱起，放到床中央，任他主宰。

　　洁白的床，散乱的发，羞涩却清澈的眼眸，那是他深深疼爱着又珍惜了两年的女孩。顾夜白想过要等，他也愿意为她等，却最终功亏一篑。

　　这一刻，他只想把她据为己有。横梁跌落一刹她悲伤的眼，计程车上说她忘记了自己的伤的呆愣。战栗和疼痛，还有迫切的想要肯定她还在的情绪，瞬间爆发。他不想再等，不想再忍。如果她这一辈子注定是他的，或者说他一定要她成为他的，他为什么还要等？

　　比想象中更美好千百倍。她的肌肤，她的浅吟。他紧紧抱着她，把她的身体陷进自己的怀中去疼爱和占有。

　　当他的手把她身上最后的障碍也褪下，露出光洁细腻的腿根，她的声音细如蚊鸣，抖得不成模样："小白，灯。"

　　他抑住想狠狠欺负她的欲望，笑意深侫："亮一点是吗？言也想让我好好看一看……"在她羞愤不过、睁圆了眼眸一刹，他探臂熄掉那原本便昏沉暧昧的灯光。

　　十指紧扣，挺身进入了她。

　　那疼痛比腹上的还要更疼许多，悠言忍不住呜咽："好疼，你出去。"

　　她挣动着身体，说着她的委屈。

　　他苦笑，他并不比她好受多少。他要她成为他的，想把自己埋进她的最深处，不管情还是欲早已蓄发。她的疼痛和推拒却让他只能忍，一下一下吻着她头上薄薄的汗，低声哄她："言乖。"

　　他的汗混着她的汗，迷离又热灼。他声音里的隐忍，她心疼了，凑起脸去亲他的脸，他的唇。他的回应，是狂烈。明明满室黑暗，她却似乎突然看清了他眸里的光芒，温柔，却坚定，不容她逃脱。

"小白，小白……"

她无比慌乱，环在他肩背上的双臂，颤抖着却不由自主收紧。

他失控的声音一瞬洒落她耳旁，他开始在她最深的地方重重动作……疼痛却又奇妙战栗的感觉迅速吞没了她。

眨眨眼睛醒来，悠言习惯地伸手摸向另一侧，抓到的却只有一手空气。

没有多想，她把被子蒙上倒头再睡，手臂横落在胸前，触手生腻。她忽然意识到什么，猛地坐起身来，被子从肩上滑下，她身上寸缕不着。上面青青紫紫的糜乱的痕迹分外刺眼。昨晚一夜欢爱的情景涌上脑袋，她抚住脸，羞涩到极点。

不对，不是一夜。

阳光从窗缝映入，那是西斜了的余晖。她记得，当他把她抱进怀中细细亲吻，终于肯放她入睡的时候，窗外阳光白绚，已是中午。他们竟……她燥热得快要倒下去。

浴室传来的水声渐小。

她吓了一跳，连忙钻进被里，屏住了呼吸，直到——被子上的压力大了。她伸手去扯，没持续几秒，便彻底溃败。

被子被拉开。

他带着一身沐浴后的清爽，托腮淡淡看着她，嘴角笑意帅气迷人。阳光投映在他的脸上，似乎要在瞬间按下快门，把这一刻定格。

第　十　章

番外

城市的灯光，和四年前离别的时候好像没有多大差别，听说，不夜天也还在。

悠言坐在巴士上，任风景站站驶过，从相识最初，到那个一生中最美丽的黄昏，错过了早晨和正午的黄昏，那人唇角的笑意似乎还没有凝成时间。

四年，她离开了四年，有什么变换了，又有什么依然。

曾经深爱，回忆的画面不是幻觉，曾经和一个人这样爱过，却终于没能画上句号。庐山回来不久，新学期也是最后一个学期，表哥迟濮心脏病发。迟濮后来做了一个决定，那是关于离开。

在医院看护他的那些天里，她想了很多，也许是一生中想得最多的时间。迟濮的现在，就是她的未来。到迟濮出院的那天，她也做了个决定，向顾夜白提出分手。

公交车上报站的声音，人们上下车的声音，嘈杂扰人。悠言扯了扯嘴角，苦涩得和当日顾夜白眉眼依稀重叠。现在想起来，她真是个混蛋加蠢材。

那天的情景也像那个黄昏一样清晰，在他的寝室，她给他做了晚饭。他当时正扒了口饭，在嘴里慢慢嚼着，又给她夹了一筷子菜，两人目光轻触，她看到他眼里薄藏的宠溺。

她低下头，鼻子几乎埋进碗里。

"顾夜白，我们分手吧。"

他刚夹了菜，正准备放到她碗里，闻言淡淡道："言，这玩笑不好笑。"

也许，他锐利地早已从她的语气里听出什么，不然，他的手不会僵在半空中。

"分手，分手，分手。"她重重搁下碗筷，近乎蛮横地说。

也许，只有这样，她才能把话说得理直气壮。

"理由。"把菜放进她碗中，他也放下碗筷。

"怀安喜欢你，我知道，许晴也暗暗喜欢你。"她别开头。

他皱了皱眉："这是什么理由？"

"你认为不重要，我却觉得很重要！我很小气，我不喜欢。"她说着，也想抽自己一个耳光。的确，这是什么狗屁理由，自己说着也觉荒诞无稽。

他离了座，走到她面前："我不爱她们，永远不会。"

他的声音有点低和沉，他从不屑于把这些说出口，但现在，他说了。被她逼得说了出来。他没有碰触她，他目光既深且烈，他的注视，那般认真。

她突然有点胆怯。

"这两个月，银行卡里面的钱没有多。你明明接了个大生意，帮一家游戏公司画人设，每晚弄到三四点才肯睡，那笔酬劳很大，我知道的，你拿到哪里去了？"她咬咬牙，又道。

他眉峰蹙得更深，静静看了她半晌，却没有说话。

她只是在强闹，看到他沉默，悲痛中也不免微微好奇。

挤出个冷冷的笑容，她往门口走去。

很快，她身子一紧，被他整个抱起，脚小小地悬了空。

他的声音还是很安静："子晏说，你和 Susan 去看过戒指，有一对你很喜欢，后来又去了好几回。"

她本想挣开他，闻言顿时无法动弹，鼻子又酸又涩。

他们快毕业了。他说戒指，那其实是对对戒。自从下定决心和他分开后，她到那家店去了很多次。人，有时候就喜欢做这种没有结果的事情。

她从前还想，他明白她想把那对戒指买下来的意味吗？却原来，他早已经开始准备，他从来就是个有计划的人。

他要她做他的妻子……身子被扳过来，她怔怔出神，他这样，她还能怎么闹？

忽然，她用力挣脱他，冲进他的卧室里，打开柜子。

柜子里有她的衣服，因为她常常在这里过夜。两年多的回忆，有多少是属于他的？如果硬要给出一个数据，恐怕是全部。

那些衣服，他的混着她的，明晃晃得刺眼。她拼命翻，他便倚在门口淡淡看着她。

把那条红白相间的花带拿出，她气冲冲跑到他面前："你和龙力常去切磋比试，我讨厌，很讨厌，我要把这带子剪掉。"

他看了她一眼："言，我花了很多时间才拿到这条带子。"

"可我讨厌。"她依然骄纵无理。

"那随你。"

他转身，从书架上拿出一把小剪刀，递给她。

悠言一愣，直到那冰冷的东西塞进手心。练习多年，这是他汗水和荣耀的见证，他一向保管精心，她怎舍得剪下去！

顾夜白摸了摸她的头："闹完过来吃饭，菜都凉了。"

她呆呆看着他走出去，把饭菜拿进厨房加热，突然想，如果校里那些女生看到这样的情景，一定会把她痛扁一顿，顾夜白几可被人这样对待过？

目光落在厅中他的画架上，一个明婉的女子跃然纸上。那是他帮一家公司画的游戏人物，战甲素袍，手持兵刃的少女，嫣笑间依稀就是她的模样。

她咬咬牙，上前把那张他画了整整一个通宵的画稿撕烂。

纸屑在空中飘扬，她回过头，他的脸色有些难看，眉梢挂着冷冽。他生气了吧。从庐山回来，他们之间也有过一些小吵闹，但他却再也没有对她动怒过，只有愈加爱和宠。

他突然走过来，不顾她的挣扎，狠狠吻住她。

那一晚，她再也说不出半句要分手的话，两个人只有纠缠。

她似乎做了一个梦，梦里，一个人细细吻着她的眉眼，她的唇。那人对她说，别离开他，她要什么他都会给她。说了一遍又一遍。语气里，竟有一点往日她惹怒了顾夜白时讨好的委曲求全。梦里的人是谁？她惶然。她想，那一定不会是顾夜白，她骄傲的顾夜白。

到站了，她随着人流下车，抬头望了一眼前面宏大华丽的建筑物，时代广场。

会回G城，是因为终究敌不过对顾夜白的思念。迟濮死了，手术无效。她再次明白，迟濮的此刻就是她的将来。所以，把哥哥的丧事办完，她回来了。她想看看他，只想好好再看他一眼。

而会来这里，是因为收到了许晴的信息。Susan露了口风，告诉许晴，她回来了。许晴约了她在时代广场一间名叫Lavender的餐厅见面，说只是几个同学小聚，顾夜白和周怀安不会到场。

离开的四年，灯光还像昨天，但人确实已经改变。顾夜白成了业内名声最显赫的画家，更是顾家企业集团的最高决策者，身价亿万的艺询社的社长。

Lavender，薰衣草。这种紫色的小花，有等待爱情的意思，它在等谁，或许谁还在等着它？在G城，除去已经当了空姐的Susan，没有人会等她。顾夜白在两年前和周怀安正式在一起了，许晴成了顾夜白公司的主管，而她不过是可耻的背叛者。

在和顾夜白提出分手的那晚以后，她变得决然。她最记得，在午休的图书馆里，他问她，能不能抱她一下。那个询问，无疑把他一身的骄傲在她面前尽数折断。她却冷冷拒绝了他。

终于，在毕业典礼的前夕，她随哥哥迟濮离开。她只给他留了一封信，片言只字，内容简单，却足够把他伤害得淋漓尽致。

顾夜白，我已变心，我爱上了迟濮。

于是，迟濮背叛了成媛，她，背叛了顾夜白。

和往日所有的同学都断了联系，却和在庐山有过一面之缘的周冰娜还时有通信。人很多时候看不清事物的真相，就像她不曾想到吕峰和周冰娜的曾经。原来，吕峰虽不知道周冰娜的身手，却早知道周冰娜是他哥哥派来的人，他打她是想逼她离开，他明白他哥哥的厉害，那个人不会轻易放过背叛他的人。那是当日周冰娜没有说完的话。

人也永远预计不到下一秒会发生什么事，就像她和顾夜白。当初没有人预料到他们会在一起，正如最后没有人会预料到他们的结局。

推开了Lavender的门，目光纷至。

许晴骗了她。

宴会厅上，聚满往日的同学，林子晏在，周怀安和顾夜白竟然也在。日思夜念的男人，在四年后变得更加沉稳清俊，只是，他的眼睛也愈加冷漠。

悠言心头怦然乱跳，原来时间再远，岁月再长，他之于她，总是一如初见，兵荒马乱，一瞬心悸。

她看到所有人眼中的鄙夷，怀安目光里的复杂和恨意。

毕业以后，怀安一直待在顾夜白身边，她爱他，他却一直礼貌疏离，直到两年前他商场上的敌人误以为她是他的女人把她掳走，她几乎被凌辱。

顾夜白将她救了出来，被敌人重伤。在医院的最后一个夜晚，他突然发起高烧。那晚，一个"言"字，他唤了百遍，也是那晚，怀安咬牙上了他的床。那晚以后，他们开始在一起。可是，一起两年的时间里，他再也不曾碰过她。

也许得不到的永远是最好的，又或许她确实爱他爱得如火如荼。怀安痛恨着却早笃定了要等，等他只属于她一个人。后来，她等到了，她绝不容任何人破坏他们。

悠言更不会知道此时顾夜白心里一触即发的魔。

他后来有了只手蔽天的能力，要把她找出来，并不是难事，却一直没有去找她。他当日对她的爱有多浓，后来的恨就有多深。

可是，过了四年，她还是把门推开，就像多年前的那个雨天，她把一方雨伞倾斜在他的头上。

高脚杯里的酒尽数滑入喉中，顾夜白的嘴角勾起淡淡的笑。

言，欢迎回来。

玻璃杯折透出迷离的光，曾经经历过的所有事，就像这杯饮尽的酒，已经不复存在，已经烟消云散。可是，那余韵还缭绕缠绵在口腔。人，只要还是那些人，有些事情落了幕，却永远不会终结。只是，那确确实实又是另一个故事了。

（全文完）